FENGCONGSAISHANGLAI

策 划 / 杜学文　李广洁

长篇报告文学

风从塞上来
——中国右玉县六十年生态建设报告

谭文峰 著

山西出版传媒集团　山西人民出版社

历史之殇

  第一次听说右玉，是2008年6月，我受命创作长篇电视连续剧《西口长歌》。从那时开始，山西西北部的小县"右玉"一点点地走进了我的心里。

  没见到右玉时，"右玉"只是一个个数字和一些很官方的概念：地处塞北，风沙肆虐，60年，18任县委书记，16任县长，人工植树造林，曾经的不毛之地，如今的"塞上绿洲"。

  然而，"纸上得来终觉浅"。7月，我深入右玉进行了实地采风，"右玉"开始丰满起来：黄沙洼、老虎坪、苍头河湿地，连片的沙棘林，沙丘上的万亩森林，满目的苍翠；绿化纪念馆里磨秃的铁锹、铁镐，破旧的风镜，柳条编织、牛粪糊牢的水桶，展现60年植树造林历史的真实照片……所有看到的一切，都记载着右玉人民60年来所走过的路程，记载着右玉人民60年来的艰苦奋斗与自强不息。60年的风沙洗礼，60年的沧桑巨变，所有这一切，在此后埋头创作的过程中，时时震撼着我，时时感动着我……

  2009年12月，《西口长歌》在太原举行首映式，很多观众和我一样，被右玉人民的精神深深地打动了。也就是在这次首映式期间，山西省委宣传部和山西人民出版社决定以"右玉精神"为主题，创作一部长篇报告文学。山西人民出版社的李广洁社长找到我，约我来执笔。我毫不犹豫地答应了。因为，我对右玉人和右玉精神，已经有了更深层次的认知。

风从塞上来
FENGCONGSAISHANGLAI

2010年8月，为创作报告文学《风从塞上来》，我再次深入右玉，进行了为期一个半月的采访。这一次，我有机会更加从容地了解了右玉，更加深入地了解了右玉人，了解了右玉60年的历史进程，更加深刻地理解了什么叫"右玉精神"……

右玉位于山西西北角，自古风沙肆虐，土地沙化严重，素有"不毛之地"之称。

战乱和风沙是历史留给右玉的两大印记。

战乱源于右玉特殊的战略位置。自古以来，右玉作为我国的北部边陲，更因一代雄关杀虎口的要塞地位，历来为兵家所必争。位于右玉西北的长城关隘杀虎口，是胡汉交界之地。数千年来，北方游牧民族与汉民族之间为争夺人口与土地，经年战火不断，右玉大地上烽火狼烟，兵戈铁马。胡人的铁骑，无数次践踏着右玉的土地。清代以前，右玉是中原政权驻兵布阵的重地。清代的杀虎堡，也曾有大量驻兵。康熙皇帝亲征噶尔丹，就是从杀虎堡出发，经杀虎口出关的。战火的频繁，从至今仍遗留在右玉大地上的上百座古堡和随处可见的烽火台旧址，可见一斑。在血与火的战争中，右玉这块本就贫瘠的土地，更遭到了毁灭性的破坏。到1949年，全县

风从塞上来

——中国右玉县六十年生态建设报告

历史之殇

只有四万余人口，气候极端恶劣，常年风沙肆虐，水土流失十分严重，76%的土地呈现沙漠化或半沙漠化状态，人居状况十分恶劣。1949年前，右玉流传着这样一首民谣：

一年一场风，从春刮到冬。

黑夜土堵门，白天点油灯。

立夏不起尘，起尘活埋人。

另有歌谣唱：

十山九秃头，洪水遍地流。

风起黄沙飞，十年九不收。

男人走口外，女人挖苦菜。

这就是当年右玉人民生活的真实写照。新中国成立初期，右玉全境有8000余亩林木，森林覆盖率只有0.3%。由于植被遭到严重破坏，再加上距毛乌素沙漠不到100公里，右玉常年风沙不断。清代《朔平府志》记载当地的风沙状况："大风拔禾，毁屋伤牛羊，昼晦如夜，人物咫尺不辨。"可见民谣里所唱"白天点油灯"、"起尘活埋人"不是虚言。

明代诗人王越有诗云：

雁门关外野人家，不养桑蚕不种麻。
百里并无梨枣树，三春哪得桃杏花。
六月雨过山头雪，狂风遍地起黄沙。
说与江南人不信，早穿皮袄午穿纱。

这首诗是诗人云游雁门关外一带的真实感受。右玉近2000平方公里的土地上，"百里并无梨枣树"，仅偶尔可见几棵散落的小老杨树或榆树之类，没有一片成林树木，遍地黄土裸露，沙丘堆积，形成"狂风遍地起黄沙"的恶劣环境。

新中国成立初期，经年不断的风沙，给许多右玉人留下难以磨灭的记忆。至今，五六十岁的中老年人，都对右玉当年的风沙有着刻骨的记忆。

原县政协主席王德功老人，给我讲述了50年前的一次深刻记忆。上世纪50年代初期，刚刚九岁的王德功跟着叔叔去县里看望父亲。父亲当时在右玉县委会工作，由于工作忙，一年也回不了几次家。怀着对父亲的思念，王德功一大早起来，吃了点莜面窝窝，带上一点炒面，便跟着叔叔出发了。从马莲滩到县城也就几十里的路程，赶吃中午饭时应该能看到父亲。谁知道没走几里，便开始起黄风。漫天的黄风卷着沙子，打在脸上，打得年少的王德功口鼻里都是沙子，眼睛睁不开，看不见路，只好躲在叔叔的身后，拽着叔叔的衣襟，低着脑袋，看着叔叔的脚后跟走。即使这样，王德功还是几次差点被黄风刮倒。走不了几步，鞋里便灌满了沙子，每一步都迈得十分沉重，可谓举步维艰。几十里的路，等赶到县城时，已是晚上点灯时分。他浑身都成了土人，父亲都差点认不出他来了。

上世纪50年代出生的李建堂，曾担任县交通局的副局长。他小时候记忆最深刻的，是老家马官屯西城畔的那座沙丘。沙丘是常年不断的黄风刮来的黄沙堆积起来的。一天，李建堂和伙伴们在西城畔的沙丘上溜坡，玩着玩着，突然刮起一阵黄风，铺天盖地，卷着沙尘，把他和小伙伴们差点掩埋。他们吓得一个个拼命四散逃开。可是风沙刮得人睁不开眼睛，他们连回家的路也找不着。一次，李建堂住在舅舅家。夜里，黄风大作，沙尘打得屋门噼啪乱响，舅舅家的猪栏被黄风刮开来，野狼闯进圈里叼猪。听到狂风中猪的惨叫声，全家人抱着脑袋，却不敢出去。风沙实在太大了，连屋门都不敢打开。结果那头百来斤的猪就被狼叼跑了。那头猪是舅舅家一年的收成，舅舅一家人气得抱头痛哭。

今年88岁的伊小秃老人，说起50年代的风沙，直摇头叹息。他记得，合作社时期，长城内外的风沙很大，他当村支书，领着社员到田里去种山药，头一天下种完，夜里一场风沙，第二天到田里一看，地里的沙土全被刮跑了，山药籽也被刮得不见了踪影，只好重新下种。这样的事经常发生，每年都要种上好几回，才能安下籽种。由于土地严重沙化，干旱得收不下粮食。好点的土地一亩地能打上五六十斤，差点的土地，一亩也就二三十斤，种了一年，连吃饭都不够。正如当地流传的歌谣：春种一坡，秋收一瓮，除去籽种，够吃一顿。

常年的风沙，伴着一代代右玉人长大。随便问一个在右玉长大的人，或者曾在右玉生活过的人，黄风和黄沙都是他们生命和生活中最深刻的记忆。

战乱，风沙，干旱，食不果腹，民不聊生，这是右玉数千年来的历史之殇，是新中国建立之前右玉的百姓之痛。这殇与痛深深刺伤了新中国成立后的一代代当政者，刺痛了中国共产党的一届届县委班子。为了医治数千年的战争创伤，为了疗救辈辈世世的右玉百姓之痛，他们不懈地、艰难地寻求着一条救民之路。

目 录 CONTENTS

第一章 1949，风沙中的第一抹脚印 /1

新中国成立的1949年，第一任中共右玉县委书记张荣怀在结束了近4个月的全县徒步考察后，首次提出一个响亮的口号："人要在右玉生存，树就要在右玉扎根。右玉要想富，就得风沙住；要想风沙住，就得多栽树。"正是这句朴实的口号，改变了整个右玉的命运，改变了右玉未来的进程。

第二章 1952，大风中的誓言 /11

1952年3月，"右玉各界人民代表大会"召开当天，一阵狂烈的大风裹挟着黄沙呼啸而来，将县委会大院里一棵比碗口还粗的大树拦腰折断。面对此情此景，刚上任的县委书记王矩坤带领群众大声地喊出："黄风算什么？在我们共产党人面前，没有什么是不可战胜的！今天大风折断了一棵树，我们要在右玉的土地上栽下一千棵、一万棵树！"

第三章 两个书记和一道洼 /19

马禄元，这位从战争年代走过来，经历过无数生死考验的第四任右玉县委书记，不顾尊严，不顾身份，趴在黄沙洼的沙梁上，手里抓着两把沙土，望着依旧光秃秃的黄沙梁，失声痛哭，哭得像个孩子一般的孤独和无助。此时此刻，刚刚来报到的第五任县委书记庞汉杰就站在他的身后……

第四章 常禄之树 /43

如今，右玉的老百姓说起遍布右玉全县的油松、樟子松、落叶松等等，就会说，那是常禄书记引进来的；说起右玉数以百计，大大小小的苗圃，就会说，那是在常禄书记手里发展起来的；看到右玉那漫山遍野的杨树和松树，就会说，那是常禄书记任上种下的。这些树，仿佛成了常禄的化身，尽管常禄已经离开了这个世界……

第五章　八十年代，困境中的探索之路　/71

　　知识分子型的袁浩基书记和在基层摸爬滚打几十年的实干型县长姚焕斗，用自己的双脚走过右玉的山山水水后，提出了深谋远虑的十六字发展方针："种草种树，发展畜牧，促进农副，尽快致富。"他们说："要把现有的人才用起来，把外地的智力引进来，把干部的水平提起来，把基础教育抓上来，让右玉经济飞起来。"

第六章　沙棘王国的梦想　/93

　　"在右玉工作的三年半时间，是我从政以来心情最愉快、工作最顺手、记忆最深刻的一个时期。到了右玉，你没有理由不把绿化的接力棒传承下来。历史使命不让，右玉的老百姓不让，自己的责任感也不让。"靳瑞林书记就用这样一段饱含深情的话开始给我们讲述他在右玉的日日夜夜……

第七章　新世纪的典礼　/111

　　高厚书记一再感叹："在中国，一个县委书记的位置太重要了。你怎么干，直接关系到老百姓。脱皮掉肉地干，老百姓生活就会改善；应付差事地干，也许你能继续升官，但对老百姓，却是截然不同的结果。""右玉精神应该是右玉人民创造的，我们十八任县委书记，只不过是一任接着一任地传承了接力棒，是短跑。真正跑马拉松的，是右玉人民……"

第八章　向东，向东　/133

　　赵向东书记始终认为：任何时候，办法总比困难多，一个困难，可以想十个办法来对付它……当赵向东代表右玉的十七任县委书记接过"2007山西记忆十大新闻人物"荣誉时，他仍在强调："一任接着一任搞绿化是一场没有终点的接力赛。在右玉，只有咬定绿化不放松、植树造林不停步，今后的接力才会更加精彩……"

第九章　**彩云之南的新娘**　/167

余晓兰，来自彩云之南的新娘，就像一粒漫山遍野的沙棘种子，飞落在右玉南崔家窑村，扎根、生芽、开花、结果，以她极强的生命力，在十几年的时间中，引出了漫山遍野的绿色。她说："我不像那些大老板、企业家们一样，有亿万身价。我现在还很穷。可是，我像他们一样，也实现了自身价值……"

第十章　**威远堡之魂**　/193

威远堡的人们对毛永宽念念不忘，尽管他已经在30年前离开了这个世界。至今，威远堡盆地之间的一道道农田林网，西门外、北门外、西河湾那一道道防风林，威远堡那一条环村而行、四通八达的向阳路，仍被用来浇地浇树的五眼大口井，都是毛永宽当村支书时修建的。毛永宽是一块无字的碑石，什么都不用写，用手抚摸就能感受到无数的文字……

第十一章　**张一的故事**　/219

张一忙到半夜三点多钟，才把所有树苗起好并装车完毕，但驶上公路没多久，他发现煞树苗的绳子有点松，就叫司机停下来，他下去勒绳子。他一辆一辆地检查，就在一切快要结束的时候，突然，一辆大卡车从一旁呼啸而过，把正在车旁煞绳子的张一挂倒在地上，轮胎从他身上碾压了过去……

第十二章　**石炮沟的人与树**　/233

深夜，瑟瑟的秋风刮着他的脸，空旷的荒野里只能听到砰砰的镐头与土地、石块碰撞的声音和那山风掠过山头时尖利的呼啸声。王占峰什么都不去想，只是狠狠地抡着铁镐，一下，又一下……忽然，他感觉脚底下有点异样，低头去看，发现一只狍子正卧在他的脚下。王占峰忽然感到一阵亲切，原来这山上还有和他一样需要温暖、需要安慰的生灵……

第十三章　小老树之魂　/249

一年一年，一棵一棵，种树的人老了，腰弯了，背驼了，可他们依然精神矍铄、容光焕发。他们就是一棵棵鲜活的"小老树"，一棵棵佝偻着身子却朝气蓬勃的"小老树"。如果说小老树有一种精神，那就是右玉人的精神；如果说小老树真有灵魂，那他们就是小老树之魂。

第十四章　崛起的右玉　/271

我们拿什么来回报右玉人民？让右玉人民享受到他们数十年的奋斗成果？"建设一个经济繁荣、民富县强的新右玉，一个山川秀美、宜居宜业的新右玉，一个开放创新、充满活力的新右玉，一个文明和谐、平安幸福的新右玉，这是我们这一届班子正在干的事！"陈小洪，这位年轻帅气的县委书记略带疲惫的脸庞上，洋溢着一种坚毅、乐观、自信的神情……

第十五章　风从塞上来　/291

从一片不毛之地，到今天的"塞上绿洲"，右玉正如一颗耀眼的明珠，在塞外这块荒漠化严重的大地上跃升起来……右玉不只是一个艰苦奋斗的精神典型，"右玉之风"背后更深层次的是人们对人类生存环境的关注与深思，是共产党的干部应该坚持什么样的政绩观的思索与考量。这股自塞上而来的生态"热风"必定会席卷整个中国！

后　记　/299

第一章

1949，风沙中的第一抹脚印

1949年6月，35岁的张荣怀，刚刚洗去战火风尘，就奉命担任解放后的第一任中共右玉县委书记。在他上任的头一天，右玉送给他的见面礼，就是漫天的狂风黄沙。

刚从部队转到地方工作的张荣怀，对右玉其实并不陌生。抗战期间，张荣怀曾在晋绥根据地一带打过游击。平鲁、朔县、左云、右玉，是他常来常往的地方，但基本上是过往得多，停留得少。都说右玉的风沙大，右玉的风沙厉害，到底有多大，有多厉害，张荣怀没有深切的感受。他对右玉的认识，仅仅停留在贫穷、偏僻、地广人稀这一皮毛上。想不到的是，他上任的头一天，就遭遇了右玉出名的黄风狂沙的洗礼。

风从塞上来
FENGCONGSAISHANGLAI

右玉有一句老话,这话在右玉的县志里都有记载,叫作"立夏不起尘,起尘活埋人"。这句话张荣怀在右玉的老县志上见过。到右玉上任以前,张荣怀为了对右玉有所了解,托人找了一本《朔平府志》。翻阅之余,除了对右玉很多古堡印象颇深外,记忆深刻的就是县志里有关风沙的民谣了。"一年一场风,从春刮到冬。黑夜土堵门,白天点油灯。立夏不起尘,起尘活埋人。"张荣怀到右玉上任的时间正是立夏不久,起尘活埋人的季节。这一天,张荣怀带着通信员徒步从大同到右玉赴任,过了左云,进入右玉的东半县,就感受到了阵阵风沙扑面而来,沙子打在脸上阵阵生疼。通信员说:"张书记,右玉和大同咋就像是两个天地呢?"张荣怀说:"右玉地处内蒙古和山西交界处,距毛乌素沙漠不到100公里,是晋蒙交界的一道风口,所以风沙就大。"话刚说完,突然前面一阵铺天盖地的黄风席卷着滚滚沙

尘迎面扑来，一时间天昏地暗，眼睛睁不开，人站立不住。

右玉的风分为两种，一种是黄风，漫天大风卷着黄沙，一时间能在平地上积起一座沙丘，能把行人掩埋，当地老百姓把它叫做"黄风"。这种风常在沙漠化的地带刮起，一般是自西北向东南席卷而来，当地人又管它叫"拉骆驼风"，意为连绵不断，无头无尾。另一种是平地起风，突然间狂风大作，天昏地暗。狂烈的旋风能把碗口粗的大树刮断。这种风起时，遮天蔽日，分不清白天黑夜，大白天屋里须点上油灯才能照见人影。这种风当地老百姓叫做"黑风"。右玉县的老百姓常年经受着这两种风害的折磨。张荣怀遭遇的正是黑、黄两种风害中的黄风。

黄风挟带着狂沙铺天盖地，刮得张荣怀和通信员站立不住。张荣怀忙喊叫通信员卧倒。两人扑倒在地上，将脑袋紧紧搂抱着，抵挡着狂烈的风沙袭击。等到半个小时后，狂风过去，两人想要爬起来时，却发现自己动不了窝了，原来半个身体已经被沙子埋住了。这一场狂烈的风沙让张荣怀第一次见识了右玉风沙的厉害。

通信员说："张书记，这么个地方，人咋活呢？" 张荣怀没有说话。这场黄风让他意识到自己将要面临的境遇，意识到自己将要担起的重担和责任。作为即将上任的中共右玉县委书记，这正是他必须回答的问题：这么个地方，老百姓怎么生活呢？

被临时当作县委会的是那座天主教堂。上任后的张荣怀没有在这里呆一天。他上任后的第二天，就挎着背包，带着炒莜面，手里拿着一张军事地图，开始了对右玉全境的徒步考察。他心里很明白，解放了，人民当家做主了，和平来临，战火已经远去，可是风沙依旧，恶劣的气候依旧。地不长草，田不打粮，右玉的老百姓要吃喝、要生活，他这个新中国的第一任右玉县委书记，面临的是如何为右玉老百姓找一条活路，一条生存之路。他告诉县长江永济，任何坐在办公室里的空谈都无济于事，我们要行动。只有行动，才能找到出路。于是，他和江永济决定分头下乡去考察，只有摸清右玉的底细，只有听听老百姓的呼声，才能真正为老百姓找到一条出路。

夏日骄阳似火，无遮无挡的高原阳光，强烈的紫外线照在张荣怀的脸上。他紫红的脸膛上，滴落着大颗的汗珠，发旧的军装很快湿透。没有几天，脚上那双新换的布鞋又一次裂开了口子。鞋底已经磨透了，沙子从鞋帮子处、鞋底子下钻了进来，硌得他脚板生疼。每走几步，他就要坐下来倒掉鞋里的沙子。他每天不停地行走在右玉的沙丘和沟梁上。从南部的元堡子到北部的破虎堡，从东边的牛心堡到西边的马营河，从浑黄的苍头河到苍茫的古长城脚下，张荣怀每天都在不停地走着。饿了吃一口炒面，渴了找山泉水喝。有时候走了一天，甚至找不到一滴水喝，炒面干得难以下咽，嘴巴都裂开了血口子。遇到天气不好，起了风尘的日子，张荣怀和通信员一起落得个灰头灰脸，一身沙尘。两人常常在风暴中趴倒再站起，站起再趴倒。

两个月的时间里，张荣怀走遍了全县300多个大小村庄、上千道沟梁河汊，本子上画下、记下了每一道沟、每一处沙丘和沙梁。白天他行走在山梁沟汊间，行走在田间地头；夜里，他走进农户家里，睡在土炕上，和老乡聊天、请教，寻求着"救民良方"。

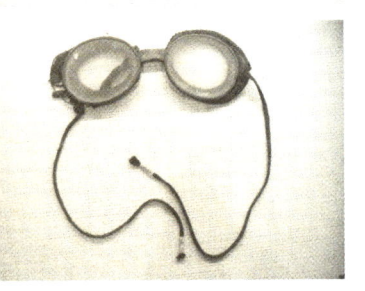

在位于高家堡乡的曹村东沟，张荣怀被一个光着脊梁的农民和一片树林吸引。在这里，他突然找到了"救民良方"，找到了治理风沙的好办法。

这一天，徒步考察来到赵望坡辖区曹村的山梁上时，张荣怀和通信员突然又遭遇了突起的黄风。黄风裹卷着沙子打得他们睁不开眼睛，分不清道路。通信员指着前面沟里的一片树林对张荣怀说："快，咱们到那片林子里躲一躲去！"

两人来到沟下的树林里,风沙果然小了好多。

通信员说:"咦,张书记,树林子能挡风沙哩!"

张荣怀没有说话,他四处打量,看到一个光着膀子,额头上刻着深深褶子的老农,正躬着身子,挥着铁锹,不顾风沙的吹打,在林地上挖着坑。

张荣怀朝他走过去,蹲下来,饶有兴趣地看着挖坑的老农。

"老乡,你这是挖树坑吧?"

老农没有说话,只是在埋头挖着坑。风沙扑打着他冒着汗珠的光脊梁。

通信员有些不耐烦:"老汉,我们张书记问你话呢!"

挖坑的老农抬起头来,口气倔倔地说:"喊谁老汉呢?我不是老汉!我还没娶媳妇呢!"

张荣怀这才看到,挖坑的农民虽然额头上褶儿很深,但脸膛并不是太老,而且显得很健康,脸上泛着劳动后的红光。

张荣怀笑着赔礼:"老乡,小孩子不懂事,说话不讲究,你别跟他一般见识。"

这个"老汉",就是后来被评为山西省林业劳模的曹国权。他家就住在沟下的曹村,虽然看上去有点老相,但其实他并不老,当年才31岁。因为家穷,连媳妇都还没有娶到家呢,就被人叫成"老汉",也难怪他恼火。

张荣怀问:"老乡,这一片树是你种的?"

曹国权打量了一眼面前的两个人。这两人都是灰头灰脑,一身的沙子,衣裳不知道被什么东西挂破了,鞋子前头也张着嘴巴,像个给人扛活的庄户人,听口音又像是个外乡人。他不太想答理这两个不知来历的陌生人。

他低着脑袋只管挖着树坑,口里随便应着:"嗯。"

张荣怀:"这道沟里的土地是土改时分给你家的吧?"

曹国权:"不是。是我用土改分的12亩好地和别人换来的。"

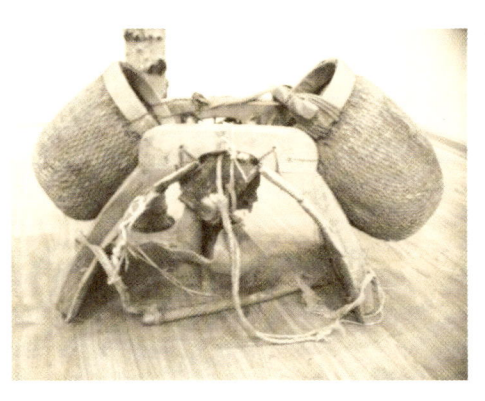

张荣怀万分奇怪："你为什么要用好地换这一道沟呢？"

曹国权："换过来种树。"

张荣怀更奇怪了："为什么不种粮食，要种树？"

曹国权回头看着这位穷追不舍的外乡人，不耐烦地提高了声音："不种树哪儿能打下粮食？常年刮这么大的风沙，不种树，能种成庄稼？"

他用手指着沟里："你瞧我这一沟的山药蛋，没有树，哪儿能长这么好？全靠种树挡住风沙哩！这也不懂！"

张荣怀这才看到，沟里除了树林之外，还有几块山药蛋田。

张荣怀在徒步考察的过程中，看到右玉大片的土地沙化、干旱，在夏季，庄稼几乎都处于半枯萎状态。而这几块山药蛋田里，山药蛋苗的长势很好，看不出一点旱象。张荣怀顿时心里一亮，他走过去，蹲在田里，用手刨着田里的土。这田里的土不像别处多半是沙子，这块田里几乎见不到黄沙。张荣怀抓一把土在手里捏着，他感觉到了一种湿润，一种在右玉的土地上很少见到的湿润。

张荣怀思索着："老乡，你说是你靠种树挡住风沙，这里的沙子就少了，土壤就保墒耐旱了，庄稼就能长好了，是不是这道理？"

曹国权说："你说的啥道理我不懂，我就知道种下树，这地就能打下粮食了！"

张荣怀的心在怦怦地跳，他开始激动了。

他没有再说话，拾起一旁的一只铁锹，帮着曹国权挖起了树坑。

这一天，张荣怀没有走，夜里他就住在曹家，和曹国权睡在同一铺土炕上，不断地问东问西，想着法和曹国权拉呱。这晚他为这个憨厚的农民的智慧所折服。这个憨厚倔强的青年农民，其实是个很有想法的人。曹国权从前几年就开始种树。他把土改时政府分给自家的12亩好地，跟别人换了这道荒沟，然后开始在沟坡上种树，用树当作屏风，然后在沟里面开荒种上山药蛋、莜麦籽、胡麻等。树挡住了风沙，保持了水分，他种的粮食每年都长得很好，收成要比村里的一般人家高出几成，比他换给人家的那块好地的收成还要好。收成好了，慢慢就积攒下一点粮食。家里穷一直娶不上媳妇的曹国权，因为家里有了几瓮存粮，终于有人家愿意把姑娘许配给他了。在31岁这一年，他定了亲，准备趁当年冬天农闲时就把媳妇娶过门来。

这天夜里，张荣怀整夜没有睡，一个念头在他的心里萦绕着，就像一粒树种在心里慢慢发芽，尔后迅速地生长壮大，一夜间便成长为一粒参天大树。天亮的时候，一个想法在张荣怀的心里成熟起来。

种树！右玉要想没有风沙，就得种树；右玉的土地要想打下粮食，就得种树；右玉人要想过上好日子，就得种树！

种树是右玉人生活和生存的必然出路！

临走时，张荣怀握着曹国权的手，激动地说了三个字：谢谢你！

中华人民共和国成立后的第23天，1949年的10月24日，结束了将近四个月的全县徒步考察后的张荣怀，召开了中共右玉县委工作会议。在这次工作会议上，张荣怀首次提出一个响亮而通俗的口号：人要在右玉生存，树就要在右玉扎根。右玉要想富，就得风沙住；要想风沙住，就得多栽树。想要家家富，每人十棵树。

这是朴实得不能再朴实的口号。就是这一句句最为朴实，却最为符合右玉实际的口号，改变了整个右玉的命运，改变了右玉未来的历史进程，改变了右玉人民未来的生活。这个口号在右玉流传至今，影响了几代右玉人，影响了右玉后继的17任县委书记和县长，最终被写进了右玉的历史。

这是中国共产党人，中共右玉县委第一任书记和县长，在贫瘠沧桑的右玉大地上，经过艰辛的徒步考察，深入群众，深入实际，调

查研究，尊重事实，为右玉人民寻找到的一条改变命运的根本出路。这条出路被后来60年的实践证明，是符合右玉实际情况的，是切实可行的，是科学的，是可持续发展的。

1950年的春天，右玉召开全县"三干"会议。这年的三级干部会议的主题，由布置全年的工作，变成了向风沙宣战的誓师动员大会。张荣怀和县长江永济分别作了动员报告，号召全县人民从当年开始，每人每年10棵树，家家植树，人人植树，党员带头，干部领先，以实际行动向风沙宣战，为改变恶劣的生存环境而艰苦奋斗。在这次大会上，县委给各区各村分配了植树任务和指标，要求必须按质按量完成。

"三干"会结束的这一天，张荣怀和江永济扛起铁锹，带着全县的机关干部，带着参加会议的县、区、村三级干部，前往右玉老城的西门外，带头完成每人10棵树的义务植树任务。

就在前往西门外的路途上，右玉再次刮起了狂烈的黄风。一时间，飞沙走石，扑打着干部们的脸庞，沙尘把一条长长的植树队伍淹没了。走在植树队伍前头的张荣怀没有犹豫，没有后退，他迈着坚定的步伐迎着风沙朝前走去。他的身后，扛着铁锹和铁镐的干部们,也没有一人退缩,坚定地跟在他们的县委书记身后。

张荣怀带着上百名机关干部和区、村干部,冒着风沙来到西门外,走到苍头河边,挥锹挖下第一个树坑。

这个树坑,为此后右玉60年坚持不懈的植树造林拉开了序幕;为此后17任县委书记和县长接力不断,创造世界生态奇迹,跑出了第一棒;也为60年后"右玉精神"的诞生,奠定了牢固的基石。

在经历了右玉风沙的洗礼之后,这位新中国成立后的第一任中共右玉县委书记,用他坚实的步伐,在风沙中留下了第一串脚印。

这脚印,60年后依然清晰地留在右玉人的心中。

据《右玉县绿化志》记载:从1950年春到1951年秋,全县共组织了四次爱国造林大竞赛运动,采取从当地的小老杨树上采树枝,挖坑插枝条的办法,共造大片林木2.4万多亩,零星栽树五万多株。自此,右玉60年绿化大地、改造生态环境的序幕拉开了。

第二章

1952,大风中的誓言

1952年春天,王矩坤带着家属,坐着胶轮马车,从阳高县出发,到右玉赴任。他接替张荣怀,担任新中国成立后的第二任中共右玉县委书记。

现年80岁高龄的王矩坤夫人周淑贤清楚地记得她跟着丈夫到右玉上任第一天的景象。一路上刮着黄风,到处灰蒙蒙的,风沙不断地扑打着她的脸颊。坐在马车上,身子得朝向后方,不能迎风而坐,不然,眼睛就睁不开。刚刚到了右玉县城,走进那座天主教堂的院子,突然就起了大黑风。一时间天昏地暗,屋顶的瓦都给刮了下来,到处噼啪乱响。公务员急忙把他们领进屋子,立刻点上了油灯。虽然是大白天,但不点灯屋子里什么也看不见。一间平房,里外套间,里间是卧室,外间就是书记办公的地方。到了夜里,才发现卧室的土炕上连席子都没有,周淑贤只好把被子铺在土炕上,半铺半盖地将就了一晚上。第二天一早,周淑贤就跑到街上,买了一领席子回来。

周淑贤想,这么个地方,丈夫这个县委书记可怎么当啊?

然而,当年只有30岁的王矩坤,却一点畏难情绪也没有。这个从雁北地委宣传部下来的年轻人,身上有着一股子宣传干部特有的激情,有着一种干一番事业的雄心壮志。他说,穷怕什么?只要有志气,穷面貌就能改变。风沙大也不怕,只要坚持种树,总有治理好的那一天。前任书记已经蹚开了路子,我们接着干就是。

但是,似乎是为了给这位充满激情的年轻书记泼一瓢冷水,也许是想给这个不知畏惧的年轻人一个下马威,大自然在1952年的这个春天,在王矩坤刚刚上任不到一个星期的时候,就在他面前上演了一幕"大风撼树"的悲壮情景。这一幕,让60年后的今天的人们

记忆犹新。

1952年3月15日，右玉县委召开了右玉各界人民代表大会。王矩坤这个新任的县委书记，要在这个大会上做首次表态发言，要与各界人民代表共商改变右玉穷貌的大计。会议本来就在县委会的大院里召开，谁知会议刚开始不久，一阵狂烈的大风突然刮了起来。大风裹挟着沙尘，呼啸而来，一时间整个会场天昏地暗，飞沙走石。会议只好临时挪到室内召开。然而室内的会场黑暗一片，只好点起了胡麻油灯。

王矩坤一手举着油灯，笑着说："你们瞧，老天爷知道我们要向他挑战了，便来向我们示威。"

王矩坤话音未落，突然外面"咔嚓"一声巨响，把所有的与会者吓了一跳。

王矩坤领头跑去察看，被眼前的景象震得惊呆了。

县委会大院里，一棵比碗口都粗的大树，被狂风拦腰折断，倒在大院当中。

大风似乎仍不肯罢休，再次把刮倒在地的大树卷起来，朝所有参会的人员示威。

王矩坤看着与会的各界代表，大声说："你们看看，右玉的黄风要吃人哩！它是不想让我们右玉人活哩！它这是在向我们的生存挑战，向我们右玉人民宣战，我们怕不怕它？"

狂风中，会场里响起震天的呼喊声："我们不怕！我们要与天斗，与地斗！坚决斗争到底！"

王矩坤激动地大声说："对！我们不怕它！黄风算什么？在我们共产党人面前，没有什么是不可战胜的！同志们，我们的人民代表，是各界人民群众中的精英人物，右玉的事情要想办好，就要靠我们这些领头人；右玉的风沙要想治住，也要靠我们这些领头人！今天大风折断了一棵树，我们要在右玉的土地上栽种下一千棵、一万棵树！今天这个大会，就是我们向恶劣环境宣战、向风沙宣战的

一次誓师大会！我们要坚决与风沙斗争到底！"

人民代表们一起高举起拳头，齐声高呼："誓与风沙斗争到底！不获全胜，决不收兵！"

王矩坤说："就从我们的人民代表做起，从今天开始，我们的人民代表，都要带头多植树，植好树！"

1952年3月15日，大风撼树的日子，右玉各界人民代表大会，在县委书记王矩坤的带领下，变成了一个向风沙宣战、向恶劣的生存环境宣战的誓师大会。右玉人民战斗的鼓角已吹响，总攻的信号已发出，右玉的各界人民代表，在大风中发出庄严的誓言，誓与风沙斗争到底！

会后，王矩坤立刻和县长李文仁一起下乡调研，研究商讨右玉治理风沙的良策。他们从雁北林业站请来技术人员，对全县的植树造林进行了规划，有计划有步骤地在全县开展大规模植树造林。20世纪50年代，右玉没有苗圃，以前植树都是靠"空中苗圃"。所谓的"空中苗圃"，就是砍小老杨的枝条。右玉生命力最顽强的树种，就是小老杨树。右玉人植树之前，先砍来小老杨的枝条，插在树坑里，压土浇水。数月后，小老杨的枝条就会发出新芽，慢慢地长成一株树苗。人大会后，全县开展大规模植树，仅靠零星的小老杨提供的"空中苗圃"显然远远不够。为了解决树苗，王矩坤亲自跑到雁北林业站，向林业站的胡应岗站长求援。雁北林业站有自己的苗圃，但只管国营林场的植树任务，没有供应右玉植树的义务。胡应岗表示为难。王矩坤不管这些，说右玉也是雁北的地界，右玉的树种好了，也是你们雁北林业站的功劳。说到底反正你得帮我，不帮我解决树苗，我就不走。软磨硬泡，胡应岗没有办法，只好答应帮忙。几天后，王矩坤赶着胶轱辘马车，和胡应岗一起拉着几车杨树苗回到了右玉。

这年春天，右玉县委组织了万人大会战，开始了大规模的植树运动。李文仁担任植树造林总指挥，坐镇全县，把指挥部设在了造林第一线，边干活边指挥。王矩坤呢，扛着铁锹，带着干粮，深入到各个造林工地上去，和植树的群众同吃同住同劳动。劳动休息时间，他就和群众拉呱，不断地给群众宣传植树造林对改变右玉恶劣环境的重要意义，走到哪里宣传到哪里，鼓动群众把植树的任务变成自觉行动。深入植树工地的王矩坤，脸膛晒得和群众一样黑，手上全是打出来的血泡，衣服上、脸上、头发上全是沙尘灰土。如果不说话，没有人认得出来他就是新来的县委书记。慢慢地，全县群众都知道了，有个新来的年轻的县委书记，天天和群众拉呱植树，天天和群众吃住劳动在一起。老百姓甚至不知道他姓什么，只是叫他"植树书记"。

由于气候环境的恶劣，干旱风沙的侵害，右玉全县在1953年春天遭遇了罕见的春荒，大部分群众家中断粮，处于饥饿之中。老百姓有人甚至想要重走西口路，想要到口外去谋生。为了解决群众生活困难的问题，王矩坤和县长李文仁向上级请求援助。国家给右玉下拨了40万公斤玉米，当作救灾粮。粮食到了右玉县政府，李文仁决定马上把救灾粮分配到各区、村，分到群众手里。王矩坤却有自己的想法。他对李文仁说："老李，这救灾粮不能就这样分下去。"李文仁问为什么。王矩坤说："右玉的粮荒是因为气候环境恶劣，粮食大面积减产引起的，恶劣气候是贫困的根本，不解决这个主要矛盾，以后右玉人就得年年靠吃救灾粮生活。右玉人要想生活得好，就得靠一个字：干！还得靠两个字：苦干！越是困难的时候，人心越不能散。"王矩坤的想法是，把发放救灾粮当作一次凝聚全县人心，团结一致去改变右玉穷貌的契机。于是，二人将商量的结果报经县委同意后，把救灾粮和植树造林运动结合起来，用"以工代赈"的方法，来发放救灾粮。

县政府决定，村民每种一亩树，发给8.5公斤玉米，作为村民的劳动报酬。在发放赈灾粮的大会上，王矩坤面对前来领取救灾粮的各区、村干部，发表了一番颇为动情的演说：

"乡亲们，这批救灾粮是国家无偿下拨给乡亲们度灾的，是我王矩坤自作主张，说服县委同意，用'以工代赈'的方法来发放给群众。如果有人不同意，不要埋怨县委，可以到上级部门去告我王矩坤。我为什么要这么做呢？我就想，这粮食是国家白给的，但我们不能白吃。我们今年白吃了这批粮食，那我们明年还得继续靠国家救济。或许十年二十年后，我们还得靠国家来救灾。我们右玉人不能这么没出息，我们右玉人是有志气的，我们不能靠国家的救济粮活一辈子，也不能靠国家的救济粮养活自己的老婆孩子。摆在我们

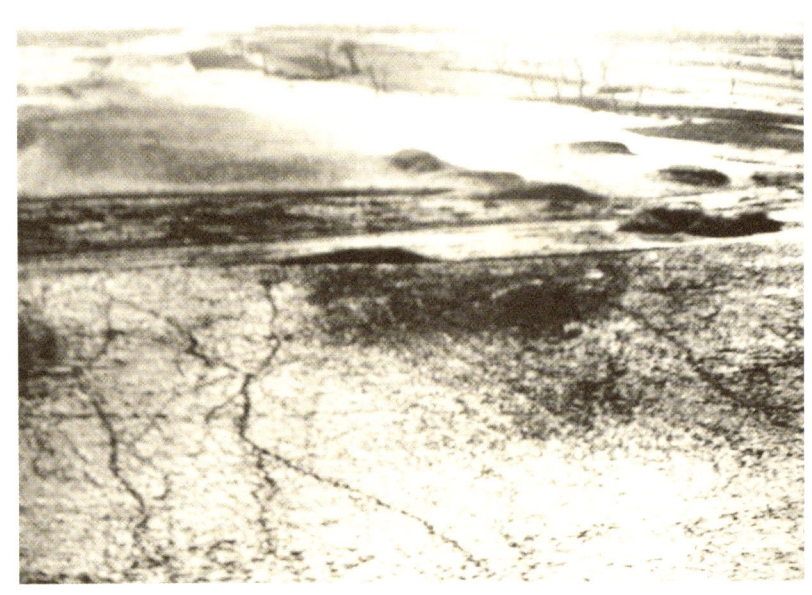

面前的就只有一条路,那就是,我们得干,我们得苦干!我们右玉人要靠自己的双手去改变自己的命运,改变右玉的穷困面貌。这些粮食我们不能当作救济粮,要当作'植树粮'。吃粮食的人,就得植树。植树的人,才有资格吃粮。如果不植树,活该你饿死。因为你今天不植树,明天你还得饿死!要想明天不饿死,我们就还得植树!"

王矩坤的话引起一阵热烈的掌声。区、村干部们齐声呼应着:"对,植树的人才有资格吃救济粮!"

这一年,右玉的40万公斤救灾粮,全部以"以工代赈"的方式,发放到了那些战斗在植树工地的群众手里。有了粮食吃,群众的植树热情空前高涨。各家各户,人人出动,男女老幼,个个上山,植树进度大幅度加快。仅一个春天,右玉全县就造林三万余亩。

两年后的1955年1月,王矩坤调离了右玉。临走时,他沿着苍头河岸走了一遍。沿河两岸的小杨树已经成长起来,虽然是冬天,它们依然在零下30度的寒风中挺拔着身姿,遮挡着风沙。王矩坤的心里感觉到了一丝欣慰。1952年春天,那次大风中的誓言隐约响在他的耳边。他想,虽然他要离开了,但右玉人民还在,右玉各界代表的誓言还在;右玉的树,仍会继续种下去;右玉的风沙,会一年年小下去。只要右玉人的精神不倒,右玉总有一天会变成富强美好的右玉。

据《右玉县绿化志》记载:1952年3月到1955年1月,王矩坤任县委书记的三年时间里,右玉全县共营造大片杨树林12.7万亩,零星植树17万株,为右玉县的绿化事业,为未来的"塞上绿洲"奠定了基础。

第三章

两个书记和一道洼

马禄元：初战败北，英雄泪湿襟

山西灵丘县的下河沿村，是一个很美丽的村庄。山上有树，村前有一道河，河水清澈透亮。雨季的时候水会很大，河道就有100多米宽。村里人世代沿河而居，享受着翠山绿水。1927年，马禄元就出生在这个依山傍水的小村庄里。马禄元自小继承了父亲的秉性，天资聪颖，小小年纪就参加了抗日儿童团，站岗放哨查路条，帮助八路军送公粮。只要是抗日的事，他都积极去干。他还上了村里的抗日小学，跟着八路军识字学文化。由于他积极热情、聪明能干，又写得一手好字，十几岁就被选拔到抗日县政府当了文印员，帮着刻蜡版，印文件，后来又被提拔为县政府的政务秘书。由于工作出色,解放后,马禄元被调到雁北地委担任办公室主任。直到1956年春天,组织上委派他担任中共右玉县委书记。当年,马禄元只有29岁。

马禄元携全家坐着敞篷卡车,从大同出发,一路颠簸来到右玉。4月的右玉,天气依然透着丝丝寒意,风沙狂吹。一下车,八岁的大儿子马友就被风沙迷了眼睛。现在已经从省委组织部副部长位子上退下来的马友,清晰地记得,当年他刚上小学,经常是上着课外面就起了风沙,教室里一片昏暗,什么都看不见,大白天都要点上油灯。每个学生面前的课桌上,都放着一盏用墨水瓶子做的胡麻油灯,衣服口袋里装着一盒火柴,随时准备着点灯。他还记得,右玉的冬天出奇的冷,西北风裹着沙子漫天乱刮,上学下学,孩子们头发里、衣服领口里全是沙子。冬天的雪会很厚,厚到埋住半截腿。孩子们都出不了门、上不了学,只好躲在家里等着天放晴。

这就是1956年,一个八岁孩子记忆中的右玉,也是马禄元上任伊始,右玉县的真实状况。面对这么一个穷苦而环境恶劣的小县,马禄元这个年轻的县委书记,这个还不到而立之年的右玉的父母官,该怎么办?

马禄元的人生字典里,没有"畏难"二字。从他参加革命那天

起，他的人生就只有前行，没有后退。

马禄元上任后做的第一件事，就是带着农林部门的负责人，徒步深入全县各地进行勘察，摸清全县的风口和急需绿化的沙丘沟梁。经过实地考察，他意识到了右玉所面临的问题，远比他想象的要严重。解放后，虽然经过几年的植树造林，右玉的大地上出现了比以前多的绿色，但右玉的气候环境仍没有得到有效改善，风沙大，土地干旱，土地沙化和水土流失现象仍然十分严重。大片大片的沙丘，年年在长高，且年年在由西向东流动。右玉城的北城墙，那座建于明代三丈六尺高的老城墙，外墙已经整个被黄沙掩埋。原先是用来抵御外寇的城墙，已经变成可以跑马上城的平地。马禄元上任的时间，正是春种的季节，他看到风沙中，农民种下的莜麦籽被风刮跑了，山药蛋的种子被风刮跑了，春播难以下种。即使种下去，干旱的沙土地也打不下粮食，老百姓仍然面临着"春种一坡，秋收一瓮，除去籽种，够吃一顿"的困境。马禄元想起了自己的家乡，灵丘县那个美丽的下河沿村。因为有树，因为有水，因为没有风沙，那个地方的人们过着和右玉人截然不同的生活。马禄元意识到，右玉前几任书记为右玉找到的那条路没有错，种树，治理风沙，改变生存环境，是右玉未来的唯一出路。

经过充分调查研究，马禄元在县委工作会议上提出了自己的思路。

他说："右玉严重的水土流失，流掉的不仅仅是地表的泥土和水，更是农民的汗水、粮食、财产和血汗。一年比一年严重的土地沙漠化，一年比一年严重的风沙旱灾，已经严重威胁到右玉百姓的生存。右玉人要摆脱这种困境，靠天不行，靠地也不行，只能靠我们右玉人自己，靠我们自己的双手。要想改变右玉的恶劣环境，改变右玉的穷困面貌，也不是一朝一夕、一年两年的事，我们要有长期作战的思想准备，要树立吃大苦、耐大劳的精神，坚持奋斗30年、50年！现在我们要做的是，脚踏实地，一棵一棵地去植树，一道梁

一道梁地去绿化。"

最后,县委确定的指导思想是:要想生存,必须造林,哪里能栽哪里栽,先让局部绿起来。同时提出"以林促农,种草种树,防风固沙,控制水土",制定出"在稳定发展粮食生产的前提下,统一规划,分期治理,因地制宜,分类指导,长短结合,坡梁兼治"的营林原则。

应该说,长达60年的右玉生态建设,从1956年开始,便步入一个崭新阶段。这一年,右玉开始了大规模的植树运动。

首战目标,就锁定在右玉城东门外的黄沙洼。

黄沙洼位于右玉城(今右卫镇)的东门外偏北方向,从右玉老城一直延续到马营河南岸,形成一道宽2公里、长10公里左右的黄沙梁,且每年以十几米的速度向县城附近流动,大有不埋了这座老城誓不罢休的架势。马禄元决心从黄沙洼开战,打一场植树造林、治理风沙的硬仗。

促使马禄元下决心治理黄沙洼,开展大规模植树造林大会战的,还有一个契机。

1956年3月,团中央在革命圣地延安杨家岭召开了西北五省区(晋、陕、甘、宁、内蒙)青年造林大会。胡耀邦书记在大会上提出学习延安精神,绿化西北黄土高原,不仅要造林,还要育苗;不仅要植树,还要水保。会议确定4月1日为"青年造林日",号召全国的共青团员和青年，大力开展植树造林运动。右玉参加这次重要会议的青年代表共有三人：共青团右玉县组织部长王作璧、盘石岭团支部书记王克敏、邓家村团支部书记高日新。这三个青年代表参加完会议回来，情绪十分高涨，一起来向马禄元汇报传达延安会议精神，提出要在全县发动青年团员开展造林运动。马禄元一听十分兴奋，这正与县委要大战黄沙洼的行动不谋而合。这位还没走出青年门槛的年轻书记，也为延安会议的精神所感染、所鼓舞，他立刻和三个青年代表一起，研讨起了组织全县青年开展造林运动的具体安排，并要求团组织与县委、县政府配合，在全县开展一场轰轰烈烈的造林大会战。他指示团县委，向全县共青团员及青少年发出《共青团右玉县委关于落实延安造林大会精神，绿化右玉大地》的倡议书。这份倡议书得到了全县青年的积极响应，随后许多青年团员给团县委寄来了请战书。

借着延安造林大会的东风，1956年4月20日，右玉县委和县政府就在黄沙洼的造林现场召开了"绿化右玉大地，大战黄沙洼"誓师大会。参加大会的有全县的机关干部，有右玉城北六个乡的1000多名群众，有400多名右玉中学的学生及数百名完小的学生。马禄元和县长解润分别在大会上作了动员讲话，工、农、兵、学、商等各界代表作了表态发言，右玉中学的学生代表还宣读了自己写的作文《绿化右玉荒山，创造美好明天》。这次誓师大会的气氛热烈到了极点，人人情绪高涨，个个摩拳擦掌，决心要为绿化右玉争做贡献。马禄元也被群众高涨的情绪感染了，他激动地走下主席台，拿起铁锹，在黄沙梁上种下了第一棵树。

这棵树后来被称为大战黄沙洼的"奠基树"。

随后，机关干部和各界群众在各自分配的沙丘上开始植树。小学生用树排成"六一"字样，取名"学生林"；团员青年们植下五四青年林；妇女们植下三八林；机关干部们也植下属于自己的林地，叫做"革命林"。这是一次从形式到内容都充满激情的植树造林大会，它为后来右玉造林史上著名的"三战黄沙洼"拉开了序幕。

马禄元是个干实事的书记,誓师大会鼓舞起了干部群众的造林热情,他当然不会就此罢休。他借着群众这股热情,发起和动员了全县六个乡的数千名男女劳力,开进了黄沙洼。植树的干部和群众每天自带干粮,中午不回家,连续20多天奋战在黄沙洼。马禄元和群众一起吃住在植树工地上,现场指挥,现场解决植树中出现的困难和问题。没有技术员,他亲自跑到桑干河国营林场,请来了青年造林队现场进行指导。缺少树苗,他又亲自跑到桑干河林场求援,调来了小叶杨树苗。经过连续奋战,黄沙洼和马营河流域种植了9000多亩树林。同时,右玉中学的400名学生团员,在校长张引弦的带领下,完成了黄沙洼南部羊圈坪600亩的植树任务,还完成了右玉城南门外至梁家店公路两侧2400亩的小老杨压条植树任务。见学生们种树热情如此高涨,马禄元借机向张引弦提议,把马营河两岸的荒地作为右玉中学的劳动基地,由该校师生每年负责植树和修枝。

接下来,1956年的五四青年节,团县委组织县直机关青年干部在右玉北门外造林50亩。随之,各区、村团委组织又发动1.2万名青少年,组成180个青年突击队,参加了县委组织的元子河、苍头河、马营河、杨千河和40个山丘的万人绿化大会战。

这一年,右玉的大地上到处红旗招展,人声鼎沸,每天光驴驮肩挑的浇树队伍,就能排上好几里。轰轰烈烈的造林大会战,为右玉绿化事业掀起了第一个高潮。

从1956年春到1957年秋,连续两年,右玉县委和县政府组织大规模的群众植树运动,完成10公里长的黄沙洼全境植树绿化工程,营造了左云至右玉梁家油坊公路两岸64米宽的通道林带,栽植了马营河、苍头河、元子河、杨千河四大流域的大片护岸林。

原先白面书生模样的县委书记马禄元,经风吹日晒比当地的百姓还要黑,手上厚厚的茧子,都是由一层层的血泡磨成的。这两年,马禄元没有在办公室坐过一天,他几乎每天都同群众在一起,吃炒莜面，喝山泉水，起早贪黑，披星戴月，带领着全县的人民群众苦干。这一年，马禄元出席了在北京召开的全国林业工作会议，因为造林成绩突出，受到了毛泽东等中央领导的亲切接见。

按说，这位年轻的县委书记，应该为自己取得的成绩感到骄傲才对。可是，1957年秋的一天，马禄元却趴在黄沙洼的沙梁上，伤心地落下了眼泪。

马禄元，这位从战争年代走过来，经历过无数生死考验，从不落泪的硬汉子，这个右玉植树造林的领头人，中共右玉县委书记，趴在黄沙洼的沙梁上泪湿长襟。

男儿有泪不轻弹，只因未到伤心处。这一回马禄元的确是伤心了，伤心得不顾尊严，忘了身份。他趴在黄沙洼的沙丘上，手里抓着两把沙土，望着依然光秃秃的黄沙梁，伤心地哭了，哭得像个孩子一般的无助和孤独。

庞汉杰：英雄相惜，携手再征战

庞汉杰是一位秀才型书记。这位自小读书，后来当过小学老师，又从省委组织部下来的县委书记，有个很好的习惯：喜欢问人，逢什么事都要刨根问底，见什么人都要请教询问。妻子苏淑凯印象最深的就是他常说的一句话：学问，学问，就是要问人，问人就是长学问。

1956年1月，庞汉杰从省委组织部下到雁北地区的山阴县任县委书记，一年后又奉命调到相邻的右玉县工作，担任中共右玉县委第一书记。

马禄元趴在黄沙洼的沙丘上伤心落泪的时候，庞汉杰带着全家人，由山阴来到右玉赴任。到达右玉县委后，不见书记马禄元，打问得知马书记去了黄沙洼，庞汉杰连家人都顾不上安顿，就直奔黄沙洼而去。在黄沙洼，庞汉杰看到了让他终生难忘的一幕。

风从塞上来

县委书记马禄元跪倒在沙梁上，手里握着一棵枯死的树苗，长泪横流。

庞汉杰说："你是马禄元同志吧？"

马禄元回过头来，眼睛直直地看着这个有些瘦弱的中年男人。

庞汉杰接着说："我是庞汉杰，新来的中共右玉县委第一书记，来向县委报到！"

马禄元没有按照常规上前去握庞汉杰的手表示欢迎，他手里仍然握着那棵枯死的树苗，说："好，庞书记，你来了，右玉就交给你了，我是不干了！"

马禄元说着，眼泪又涌上了眼眶。

庞汉杰表情严肃地说："马禄元同志，眼泪有损于共产党人的形象，有损于一个县委书记的尊严！"

马禄元忽地站了起来，扬起手里那棵枯死的树苗，朝着庞汉杰几乎是愤怒地大声喊："你瞧瞧，你瞧瞧，两年啊，几千人两年的苦战，就换来这尸横遍野啊！你瞧瞧啊，这该死的黄沙洼！"

庞汉杰这才抬头打量，看到了眼前让他震惊的一幕。

一望无际的黄沙梁，遍地干枯的树苗，有的在沙丘上被风刮得裸露着树根，有的却连树梢都埋在了沙子里，还有的整棵树苗被大风刮了起来，散落在黄沙梁上。整个黄沙洼，枯树遍野，一片凄惨景象。

庞汉杰明白了，马禄元为何会如此悲伤、如此痛心。

马禄元伸出自己的两只手，朝着庞汉杰说："庞书记，你瞧瞧，我这两只手上，全是老茧，一个一个血泡磨成的老茧！右玉的干部，右玉的老百姓，哪一个不是这样的两手血泡和老茧。苦干两年，可换来的是啥？这10公里的黄沙洼，几万亩树，活下来的找都找不见几棵，全枯死了！你说我能不伤心吗？这样的鬼地方，让老百姓可咋活呢！"

是啊，这样的地方老百姓可咋活呢？马禄元领着全县的群众整整苦干了两年，可黄沙洼的树呢，只能用尸横遍野来形容。整个黄沙洼，活下来的树只有几棵，还大都被风沙掩埋得只剩了树梢。黄沙洼的风该有多大还是多大，黄沙洼的沙该有多狂还是多狂，黄沙洼的万亩树林，就剩了一洼的枯树苗。马禄元能不伤心吗？他甚至都灰心了，寒心了。

庞汉杰问："为什么这地方的树就种不活呢？"

马禄元说："都是这该死的风沙！"

庞汉杰问："为什么右玉的风沙会这么大？为什么风沙大的地方就种不活树？为什么黄沙洼的树就这么难活？"

庞汉杰爱问的劲儿上来了，一下子发出一连串的问题。

马禄元一下子回答不上来了。

庞汉杰说："老马，别灰心，走，咱们回去好好研究一下这个问题。"

庞汉杰和马禄元就住在同一所屋子里。一套三开间的平房，中间是客厅，东西各有一间房，马禄元和庞汉杰两家人分别住在两个套间里。客厅两家共用。两家共有十几口人，住得很挤，但没有办法。当年右玉县委的房子很紧张，庞汉杰来后，一时找不到合适的房子，马禄元就把自己住的房间让出一间来，让庞汉杰一家人住下。

两家人合住一所房子，拥挤不说，庞汉杰这个新来的书记还压在了马禄元这个老书记的头上。虽说马禄元的头衔仍然是县委书记，但庞汉杰成了第一书记，马禄元实际上成了副职。没有犯错误，工作也没有什么失误，马禄元莫名其妙地被暗降职务，这让马禄元的妻子孙林梅想不通。

孙林梅一向对马禄元的工作很支持。右玉虽然条件艰苦，但马禄元的工作热情很高，没日没夜一心扑在工作上，孙林梅一人承担着全部的家务。为了能有一份稳定收入，减轻一点经济负担，妻子几次要求马禄元给自己找一份工作，但马禄元一直没有答应。他觉得自己的工作任务重，没有时间管家里的事，妻子管好家务，就可以让他全身心投入到工作中去。再说，他是县委书记，他不能以任何借口以权谋私，把本是家庭妇女的妻子变成国家工作人员。这是一个共产党员最起码的党性和觉悟。因此不管妻子怎么说，马禄元始终没有答应妻子的要求。孙林梅无奈之下，只好打消了参加工作的念头，一心扑在家务上，带孩子，侍候丈夫（马禄元的妻子孙林梅终生都是一名家庭妇女，没有一份正式工作）。但是，她一心一意辅助丈夫的工作，换来的却是丈夫莫名的降职。孙林梅想不通了。这天晚上，她把马禄元拉到屋子里，气愤地问："老马，你犯什么错误了，要把你降职？"

马禄元说："谁说我降职了？"

孙林梅说："你这县委书记当得好好的，又调来一个第一书记，那你这个书记不是成了副手？这不是降职是什么？"

马禄元说："这是组织上的事，你不要管！"

孙林梅说："我就想不通！不行，你得去找地委领导问个明白！"

马禄元说："问什么问？组织上安排工作，还要征求我个人意见？共产党员就应该服从组织分配，党叫干啥就干啥，还要讲什么条件？"

孙林梅脾气倔倔地说："你不去我去！我去找地委领导问个明

白！"

马禄元生气了，说："胡闹！你要是敢去找地委领导，我就和你离婚！"

孙林梅愣住了，她没有想到她一心想要维护丈夫，丈夫却不领情，反而说出如此绝情的话来。

马禄元说："你胡闹什么？组织上自有组织上的安排。现在搞县委体制改革，增设第一书记，是为了增强县委的领导，组织上这样安排很正常，我都想得通，你有什么想不通的？"

孙林梅眼里含上了泪水："我是替你觉得委屈！"

马禄元缓和语气说："你懂什么？右玉的工作现在到了最困难的时期，连我自己都感觉到很吃力。地委派庞书记来，是对我工作的支持，是对右玉工作的支持，是从右玉的工作出发的，我们个人有什么权力争职务高低？"

孙林梅委屈地说："行，你的事我不管了，只要你自己不觉得委屈，我管你那些事干啥？"

马禄元说："这就对了，个人服从组织，是党员的基本党性原则，你做好你的家务，照顾好孩子，我工作上的事你以后别再多嘴。还有，庞书记来了，我们今后就是同志，是一家人，你不许有什么眉高眼低。他们家刚来，生活上有什么困难，你要多帮帮他们！"

马禄元说着转身走了出去。他是去找庞汉杰。他想和庞汉杰好好聊聊，聊聊右玉的工作，聊聊他的心思。结果刚出屋，就看到庞汉杰站在他的门口。庞汉杰也是来找他的。

这天夜里，庞汉杰和马禄元有过一次促膝长谈，两人谈了大半个晚上。

庞汉杰也有他自己的心思。他到右玉任第一书记，马禄元会是个什么态度？会不会对他有什么想法？毕竟马禄元原先是右玉县委书记，一把手，现在突然来了他这个第一书记，马禄元退居二把手的位置。本来工作干得风风火火，既没有犯过什么错误，也没有受过什么处分，无缘无故就被降职使用，换谁心里也会有想法，也会想不通。因为两人以后要搭班子一同工作，庞汉杰觉得应该好好和马禄元谈一谈，消除一些不必要的误会。庞汉杰明白，只有他们两人同心协力，右玉的工作才能搞好。

两家的老人孩子都睡下了，马禄元就和庞汉杰坐在他们共用的客厅里。老式的八仙桌上泡了一壶右玉自产的山茶，两个搪瓷缸子里冒着热气。雾气氤氲中，映照着两张略显严肃的脸。

庞汉杰说："老马，你对我来右玉担任第一书记，有什么看法？"

马禄元说："你来得正好！老庞，你来担任右玉县委第一书记，是上级给我们右玉雪中送炭。我都快要压趴下，顶不住了，你来了好，你可以替我分担子了！"

庞汉杰没有想到马禄元会这样回答。他凝视着马禄元，说："老马，你真是这样想的？你对自己实际上被降职使用，对我这个第一书记，难道没有任何想法？"

马禄元说："有什么想法？我是个老共产党员了，服从分配是党的组织原则，我这点党性还是有的。老庞，你放心，我会全力配合你这个县委第一书记的工作。"

马禄元说着低下头去，有些惭愧地说："不瞒你说，我是有过想撂挑子的想法，但不是因为来了你这个第一书记我赌气，而是我觉得要把右玉的工作搞好，太难了，一度产生了畏难情绪……"

庞汉杰说："老马，说实话，本来你是右玉的县委书记，工作干得好好的，突然来了我这个第一书记，你倒成了副手，我自己也感觉到心里不安。其实，我到右玉工作，也没有思想准备，但这是组织上的安排……"

马禄元打断了庞汉杰的话："庞书记，你什么都别说了。你来了，我对搞好右玉的工作更有信心了。我会尽全力协助你这个第一书记的工作的！我现在说什么都没有用，今后你看我的实际行动吧。要说需要你说点什么，那就是你得给我鼓鼓劲，别让我趴下……时间很宝贵，我们还是抓紧来研究一下右玉的工作吧。"

庞汉杰不由得紧握住马禄元的手："谢谢你老马！谢谢你对我的理解和支持！你对右玉的情况比我熟悉，以后我还要多向你请教。我相信，我们两个人共同努力，一定能把右玉的工作搞好！"

两位书记的手第一次紧握在一起。这一握，就是7年，直到庞汉杰调离右玉。

此后7年的时间里，马禄元实践了自己的诺言，作为庞汉杰的副手，他兢兢业业地工作，尽全力支持配合着庞汉杰的工作。这两位右玉历史上很重要的县委书记，共同把右玉的绿化和风沙治理事业推向一个崭新的阶段。

这天夜里，庞汉杰和马禄元共同研讨着右玉眼下最为困难和亟需解决的问题，共同描绘着右玉未来的发展蓝图。庞汉杰认真地听取着马禄元的意见和建议。他知道，马禄元毕竟在右玉工作两年了，他对右玉情况的熟悉及对右玉问题的了解和研究，都要比他透彻深入得多。这一夜的交谈，使庞汉杰深深感觉到了，在短短两年时间里，马禄元为右玉所倾注的感情和付出的心血，他被这个年轻的书记感动了。

这一夜，庞汉杰通宵未眠，他整夜都在翻阅着马禄元送给他的那本老县志。作为新的右玉县委的一把手，他急需了解自己即将开展工作的这个地方的县情。

上任后的庞汉杰，开始了和他的前任们做过的同样的工作，带上地图和干粮，对全县进行徒步考察。短短两个多月时间，庞汉杰走遍了右玉的山山水水，磨破了几双布鞋。他随身所带的地图上画满了圈圈杠杠，笔记本上也记得密密麻麻。右玉境内的23座大山、数百个沙梁土丘、五条河流、600多道两公里以上的沟壑、五处大风口，他都标记得详详细细。正是秋冬季节，由于不适应右玉的风沙环境，下乡考察的过程中，庞汉杰得了很严重的鼻窦炎，整天流鼻涕、打喷嚏不止，只好成天捂上大口罩。鞋里都是沙子，脚磨起了泡，走路一瘸一拐，他便从路上捡来一支树枝当拐棍，每天走到哪儿都挂着。为防止感冒，他的头上捂上了棉帽。一次从乡下回来，妻子苏淑凯发现他刚换上不久的鞋子又破得不成样子了，鞋底也磨出一个大洞，埋怨他不注意自己的形象，丢身份。庞汉杰笑着说："这里的老百姓还没有人认识我是谁，不怕丢身份。"妻子又好气又好笑，但家里没有新做好的鞋了，苏淑凯只好帮他在鞋底子上钉了一块"驴掌"。厚厚的铁掌，又沉又重，走起路来咣当咣当地直响。就这样，庞汉杰穿着钉着"驴掌"的鞋子，仍然坚持徒步下乡考察。病弱的身体加上连日的劳累，他看上去像是一个疲惫的老人。他走到

哪里就和那里的老百姓拉呱，坐在老百姓的炕头上，问东问西。没有多久，右玉老百姓就传开来，说新来的县委第一书记是个"好老汉"，没有架子，和老百姓没啥两样。此后，在右玉，没有人喊他庞书记，老百姓都把他叫做"庞老汉"。其实，那年庞汉杰只有36岁。

完成考察后的庞汉杰，带着县委常委们来到黄沙洼，在黄沙洼召开了现场办公会。庞汉杰在会上发表了他几个月来的考察结论，提出右玉目前的主要矛盾，是人的生存与恶劣环境之间的矛盾。恶劣环境带来的自然灾害，严重影响到右玉人的生存和生活。他指出右玉目前存在的主要"五害"是风沙、干旱、水土流失、霜冻、冰雹。这五大自然灾害的源头，都是因为右玉植被遭受严重破坏，缺少树木草地等植被的覆盖，自然生态失去平衡所致。他充分肯定了前几任县委主要领导的工作思路，以及在全县开展的植树造林工作所取得的成绩。他指出大力植树造林，是根治"五害"的唯一出路，这一根本方向一定要坚持。同时，他敏锐地指出，近几年的植树造林与风沙治理工作也存在一定的问题，主要是缺乏科学规划、合理布局，有些地方盲目上马。大战黄沙洼的失败，就是一个深刻的教训。但黄沙洼的一次失败并不可怕，只要能总结经验教训，进行合理的规划布局，运用科学的方法，就一定能取得成功，黄沙洼总有一天会变成绿树洼。

庞汉杰的一席话，引起包括马禄元在内的一班常委的热烈掌声。

庞汉杰是个知识型干部，也是个尊重科学、尊重知识、尊重人才的县委领导。他把这一思路运用到了实际工作中。

1958年春，右玉下放来一个"右派分子"。庞汉杰得知这是个毕业于南京林学院的大学生时，立刻把他请到自己家里来，向他请教林业方面的有关知识，并冒着政治风险，把他分配到林业局工作，专门负责右玉林业工作的科学规划。下乡考察时，他也把他带在身边，以便让他对右玉的县情和自然状况有所了解。有人担心庞汉杰会和"右派分子"走得太近受到牵连，犯了错误。庞汉杰不以为然地说："我们用的是他所学的知识，只要他能为我们右玉的林业工作作贡献，就是可用之材。我能犯什么错误？"后来，这个被庞汉杰重用的"右派分子"，在右玉一干就是18年，为右玉林业的科学发展作出了重要贡献。这个人就是后来被提拔为右玉县林业局副局长的张沁文。

张沁文毕业于南京林学院，由于在1957年的整风运动中给领导提了点意见，被错划为"右派"，从上海下放到晋西北这个偏远的塞北小县来劳动改造。从繁华的大上海一下子来到这个风沙弥漫的贫穷之地，张沁文的心一下子冷到了冰点。人生的不如意，生存环境的恶劣，让他感觉到一种绝望。正是在这样的境遇中，张沁文遇到了庞汉杰。

庞汉杰把张沁文奉为座上宾，请他到家里来，知道上海人吃不惯莜面山药蛋，庞汉杰通过太原的朋友弄来几斤大米，让妻子给他做大米饭吃。庞汉杰只字不提"右派"二字，只是告诉张沁文，生活上有什么困难，尽管来找他。并安慰他，人生总会遇到很多坎，只要坚强一点，迈过这个坎，前途就会有光明在等着你。张沁文这个被生活打到最底层，已经对人生失去信心的年轻知识分子，面对庞汉杰的安慰和关照、鼓励和鞭策，又重新树立起了做人的信心。等庞汉杰要求他把所学到的知识用于右玉的林业建设，帮助右玉搞好林业规划工作时，张沁文只说了一句话："士为知己者死！庞书记，你说吧，要我做什么我就做什么！"

随后，在庞汉杰的安排下，张沁文把全部的精力投入到右玉的林业建设中去。他徒步下乡考察调研，走遍了右玉的山山水水，对右玉的地形地貌、沙丘风口摸了一个遍。最后，张沁文为县委写出了关于右玉林业建设的"规划意见书"。庞汉杰听取了张沁文的建议，又通过右玉各界人士的多次调研协商，县委最终制定出了《右玉县流域治理根治"五害"五年规划》。《规划》方案提出要"因地制宜，因害设防"，采取"穿靴"、"戴帽"、"扎腰带"、"贴封条"的方法，从外围到中心，层层治理，逐步设防，科学合理地布局，逐年逐步完善，绿化右玉河山，根治五大灾害。

"穿靴"，就是在马营河（由县委书记马禄元负责）、苍头河（由县长解润负责）两岸，营造雁翅形护岸林，防止河滩干沙移动。"戴帽"，就是在流动的沙丘上网状开沟，秧苗结绳压条，固定沙丘。"扎腰带"，就是在半山坡环造防风林带。"贴封条"就是在侵蚀沟沿和风蚀残堆上不讲规格地密植造林。方案中还确定种植林木的同时，注意乔灌混植、林草结合，以草护林，乔灌固沙，坚持先固风沙，后连林带，逐年控制，多年成片，达到最终根治风沙的目标。

应该说，这是右玉开展植树造林、防风固沙工作以来，第一次科学合理地进行规划布局，是一个被后来的实践证明为行之有效的规划方案。这个方案接受了黄沙洼初战失利的经验教训，从实情出发，充分估计了右玉植树造林、防风固沙的艰难性，打破一蹴而就的思想，做好了长期艰苦奋斗的思想准备。

而这个方案的出台，与庞汉杰重视知识分子，不避政治风险而重用人才密不可分。后来张沁文在工作实践中写出了许多林业方面的论文。因为张沁文的身份特殊无法发表，庞汉杰就让县委盖上公章，以县委的名义推荐发表。张沁文从一个"右派分子"到后来提升为右玉县林业局的副局长，为右玉的林业建设做了大量的工作，作出了突出贡献，都与庞汉杰分不开。而庞汉杰和这位知识分子的友情，也一直持续到庞汉杰离开右玉，持续到1986年庞汉杰病逝。

通过迂回作战，先从好栽宜活的马营河、苍头河两岸开始种树种草，混植乔木和灌木，为黄沙洼树起一道绿色屏风，逐步改善了

风从塞上来

黄沙洼周围的环境。1958年2月19日,刚过完春节,马禄元负责的马营河流域工程全面开工。他发动了马营河流域内六个公社的21个生产大队,数千人参加了流域治理。与此同时,县长解润负责的苍头河,庞汉杰负责的流动沙丘,都同时开工。经过几个月的艰苦奋战,三项工作都取得了阶段性胜利。

此后的第二年,右玉县委提出了再战黄沙洼。

借着人民公社"大跃进"的东风,庞汉杰提出:"大跃进"的年代,植树造林也要"大跃进"。在县委的号召下,全县干部、工人、农民、商人、学生,各行各业、各个阶层都投入到植树造林运动中。铁锹就是武器,沙地就是战场,各界群众以军事化的组织、军事化的行动,奔赴各个造林工地。右玉大地上红旗猎猎,人声鼎沸,人人争先恐后,个个争做模范。虽然吃的是窝窝头,喝的是山泉水,肩膀挑水磨下了老茧,手掌把锹打下了血泡,但一点也影响不到群众的植树热情。

"那个年代是个令人怀念的年代。那是个多么热情、多么单纯、多么神圣的年代!只要县委一声令下,老百姓不计报酬、不怕艰苦,人人都会奋勇争先。"

这是多年后庞汉杰回忆那段生活时发出的感叹。

庞汉杰和马禄元两位书记携手奋战,右玉人民群众在县委、县政府的领导下,经过8年的努力,先后三战黄沙洼(还有人说是八战黄沙洼,因为8年里几乎年年都要在黄沙洼植树。但是我还是较倾向于三战的说法。从1956年到1964年,在黄沙洼可以称作大规模群众造林的,先后共有三次),终于使这一道10公里长的黄沙梁变成了绿洲。到1964年6月,庞汉杰离开右玉之时,黄沙洼已是一片郁郁葱葱了。

黄沙洼大战的胜利，可以说极大地鼓舞了右玉群众植树造林的信心，同时打破了有些人沙梁上植树不能成活的预言。黄沙洼大片造林的成功，也为全县大面积造林提供了样板和经验。此后，右玉一改过去单一种树为林草结合、乔灌混植、立体种植。为了纪念这次大战黄沙洼的胜利，由庞汉杰提议，县委、县政府在右玉城东门外的风神台下，黄沙洼林地的入口处，立了一块石碑，把大战黄沙洼这一历史性战役记入史册。

种灌木和种草都让庞汉杰和马禄元尝到了甜头。灌木可以固沙，可以防止水土流失；种草可以护树，可以保护植被；乔木可以挡风。立体种植可以起到事半功倍的效用，这是在大战黄沙洼过程中右玉人总结出来的经验。此后庞汉杰决心把这种经验推广并实施下去。

庞汉杰的老家沁源县是个山清水秀的地方，有很多树林，也有很多沙棘。庞汉杰常对妻子说的一句话就是：要是右玉像咱老家一样美丽就好了。庞汉杰明白沙棘的生命力很强，只要一根成活，它的根部就能生出一大片。沙棘固沙和保水土的能力很强。经过调研论证，庞汉杰决心在右玉发展沙棘种植。他跑回老家，跑到内蒙古，多处采集沙棘籽。1962年4月25日，右玉召开县委扩大会议，参加会议的人员除县委、县政府领导外，还有各公社书记。会上，在部署全年工作时，庞汉杰代表县委提出要在全县大力种植草木和沙棘。会议结束时，庞汉杰率领全体与会人员，带着他采集回来的沙棘种子，到苍头河沿岸的林地里种植沙棘。之后，各公社书记按照县里的部署，在全县推广了沙棘的种植。很快，全县掀起了大种沙棘的热潮，各公社各村都在河岸和风口林地里种植沙棘。到年底，全县共种植沙棘8426亩，苍头河、马营河两岸的湿地上，都种了大片的沙棘等灌木。

在庞汉杰带领群众大种沙棘的同时，马禄元按照县委的分工，下到郝家村公社去搞种草试验。他在郝家村组织了103个劳动力、40套牛犋，组成种草专业队，试验草木樨的种植，并很快获得了成功。

郝家村共种草木樨3000亩,这年秋天,共产饲草182.5万公斤,为全县种植草木樨做出了样板。随后,马禄元亲自跑到甘肃、宁夏等地,引进草木樨种子,在全县推广草木樨的种植。为了扩大种植面积,真正起到以草护林的作用,马禄元向驻大同空军求援,空军大同驻军派出安尔Ⅱ型飞机开展飞播。马禄元不顾自己有强烈的恐高症,忍着剧烈的晕机呕吐,亲自坐在飞机上,指挥完成了全县的草木樨飞播种植。是年,全县共种草15.4万亩,其中草木樨4.62万亩。其后,马禄元亲自撰写了文章《种草木樨好处多》,在《山西日报》上发表。文章指出:"大力种植草木樨,不仅是解决水土流失的好办法,而且是改良土壤,增强地力,促进粮食增产的有效措施。"1965年7月13日的《山西日报》上,再次发表了马禄元撰写的《柠条酸柳宝贝草,荒凉右玉显生机》的文章。这两篇文章,都是马禄元在长期工作实践中总结出来的经验之谈,也为塞北地区的发展提供了一条宝贵的经验。

难舍真情，难说再见

庞汉杰在右玉工作的七年中，曾经短暂地离开过一段时间。

1959年冬，在右玉工作两年后的庞汉杰，身体严重透支，鼻窦炎越来越严重，经常感冒发烧。右玉冬季零下30多度的严寒更让庞汉杰的身体吃不消。

考虑到右玉环境太差，庞汉杰的身体已经不能适应，雁北地委决定把他调到条件稍好一点的浑源县去工作。接到调令，庞汉杰心里突然有一种难以名状的情绪。他不想离开右玉，他不舍得离开右玉。因为与马禄元搭班子合作两年，两人工作思路和想法常常不谋而合，配合非常默契，因此工作中产生了深厚的感情。县长解润又是个非常务实的县长，县委安排的每一项工作，解润都会落到实处，不打一丝折扣。庞汉杰从省委机关下基层来工作，难得遇到这么好的人脉关系，工作得顺心舒畅。更让庞汉杰放不下的是，右玉的工作正处在关键时期，黄沙洼还没有真正实现绿化，他当初在黄沙洼发下的誓言还没有兑现，规划中的五年计划还没有实现，苍头河、马营河等右玉五道河流的沿岸护岸林带还没有按计划营造起来。两年中他对右玉的情况已经完全摸透，对右玉总体上的发展已经有了完整的思路。他心中还有许多设想没有来得及实施，突然之间要他离开，他心中实在是难舍。但是，一贯服从组织分配，从不讲任何个人条件的庞汉杰，还是服从了组织安排，起身到浑源县去赴任。

临走前一天，庞汉杰拉上马禄元，沿着黄沙洼、苍头河、马营河两岸走了一遍。最后，他紧握住马禄元的手，说："老马，右玉未完成的工作就交给你了！"

马禄元同样握住庞汉杰的手，说："庞书记，你来右玉这两年，右玉的工作跨上了一个大的台阶，没有你，右玉不可能有这么快的发展。说实话，右玉现在离不开你。如果不是怕你身体出问题，我会亲自去找地委请求把你留下来的。"

庞汉杰说:"说真话,老马,我不想离开右玉,我还有许多事没有干完,我还有许多计划没有来得及实施,我舍不下那么多我们亲手种下的树,舍不下那么多我还没有来得及种下树的沙梁子。还有,我也舍不下你这么好的兄弟,舍不下解润同志这么实干的好县长!在右玉,我有太多的舍不下,我真的不想走!"

庞汉杰说着眼眶有些湿润。

马禄元的眼眶不由也湿润起来。他说:"老庞,你先把身体养好了,到时候,我去向地委请求,再把你调回来!"

庞汉杰走了,马禄元和解润把他送到老远的地方。马禄元最后朝庞汉杰喊的一句话是:老庞,我等着你回来!

马禄元没有想到的是,仅仅几个月以后,庞汉杰果真回来了。

调到浑源后的庞汉杰,没有多久,身体就逐渐好起来。鼻窦炎的症状也在减轻,不用再每天捂着大口罩了。身体还在复原中的庞汉杰,心里开始不安分起来,他的心思仍然在右玉,他觉得浑源和右玉比起来,右玉更需要他,他也更需要右玉。于是,庞汉杰跑到雁北地委,去找当时的地委书记王铭山。

王铭山是晋南人,早在抗战时期就担任过垣曲的地下县委书记。解放后调到雁北地委工作,曾多次到右玉下乡和调研,他对右玉的情况也相当熟悉。他老家垣曲县是个山清水秀、森林很多的县份,而右玉的风沙和恶劣环境是他来到雁北工作以前想象不到的。在右玉下乡时,他亲自领略了右玉的风沙和恶劣气候,亲眼目睹过庞汉杰忍受着低烧,捂着大口罩,在风沙和严寒中坚持下乡的情景。庞汉杰是他的手下爱将,他不能眼看着庞汉杰的身体如此垮下去。把庞汉杰调离右玉,完全是为了他的身体着想。他没有想到,身体刚刚有所恢复的庞汉杰,竟然跑来找他,要求重回右玉工作。这让王铭山十分为难。

在干部任用调动史上,一个地方的主要领导调离后再重调回去工作,少之又少。这主要是考虑到各种复杂的人际关系和工作协调关系。那个时候人们的关系比较单纯，干部之间、同事之间，只存在工作上的矛盾，少有个人恩怨，但在干部调动任用上，组织上还是尽量避免调离后重返原单位工作，以免产生不必要的矛盾。再加上庞汉杰身体刚恢复，能不能适应右玉恶劣的环境，王铭山心里没有底。

看到王铭山书记有些犹豫，庞汉杰用恳切的目光看着他，说："王书记，你再给我三年时间，让我把在右玉想干还没有来得及干的事情干完了，我保准听从组织分配，要我到哪儿我就到哪儿工作。"

王铭山没有说话，他在思考庞汉杰这个要求到底能不能答应。

庞汉杰再恳切地说："王书记，我从没有向组织要求过什么，这一次，就算是我个人的一个请求，请组织上答应我吧！"

王铭山看着庞汉杰，问："你的身体能行吗？"

庞汉杰笑了，他知道王书记答应他了。他拍拍自己的胸脯，朗声说："没问题！你瞧，我连口罩都拿掉了！以后在右玉你要再见到我戴口罩，就把我调走！"

王铭山说："口罩还是要戴上，你这病不能感冒，一感冒就要加重。右玉的风大，要把口罩给我戴严实了！"庞汉杰说："是！我一定把口罩戴严实！"

后经雁北地委研究决定，庞汉杰重回右玉担任县委书记。

庞汉杰回来了，仅仅离开几个月以后，庞汉杰又重回右玉工作了。马禄元闻讯前去接他，两位战友的手再次紧紧握在一起。此后，庞汉杰和马禄元再次并肩作战五个年头，直到把右玉的植树造林和防风固沙事业推向一个新的高点。

1964年6月，庞汉杰调离右玉。

之后，马禄元再次担任中共右玉县委书记。1966年5月，马禄元调离右玉。

据《右玉县绿化志》记载：自1956年到1966年"文化大革命"开始前，两位书记任职期间，右玉植树造林面积达到40多万亩，是

41

新中国成立初的40多倍。右玉风大沙多、环境恶劣的局面,得到初步改善,基本实现了让"局部绿起来"的目标。期间,右玉曾多次受到国家和省地有关部门的表彰。

半个多世纪过去了,庞汉杰和马禄元都已成为故人。庞汉杰已经于1986年6月不幸病故,而马禄元也于2010年3月仙逝。昔人已乘黄鹤去,但他们的名字却永远镌刻在右玉的大地上,镌刻在右玉人民的心中。说起右玉的树,说起右玉精神的缔造者和践行者,至今右玉百姓提起上世纪五六十年代的这两个书记,都会用一句话形容:马书记和庞书记,那是真正为右玉下了辛苦的!一句"真正为右玉下了辛苦的",是右玉人对马禄元和庞汉杰两位书记最朴实也是最高的评价和赞赏。

DISIZHANG

第四章

常禄之树

一

有的人活着
他已经死了；
有的人死了
他还活着。

有的人
骑在人民头上："呵，我多伟大！"
有的人
俯下身子给人民当牛马。

有的人

风从塞上来
FENGCONGSAISHANGLAI

把名字刻入石头,想"不朽";
有的人
情愿作野草,等着地下的火烧。

有的人
他活着别人就不能活;
有的人
他活着为了多数人更好地活。

骑在人民头上的
人民把他摔垮;
给人民当牛马的

人民永远记住他!

把名字刻入石头的
名字比尸首烂得更早;
只要春风吹到的地方
到处是青青的野草。

他活着别人就不能活的人,
他的下场可以看到;
他活着为了多数人更好地活的人,
群众把他抬举得很高,很高。

  这是著名诗人臧克家纪念鲁迅先生的一首诗。这首诗写出了许多人心里想要说的话。我把这首诗引用作这一篇章的开头,用以纪念已经逝去的常禄书记。因为,常禄书记同样是一个已经死去却还活在右玉人心中的人。

  在右玉采访的过程中,常禄这个名字是被右玉人提得最多的一个。不管是现任的领导、退休的老干部,还是平民百姓,至今四五十岁的人,说起常禄书记,人人都能讲出一串故事来。这些故事大多都与"树"有关。常禄种树、爱树、护树、惜树,在右玉那是有口皆碑的。

  虽然常禄书记已经故去,我没能采访到他,听他亲自讲述自己的故事,但他的名字依然在右玉的大地上回响,他的故事依然在百姓的口中相传。我在众人的怀念中,在老百姓的口碑中,循着常禄书记的足迹,追寻着那段逝去的历史岁月。渐渐地,一个鲜活的常禄书记出现在我们面前。

  常禄出生于1932年,老家在应县,六岁那年,随父亲搬迁到浑源县西坊城镇的姥姥家。父亲是个手艺不错的木工,经常给人打打

风从塞上来

短工，干点木工活，但在那个年代却依然难以维持一家人的生计。常禄自小受父亲的影响，喜欢木工手艺。如果跟着父亲学习木工手艺，他也许会是一个不错的木工。

但是1948年，浑源县解放了，常禄参加了儿童团，参加了土改运动，自此走上了一条与父亲完全不同的道路。14岁，常禄就被上级选拔到区公所当了共青团书记。再后来，工作积极勤恳的常禄又被选派到省里去学习，结业后分配到朔县担任共青团县委书记。

1975年12月，常禄从天镇县调到右玉担任县委书记。

临来右玉之前，常禄心里有点犹豫。在天镇县，常禄担任革委会副主任，相当于现在的副县长，他还没有担当过县级岗位的党政一把手。右玉条件差，环境恶劣，这不是常禄所担心的，他担心的是，自己能不能把右玉的工作搞好。右玉过去一直是个条件虽然艰苦，却名声在外的县，一直以"绿化先进县"在雁北地区占据着一席之地，自己去了，能不能接过这面大旗，把全县的工作搞上去？这是常禄犹豫和担心的。他甚至想过去找地委领导，请求不要让自己当一把手。

最终，常禄在妻子赵翠莲的帮助下，打消了退缩的念头。

赵翠莲鼓励常禄说："领导让你干，你就放手大胆地干。人有时候不认识自己，就像自己看不清自己的缺点，而别人能看清楚一样，人有时候同样看不清自己的长处。领导信任你，就是看到了你身上的长处。"

常禄没有想到自己的妻子，一个普通的机关干部能说出这样一番话来，心里一下子豁然开朗。他觉得只要自己实实在在干事，就没有做不好的工作。1975年的12月，在右玉最寒冷的季节里，常禄举家搬迁，赴右玉上任。

妻子赵翠莲至今记得，从天镇到右玉，进入右玉境内以后，就感觉到风沙很大，看到路旁有老乡的旧屋子，大半截掩埋在沙丘里，破败不堪。赵翠莲没有想到右玉会是这么个荒凉的地方，就对常禄说："你这个书记怕是真的不好当呢。"常禄眼睛看着四周灰蒙蒙的天地，说："既来之，则安之。既来之，则干之。干就干出个样样。不然，我宁可现在就回去向地委辞职。"

常禄在来右玉之前就下了决心，既然接过了这副担子，就一定要干好。他想只有把自己当做右玉人，把全家人变成右玉人，才能背水一战，搞好右玉的工作。为此，常禄把自己的妻子和孩子全部带到了右玉。一家七口人，就在新县委后面的三间小平房里安下了家。平房很小，一排住的都是县委机关的职工和家属，没有间隔，也没有院墙。妻子从外面找了些树枝，在自己的房子前面扎起了一圈篱笆墙，在院子里开了一小块地，种点蔬菜，全家人算是正儿八经地在右玉安家过日子了。家里孩子多，粮食紧张，赵翠莲经常跟着右玉的干部家属们到野地里挖点苦菜回来，和着山药蛋，做饭菜给孩子们吃。即使当年的县委书记家，也就是这样的状况，可想而知，右玉人民当时的生活，该是多么艰难。

常禄任职的时期，正是"文化大革命"的末期。经过10年"文化大革命"，右玉人民的生活异常艰苦，生产秩序混乱，思想迷惘，人心涣散。面临国家的转型、发展、变革时期，理论水平不是很高的常禄，感到很大的压力。但是，他认准一个死理，那就是从右玉的实际情况出发，从人民群众的利益出发，实事求是地解决人民群众最需要解决的问题，干人民群众最想干的事。他知道，这一条永远都不会错。所以，常禄在右玉八年，就遵循着两个字：实干！八年里他所干的每一项工作，都是围绕一个"实"字。不说大话，不搞虚夸，不搞形式主义，认认真真做好每一件事情，把右玉的每一项工作落到实处。常禄当时抓的最要紧的工作，就是接过解放以来右玉人民坚持不懈搞绿化、艰苦奋斗固风沙的接力棒，把右玉植树造林的大旗高举起来。

他带领有关部门负责人深入全县乡村进行调查研究，对全县海拔1400米至1900米的23座山头、612条两公里以上的沟壑进行了实地考察。并在1976年对全县的林业状况进行了一次实地普查，查明右玉实有林地37.7万亩，全县仍有80余万亩荒山沟坡没有治理；解放后20多年人工种植的森林，有一部分由于管理不善，已经逐步枯死或者被毁坏；风沙干旱等自然灾害依然相对严重。加大植树造林的力度和速度，减少风沙干旱等灾害，依然是右玉的当务之急，依然是右玉不可动摇的重点工作和长期的战略方针。因此，常禄在1976年的工作会议中，提出"长远富农林牧，当年富粮油副"的口号，制定出了切合右玉实际的远景和近效相结合的发展思路。当年春季，县委召开全县春季造林大会战誓师动员大会，出动两万余名劳动力，在全县五大流域和20多座山头开展造林大会战。

常禄像普通机关干部一样，自己准备了铁锹、镢头，让赵翠莲准备了干粮袋子，带上炒莜面，领着机关干部就上了山。到了晚上回来，赵翠莲看到常禄的脸拉得老长，很难看。

赵翠莲小心地问："老常，你这是怎么了？"

常禄眼睛瞪着妻子，问："大女子呢？今天为什么没有上山？"

赵翠莲说："大女子身子不舒服，就没有去植树。"

常禄生气地说："昨天还好好的，今天就有病了？分明是偷懒不想上山种树！"

原来，常禄在山上检查各机关出勤情况时，发现在机关工作的大女儿没有在工地，问起才知道她根本就没有来山上种树，也没有请假。常禄十分生气，回家就发脾气。

赵翠莲说："你看你这当爹的，姑娘家大了，每月总有几天身子不方便，没上山就没上山呗，不就植个树吗，值得你发那么大的火呀！"

常禄说："身子不方便算什么病？不能以这种借口就不去种树！去！你把大女子和永茂他们都给我叫来，我有话要给他们说！"

赵翠莲没法，只好把四个儿女都叫来，连刚上小学的小儿子永宏也被叫来了。几个子女全都规矩地站在了父亲面前。

常禄说："种树是右玉每年的大事，只有种树，右玉的风沙才能挡住。只有种树，右玉人未来才有希望。我这个书记要起模范带头作用，你们也要起模范带头作用。你们是县委书记的子女，全县人的眼睛都盯着你们呢。你们有一个理由不去种树，全县人就有一千个理由不上山种树。从明天开始，咱们全家人，不论是上学的，还是参加工作的，必须天天上山，谁也不许缺勤！"

这天夜里，常禄忽然发起了高烧。赵翠莲连夜喊来医生给他挂了吊针。第二天一大早，常禄爬起来，扛起铁锹就要上山。赵翠莲帮他试了试体温，发现他仍然在发烧，就坚决不让他去。二人在屋里争执起来。县委办公室主任韩孝来了，告诉他说，车县长已经把植树的事全安排好了，要他安心在家休息养病。常禄说："车县长把植树的事安排好了，可他代替不了我植树的义务。植树是每个右玉干部的义务，谁也不许缺席，我更不能带头请假！"

常禄说完硬是扛着铁锹上了山。

妻子和儿女们也只好全都跟着他上山了。

从那一天开始，常禄在右玉当县委书记的八年间，每年到植树季节，妻子和四个子女再没有缺勤一天。

也是从那一天开始，每年植树的季节，右玉的每一个人，再没有任何理由不去上山种树。

风从塞上来

二

1977年的雨季到了，淅淅沥沥的小雨把右玉的荒山浇了个通透，显出了少见的灵秀。一天，坐在办公室里的常禄看着窗外的小雨，心里有些莫名的焦躁。他抓起一件雨披，一头冲了出去。

县委办公室主任韩孝来找常禄批阅文件，敲了半天门，见里面没有丝毫反应，就掏出备用钥匙打开屋门，却发现办公室里没有书记的人影，心想，下着雨呢，常书记去哪了？

自常禄上任以来，令韩孝最头疼的事，就是他这个县委办主任经常找不到书记的踪影。

每天一早，常禄就叫上司机，开着他那辆半旧的212吉普车，到乡下到处去跑。山岭上，沟岔里，河沿边，农田林网，只要是有树有田的地方，就有常禄的影子。直到晚上，韩孝一听到县委院里那辆破吉普车的轰鸣声，就知道是常书记下乡回来了。常禄下乡从不带秘书，也从不通知他这个办公室主任。他完全是自由行动，谁也摸不准他今天会去哪里，明天又会到哪里去。在韩孝眼里，常禄一点儿也不像个县委书记，穿着不讲究，吃喝不讲究，做事不讲形式，只求实用。开大会从不念稿子，自己拉个提纲就讲。好在他成天下乡，基层的情况全在他脑子里装着，哪个公社有什么问题，哪座山上、哪道沟里的树怎么样了，庄稼怎么样了，常禄都一清二楚。公社书记们最怕常书记的电话，因为常禄下乡从不去公社所在地，而是直

接下到村子里，下到田里头，直接到有树有林的山坡沟岔里去。许多情况公社干部们还不知道，他这个县委书记就知道了。一听到是常书记打电话，公社书记们心里就慌：保准又要挨批了！一接电话，果不其然，哪块儿的树被羊啃了，哪个村子的林子让人偷砍了，这个公社书记准得倒霉，因为常禄最不能容忍的，就是哪个公社的树出了问题。一顿批评少不了，写检查挨处分也是常事。因此公社书记们都说，天不怕，地不怕，就怕常书记打电话。韩孝经常有事要找常书记，就得打电话到各公社去打问。这种打问通常没有结果，因为常禄到哪个公社了，公社的书记和主任们也不知道。只有常书记打来电话了，他们才知道，今天常书记又到他们的地界里活动了。有电话，肯定是出了问题。没有问题，常书记是不会打电话打扰他们的。

今天是下雨天，韩孝好不容易逮着常书记没有下乡，把一摞子要批阅的文件抱来让常书记批阅，却仍然不见常书记的影子，韩孝只得摇头苦笑。

韩孝朝秘书打听常书记去了哪里，秘书说不知道；又问司机，司机也说不知道，常书记没有叫他出车；再问通信员，通信员说，看到常书记披了一件雨衣出了县委大楼，去了哪里，他没敢问。

韩孝想了想，也抓了一件雨披朝外跑去。他想，这种天气，田地里进不去，常书记平日最关心的就是树，该不会跑到山上看树去了吧？

韩孝没有猜错。此时，常禄正披着雨衣，一个人呆在县城3公里外的南山头上。那里有一片春季刚种上的松树。

右玉过去几十年里，种植的树种很单一，只有杨树。最多的是当地的小老杨，又叫"老汉树"。从五十年代到六七十年代，右玉人大都采用"空中苗圃"，就是前面说过的，从小老杨的树上砍树枝，然后挖一米深的"元宝坑"（坑口两头大，底部小，形似元宝），采取压枝条的方法植树，把枝条埋进坑里，将两端枝头露出土面，逢下雨，枝条就生根发芽，第二年就会长成小树苗，之后慢慢长成大树。这种小老杨耐旱好活，曾为右玉前期的植树造林立下了汗马功劳。所以它在右玉被沿用了几十年。后来国营林场引进一些加拿大杨、高杆杨品种，算是对小老杨的一种补充。到70年代初期，右玉的国营林场开始引进一些油松试种，结果全部失败了。后来虽然又试种了多种松树，偶尔会有成活，但一直没有形成气候，所以直到常禄上任，右玉的树种仍然以小老杨为主。小老杨是一种不成材的树种，长不高，长不直，树身歪扭，除了挡风沙以外，既带不来美观的景象，也带不来经济效益。常禄上任后在考察中发现了这一问题，决心要对树种进行改良。于是，这年春季，他让林业局引进了一部分樟子松，在小南山上试验栽植。今天，常禄就是趁着下雨天跑来察看樟子松树苗。

　　他欣喜地看到，这些樟子松的树苗虽然也有枯死的，但大多数历经干旱和风沙后，还是成活了。小树苗在雨中挺拔着身姿，迎头接受着雨水。常禄心里非常高兴，他似乎听到了小松树咯吧咯吧拔枝成长的声音。他想，到了冬天，这些树苗就可以成长为小树了。他们会用自己四季常绿的身姿，为右玉的冬天平添一份美景，让右玉灰秃秃的冬季变绿。同时，这些成活的树种，也打破了过去右玉松树不能成活的说法，为明年更大规模的种植松树，改良树种提供了经验。

　　看着这些挺拔的小松树，常禄忽然想到一个问题。

　　右玉这些年一直是遵循着春秋两季种树的惯例，为什么就不能雨季植树呢？右玉春秋季节多干旱，植树需要大量的车马人力驮、挑、拉水上山浇树。有些沙土地上，一担水浇下去，一瞬间就不见了影子。树苗常常是因为缺水而枯死。一块地经常要反复种上好几次，树种才能真正成活。当年的黄沙洼，就是因为干旱缺水，才一年又一年的种下种子枯死，再种下去再枯死。八年的时间才绿化了那一道洼。如果能在雨季造林，则减少了浇水这一环节，可节省大量的人力成本，还可以大大提高成活率。右玉气候偏凉，雨季大都在七八月份，夏天的炎热季节已经过去，此时种树，应该是最好的季节。这样就可以改春秋两季种树为三季种树，这样还加快了植树造林的进度。常禄越想越兴奋，索性蹲下去用手在山坡上挖起了泥土，他想看看这雨水到底能渗到多深的地层去。

韩孝找到这里的时候，发现常禄雨衣的帽子脱落，衣扣也早已敞开，浑身被雨浇得透湿，裤腿上全是泥巴，他却一点也不觉得，正蹲在地上全神贯注地用双手刨着泥土。

韩孝奇怪地问："常书记，你这是干什么？"

常禄抬头看到韩孝，兴奋地喊："老韩，你快来看，这地下的湿土有三尺多深呢，正好种树！"

韩孝把自己身上的雨衣脱下，递给常禄，说："常书记，你身上都湿透了，快把雨衣换下来吧！"

常禄没有接雨衣，他仍沉浸在兴奋之中。他手里抓着泥土站起来，对韩孝说："老韩，你看看，这土不用浇水就湿成这样，咱们要是趁着雨季植树，那成活率肯定要高多了！"

韩孝说："右玉人从来没有在雨季植过树。"

常禄说："没有植过可以试呀！要是真能成功了，春秋两季，再加上一个雨季，一年两季植树改为三季，那进度和成活率不就大大提高了？"

韩孝看到常禄脸上露出很少见到的笑容。这个长年一副严肃面孔的县委书记，此刻的笑容像个孩子一般的纯真灿烂。

韩孝忽然被感动了。他走过去，把自己的雨衣披在了常禄的身上。

经过充分论证、考察、试验，右玉县委决定实行雨季造林计划。由每年的春秋两季造林，改为"春秋加雨季"三季造林。在长达三个月的雨季里，每逢雨停，右玉的沟汊山坡上，都是一幅车水马龙的景象。借着雨后的湿地，右玉人民大打造林战役。而这个季节里，常禄这个书记的身影始终出现在第一线，混杂在那些机关人员和普通百姓之中。这时候，你无论如何也不能把这个县委书记和周围的群众区分开来，因为常禄的脸膛和群众的一样黝黑；手掌和老百姓的一样粗糙；手里那把铁锹，也是磨得秃亮秃亮；脚下的树坑，也是挖得最为标准的。群众每天挖多少个树坑，常禄一个也不会少。

一年两季植树改为三季后，右玉植树造林的进度大大加快，成活率也大幅提高。据《右玉县绿化志》记载，仅1977年，右玉就完成大片造林18.8万亩，零星植树97.8万株。与此前相比，这是右玉造林史上力度最大、进度最快的一年。此后的几年间，右玉每年植树造林都在十几万亩以上。

三

"三北"防护林是常禄任职期间最为重要的一项工程。1978年，右玉县被列为国家"三北"防护林建设重点县，这对右玉县的林业建设来说，是个至关重要的发展契机。常禄带着一班人深入全县实地考察之后，本着因地制宜、因害设防的原则，对全县林业建设进行了全新布局，使全县的森林分布适应当地条件，既能收到防护效益，又能收到经济效益。他在全县重点规划了三个战场：第一战场是威远堡、高家堡、梁家油坊、城关四个盆地，逐渐实现盆底林网化，盆帮梯田林带化，盆沿植树全绿化；第二个战场是马营河、欧村河、牛心河、苍头河、李洪河五河流域，外边打坝植树，搞乔灌混交护岸林，里面"开肠剖肚，取石垫土，方格植树"，河岸坡梁地带种草种树，还林还牧；第三个战场设在荒山沟壑，在水土流失严重的地方抗水保林，在风口、沙丘搞防风固沙林，高山陡坡搞水土保持林，小沟河岸搞乔灌混交林，向阳坡种经济林，背阴坡栽针叶林，缺煤少柴地区搞薪炭林，水源好的沟壑搞丰产林，在林木难扎根的石头山区播撒柠条灌木。这样，右玉可以逐步实现"村庄道路

林荫化,坡梁林带梯田化,滩湾盆地园林化,高山远山森林山,近山阳坡花果山,盆地流域米粮川"。

应该说,这是对右玉农林牧全面发展的一个远景目标,这是一个美好的目标。常禄要借着"三北"防护林的东风,打一场右玉农林建设攻坚战,实现"美丽右玉"的远景目标。为此,他领着右玉人民一步一个脚印,踏踏实实地朝着这个美丽的目标前行着。

有了目标,有了方向,就要从每一件具体的事情做起,一件件地落实、做好。右玉人说常禄是个"实干家",正是因为常禄从不说空话大话,只做实事。我没有见过常禄本人,只见过他的照片。照片上,常禄显得有些苍老的脸庞上,深深印着一道道刀刻一般的皱纹。特别是额头上,那几道深深的皱纹里,似乎可以看到他深藏的人生风雨。妻子赵翠莲回忆说,常禄在"文化大革命"时期受到了极端的折磨,被批斗100多次,有几次是在批斗台上昏倒,从凳子上跌下来被抬回家里的。一直到"文化大革命"后期,常禄才被"解放"出来,重新工作。重新站出来工作后的常禄,非常明白空喊口号、不做实事的危害性,也非常明白时间对他来说是十万分的珍贵。过去10年,无论是对我们国家,还是对他自己,白白流失的岁月,让他心痛不已,他要想方设法补回来。所以常禄在右玉所做的每一件事,都要求两个字:"快"和"实"。常禄在右玉的工作作风,可以用四个字来形容:雷厉风行。

苗圃少成为制约右玉造林大发展的一个瓶颈。1970年以前,右玉只有一个国营苗圃,且树种少。后来公社虽然也办了苗圃,但不成规模,树种也单一。常禄认真调研后,提出了要在全县大办苗圃,首先解决对造林进度、质量影响最大的育苗问题。在这年全县"三干"会上,他要求各公社和生产队要"队队有苗圃","社社都育苗"。全县普遍兴办苗圃,通过育苗和试种,对全县的树种进行改良,改变阔叶林多、针叶林少,防风林多、经济林少,劣种树多、优种树少的状况,把右玉的造林事业推向一个新的阶段。

常禄说干就干,开完大会他就亲自到威远堡去蹲点下乡。在他的指导下,威远堡村支书毛永宽抽调了以王月兰为首的十余名妇女劳力,划出30亩土地,办起了以妇女劳力为主的"三八"苗圃。这个苗圃成了常禄的联系点,三天两头他就往威远堡苗圃跑。这个苗圃先是引进了群众杨、合作杨、北京3号、灵丘青杨、小黑杨,把它们与当地的小叶杨杂交,培育出了适合当地的耐寒、耐旱的小青杨,并在全县推广;然后又引进了落叶松、油松、云杉、樟子松、桧柏等针叶树种进行育苗。在支书毛永宽、妇女主任王月兰等人的努力下,威远堡苗圃从最初的30亩发展到150多亩。

常禄以威远堡苗圃为样板,在全县掀起大办苗圃的热潮。县政府在威远大队征用土地520亩,在村西南长500米、宽700米的沙梁荒丘上,建起了一座标准化的国营苗圃。紧接着,国营林场又连续办起了三个苗圃,育苗300多亩。此后,全县各社队、机关、学校、厂矿都办起了自己的苗圃,用于自给自足。李达窑公社、城关公社、杀虎口公社、县粮食局都成为兴办苗圃的先进典型。到1982年底,苗圃已遍布全县,其中30亩以上的苗圃八个、50亩以上的苗圃8个、100亩以上的苗圃11个。这些苗圃成为改良实验和供给树种的基地,除各种杨树品种外,仅培育的针叶树品种就达十几种,育苗870多亩,为右玉树种改良和绿化事业的发展作出了巨大贡献。同时,县委、县政府还在杨千河、李达窑、破虎堡公社等高寒山区培育了银杏、苹果、木瓜、杜梨等经济树苗306亩,并组织人力开始在贾家窑山、燎巴山、总燎山、小南山等地大面积种植松树,并在适宜地区推广经济果木林的种植。

常禄在全县实行"四统一"、"四集中",即统一规划、统一部署、统一指挥、统一行动，集中领导、集中时间、集中人力、集中物力。按县里的总体规划，一个山头一个山头地绿化，一道沟湾一道沟湾地治理。从县委书记、县长，到一般机关干部，再到各村的普通农民，凡上山植树的人员，全部自带干粮和炊具，吃住在造林工地。每季大兵团作战20天到一个月时间，每年三季。经过几年的奋斗，右玉的植树造林事业突飞猛进。从此，右玉大地上不再只是"杨家军"独领风骚，而是百树争奇，四季常青，风沙弥漫的右玉开始显出绿色生机，显出不同于塞外的独特风景。

《人民日报》《山西日报》等相继发表了有关右玉植树造林的通讯。1983年，右玉的"三北"防护林第一期工程提前两年完成，受到林业部的表彰。国家林业局造林经营司给右玉县委和县政府发来贺信，对右玉县提前完成任务，为"三北"防护林工程提供了样板和榜样表示祝贺。山西电视台在右玉拍摄了电视专题片《塞上绿洲》。这部片子在全国及省区各种会议和在日本东京召开的国际荒漠治理会议上播放。我国林业专家在东京会议上专门介绍了右玉县靠人工种植树木，绿化荒山，治理荒漠的情况，引起国内外对右玉的广泛关注。

四

常禄与树的许多故事，在右玉广为流传，主题大都是"爱树与护树"。认识或不认识、见过或没见过常禄的，都能讲出常禄与树的几个故事。可见常禄和树的故事在右玉已达到家喻户晓的地步了。

谁都知道，常禄下乡，随身带着三件宝：剪刀、卷尺和望远镜。剪刀可不是普通的剪刀，是那种修剪树枝用的大闸剪。走在路上，路过树林，他随时会停下来，用手中的剪刀去修剪那些树上的枝杈。常禄有一个习惯，走到林子里，总会不由自主地去量一量树的高度和树围。他自己说量树是为了了解树的生长习性，可是人们都说，那是常禄对每一棵树都充满感情,就像对自己的孩子一样,随时掌握了解树的生长情况。望远镜是常禄每上一处山头,用来查看远处林子的工具。他一是要查看远处的林木生长情况;二是要查看有没有牛羊进林子啃树,有没有人偷砍滥伐树木。一旦发现问题随时处理。小儿子永宏说,父亲对树比对他这个儿子更关心。哪里的树出问题了,哪里的树被人偷砍了,父亲都一清二楚,可他这个儿子学习怎么样、考试多少分,父亲从来都不问。

跟随过常禄书记的人,都知道常书记平常是个粗线条的人,在许多事情上不拘小节,唯独在植树的问题上,一点都不会含糊。他对树的爱,到了一种发痴的地步,在种树上的认真、较真到了一种难以想象的地步。别的事上你有一点虚假瞒哄,常禄睁只眼闭只眼也许就可以过去;但在植树问题上,你有一点不认真、打马虎眼,那是绝逃不过常禄书记的法眼的。

在右玉档案馆,至今保存着这样一份文件:《关于牛心公社党委作风不扎实造成个别大队虚报春季造林、育苗情况的通报》。这份通报列举了牛心、石塘子、东丁村等生产大队虚报造林、育苗的事实,批评了牛心公社党委工作不扎实、不深入,造成个别生产大队弄虚

作假、欺上瞒下的恶劣行为，有关责任人受到处分。这份通报对全县上下都是一个强烈震撼。因为这正是常禄书记在不打招呼的前提下，深入基层时发现的牛心公社虚报的问题。不打招呼，不去公社所在地，随时直接下到村里和植树工地上检查察看，这是常禄一贯的工作作风。这种工作作风让基层干部心里打鼓，一点点的纰漏都有可能让常书记逮个正着。对于牛心公社的通报批评，让全县各个公社和大队的基层干部在工作上更加谨慎细致，也更加认真务实。威远堡公社主任王德功，就让常书记"揪住过小辫子"。

威远堡公社在黑台坪搞植树大会战时，公社主任王德功坐镇指挥。那一天，才给刚种好的树苗浇过水，已经到了吃中午饭的时辰，王德功就让指挥部下了放工号令，植树的公社干部和上千名男女劳力全部下了工。王德功因为一大早起来一直忙到中午，肚子也饿了，就放下手里的活准备先到工地大灶去吃饭。

就在这时，常禄在全县巡回检查各公社的植树情况来到了黑台坪，下了车就往植树点上走。

王德功说："常书记，先吃饭，吃完饭再上工地吧。"

常禄没有说话，直直往工地走去。

王德功不敢怠慢，只好紧跟在常禄身后。

常禄来到植树点上，一行树一行树、一棵苗一棵苗地仔细查看着，不时躬下身子，试试树苗埋得实不实、树身正不正，再把栽得不是很正的树苗扶正。王德功跟在后边，心里有点打鼓。他知道常书记对植树那是一丝差错都不允许出的。这一大片刚种的树，为了节省时间，抢进度，他就让人从下面的水渠引水过来，直接顺着树坑浇水。浇完以后，他还没有来得及仔细检查，心想可别出什么差错，让常书记逮着，这一顿挨批又少不了了。真是怕啥偏来啥，王德功这边心里正犯嘀咕，那边常禄已经蹲在地上，眼睛紧盯着地上歪倒的几棵树苗。王德功赶过去仔细一看，吓了一跳。由于水渠引来的水过大，而刚栽种的树苗又小，稍微栽得不踏实的苗子，很容易就被水冲倒了。常禄眼睛盯着的,正是地上一连几棵被水冲倒的树苗,有几棵连根都被水冲刷露了出来。王德功上前数了一下,共有七棵树苗倒在地上。

王德功的脸一下子红了,他说:"常书记,这几棵树没有栽好,下午我让人重新栽!"

常禄没有说话,他上前一棵一棵把树苗扶起来,重新栽进树坑里去,又在树坑外面再填上干土,用脚踩了又踩、踏了又踏,直到树根结结实实地埋在土里,又用手试着拔了拔,看看没有丝毫松动了,才算完事。

整个中午,常禄黑着脸,一声不吭。

回到食堂,因为已经过了吃饭时辰,王德功吩咐厨师给常禄炒了两个菜,一盘炒豆芽,一盘炒鸡蛋。王德功亲自给常禄端上来。常禄黑着脸,看都不看一眼。王德功好说歹说,常禄就是不动筷子。

王德功检讨说:"常书记,我知道没把树栽好。你就批评吧,我接受。"

常禄冒火说:"你这个公社主任,造林总指挥是怎么当的?树种成那个样子,水一冲就跑出来了,要是下雨呢?发洪水呢?还不把这一坡的树苗子全冲毁了?都像你这样植树,右玉不就变成了年年植树不见树,变成劳民伤财的事了?"

平心而论,王德功是个很负责任的公社干部。黑台坪造林大会战,是威远堡公社,也是县里那年的一项重点造林工程,还是常禄书记蹲点的工程,集中了威远堡公社六七个生产大队,上千号劳动力,吃在工地,住在工地,日夜奋战。常书记除了到其他公社去检查工作,大部分时间就蹲在威远堡。常书记对植树的较真,王德功是知道的,他哪敢有一点含糊?但是毕竟是六七个生产大队,上千号人,作为总指挥,一时有点小的疏忽,顾不过来,也是情有可原的。但王德功知道,你纵有千条理由,没把树种好,就是你的责任。常书记是不讲理由,只看结果的。

王德功说："常书记，你批评得对，我们一定改正错误，认真检讨工作中的失误，保证把树种好。"

常禄的脸上没有一点缓和，严厉地说："你啥也不用说了，下午你组织人把所有的树苗全部给我检查一遍，达不到标准的，全部重栽！黑台坪万亩树林，不允许有一棵树没有种好！"

王德功这天没有吃成饭，因为常书记一直黑着脸不肯动筷子。他只好立刻喊上威远堡大队的支书毛永宽，还有其他几个大队的支书、队长，组织了一个检查组，把黑台坪所有大队种上的树挨次检查了一遍，直到再没有找出一棵不符合标准的树，才撤了下来。

就在王德功他们检查树苗的同时，常禄也上了山。他就跟在王德功他们后面，把他们检查过的树重新又检查了一遍，直到再没有发现一棵不合格的树，脸上才露出笑容。一看到常禄书记笑了，王德功一颗悬着的心才放了下来。几十年过去了，王德功到现在说起这件事还直吐舌头："常书记那个人，在植树方面谁也瞒哄不了他，逮着就算你倒霉！"

五

原右玉县人大主任刘建瑛说起常禄和树的故事，也是边摇头边笑。因为在他身上，也发生了同样的故事。他参加工作几十年，没有因为别的事受过批评，单单因为植树，常禄书记让他差点无地自容。

那一年，刘建瑛刚调到梁家油坊公社担任公社书记。来了以后，他在下面跑了一圈，对全公社各大队的情况大致有所了解。一天，常禄因为新一年造林规划摸底来到梁家油坊。在汇报情况时，刘建瑛说："常书记，我把全公社到处跑了一圈，各大队的情况也了解过了。通过这些年大力植树，我们公社的宜林地带已经全部种上了树。现在，已经没有大面积的宜林地带可以栽树了。要栽也只能在两旁四化地带栽一点零星树苗。"

常禄听完汇报没有吭声，出了公社的大门就走了。到了下午，常书记的司机来接刘建瑛，说常书记叫他去一趟。刘建瑛以为常书记叫他去县里开会，结果司机却把他拉到了梁家油坊公社所辖的马官屯村，指着村后一道长满杨树的山梁说："常书记在山梁上等你呢！"

刘建瑛走到山梁上，走进一大片杨树林，仍然没有看到常禄的影子。

刘建瑛疑惑地问司机："常书记呢？"

司机说："常书记还在前面呢。"

刘建瑛穿过那一大片杨树林，再往前走，就看到常禄正站在那里，手里拿着望远镜，朝远处张望。再往常禄身边一看，他的脸忽地红了。

常禄脚下，是一大片空空的荒草坡地，足有好几十亩。

这是一片多年前曾经种过树，但大都已枯死而又忘了补种的荒坡。荒坡的树已不见几棵，大部分被荒草掩盖着。

没等常禄说话，刘建瑛就红着脸说："常书记，都怪我没有发现这里还有一块宜林地。"

常禄说："为什么我能发现了，你却发现不了？是不是你这公社书记比我这县委书记的官更大，更难以深入基层？"

刘建瑛觉得无地自容，脸更红了："常书记，你批评得对，都怪我工作不够深入细致。"

常禄说："植树是右玉人的大事，是右玉的千秋大业。你这一马虎，右玉的风沙就钻了漏洞，就得继续猖狂，右玉的地就打不下粮食，老百姓的日子就不好过，你我这两级书记就当得不称职。你刚到公社当书记，要记住，在右玉，种树不只是种树，是关系到右玉未来的命运，关系到世代右玉百姓的幸福。"

刘建瑛发自内心地说："常书记，我知错了。"

常禄走后,刘建瑛立刻喊来马官屯大队的支书和大队长,把这块荒草坡上植树的事布置了一通。随后,又领着几个公社干部,分头分片,把全公社所有的大队重新跑了一遍,把所有的宜林地带全部标记出来,纳入当年的造林规划。也因为这一件事,刘建瑛在之后的工作中变得极为认真仔细。

常禄到欧村公社检查植树情况,公社书记李生华指着一大片新栽好的松树,兴奋地说:"常书记,这1000多亩松树,都是经过我们头年秋天预整地,今年春天新栽下的。地整得好,树也栽得好,你瞧这成活率多高,基本上是栽一苗活一苗!"

常禄没有说话,直直朝林子里头走去,走着走着站住了。

李生华紧跟着常禄,一看到常书记站住了,心里就感觉到有什么不对,紧走几步一看,只见里面有一小片地上全是空树坑,没有树苗。

常禄说:"这林子你检查过吗?"

李生华红着脸说:"检查过,就是没有走遍。"

常禄说:"你哄我可以,可你不能哄右玉人。你哄来哄去就只能哄了右玉的后代!工作好不好,不是听嘴上汇报,而是要看实际!"

李生华说,这件事给他一辈子都留下很深的印象。此后,每种一片树,李生华都要认认真真挨次检查一遍,不放过任何一个细小的环节。常言说,强将手下无弱兵,严帅手下出猛将。王德功、刘建瑛和李生华等一大批中层干部，都是在常禄的言传身教下逐步成长、成熟起来的。王德功和刘建瑛后来都担任了正县级领导干部，而李生华从公社书记到副县长，再到后来担任了朔州市人大的领导职务，成为副厅级干部。我想，常禄对他们的影响可能是终生的。常禄种下的不仅仅是树，还有踏实认真、敬业负责的工作作风。他种下的是树，树起的是人，是党员干部踏实苦干的优良作风，是对事业、对人民、对工作认真负责的精神。这些，或许也是右玉精神的一个重要组成部分。

六

常禄在右玉，是真正把植树造林当作事业来干的一位县委书记。

1978年的一天，分管文教工作的宣传部长王德功接到常禄书记的电话，要他到书记办公室去一趟。王德功赶紧放下手头的工作，去了常禄的办公室。王德功没有想到的是，常书记找他，竟然是要他牵头成立一所林业学校。

其实，早在1965年，右玉就成立过一所林业学校，不过当时的名称叫做右玉林业中学，隶属于右玉国营林场，校长由当时的林场场长胡应岗担任，学生从当年高小毕业的小学生中招录。学校课程主要以初中课程为主，同时开设造林技术、苗木繁育栽培、林业机械等专业课程，学制3年，主要为右玉培养造林技术骨干，以解决右玉林业技术人才总量不足的困难。当年的林业中学共招了两届学员，每届50名，两届共100名学生，其中18名学生留在林场当了技术工人，余下的大部分回到当地，成为当时公社和生产大队的技术骨干，为当时的造林工作起了积极的作用。由于种种原因，林业中学于1969年第二届学生毕业后停办。常禄正是了解到当年林业中学的情况以后，才产生了要在右玉重新办一所林业专科学校的想法。

他想到了右玉林业要想长远发展，必须要有科技人才，要有专业人才，要有技术人才。而这些人才必须是右玉本土的，是右玉自己的人才，是"永久牌"，而不是"飞鸽牌"，是可以在右玉扎根，而不会飞走的人才。办一所右玉林业学校，就可以解决这一问题。于是他找王德功来，就是想让王德功牵头办这件事。之所以找王德功，一是因为王德功是县委宣传部长，分管文教工作；二是王德功本身是个文化人，平常喜欢写写画画，还经常在报纸上发表文章。常禄文化水平不高，可他重视文化教育，喜欢文化人。他觉得这事交给王德功，准成。没想到，王德功一听办林业学校的事，感觉很为难。王德功分管文教工作，对教育系统的情况比较了解。右玉穷，这几年老师的工资很难按时发放，要是再办一所林校，那经费呢？校址呢？老师呢？还有，毕业后学生如何分配呢？算是国家公职人员，还是农民身份？相关的这一系列问题该如何解决？

　　常禄不喜欢还没开始工作，就喊叫困难的干部，当时就不高兴了。

　　他说："办法总比困难要多！不管什么样的困难，最后总有办法克服它！只要你想做，你就有一千条理由说服自己去克服困难；如果你不想做，你也有一千条理由说服自己往后退缩。"

　　王德功一时哑口无言，他不知道该如何回应常禄的话。

　　常禄进一步说："不要只看眼前的困难，而是要看到未来的前景。办林校对右玉的未来，是很重要的一件事。右玉的林业要大发展，就得有技术人才，就得培养自己的人才。五年、十年以后，这些人才就会成为右玉的宝贵财富。不管有多少困难，林校一定要办，坚决要办成！"

　　王德功忽然很感动。他看着常禄略显激动的脸庞，很为自己的退缩和畏难而羞愧。常禄书记只是一位外派的干部，他不是右玉人，只要他把眼前的工作做好，他就会很有政绩，他根本用不着去为五年、十年以后的事考虑。可是，常禄书记把右玉的植树造林当做一项长远的事业来做，是为右玉人民的未来，而不是为了他个人的政绩。王德功想起常禄书记经常说的一句话：我们是"飞鸽牌"的干部，可我们要做"永久牌"的事。王德功明白了，常书记说的全是真心话，他是在做"永久牌"的事，他在为右玉永久的事业着想。

王德功说："对不起，常书记，是我错了。你放心，不管有多少困难，我一定想法克服，一定把林校办起来，办好！"

常禄说："你把方案拿出来，我拿到常委会上去征求大家的意见，争取尽快把林校办起来，今年就能招生。有什么困难，我帮你解决。过程我不管，我只要结果。"

随后，常禄和县长车永顺反复商量，又和常委及副县长们多次磋商，最终，王德功拿来的方案在常委会上顺利通过。在常禄的亲自协调下，车永顺县长从教育经费里拨付了三万元，临时占用了其他单位几间房子。王德功通过教育局调来几名文化课老师，聘请国营林场的技术人员当专业课老师，右玉林业学校就挂起了牌子。这

次林校招生和1965年不同，生源不再是小学生，而是一部分来自初高中毕业生，一部分来自各公社和大队推荐的林业骨干，还有一部分是公社的林业员。学制是两年，学生不用缴学费，费用全由县里负担。第一届就招收了三个班150多名学员。

后来的实践证明，右玉林校的建立为右玉的林业事业作出了重要贡献。七年间共培养县、社、队林业专业人才1045人。这些人才有些留在县、社林业部门，有些虽说回到了农村，但也成为大队的林业技术员，大部分都奋战在右玉造林第一线，成为重要的技术骨干，成为右玉绿化事业、生态建设的良将贤才。

七

在右玉，还有一些"常禄与树"的小故事在民间广为流传。

常禄闲暇时，总喜欢在有树的地方转悠，只要看到那些树，他心里就舒服。一次，常禄正在县城附近的公路旁查看树木，见到一个县里的老干部爬在树干上砍树枝。常禄十分恼火，上前质问他为什么要砍树枝。那个老干部说砍树枝当柴火烧。常禄说："你不能为了自己烧柴就砍树枝，这会影响树的生长。"老干部狡辩说："这树上枝杈多，砍点树枝不妨事。"常禄气恼地说："我把你的一只胳膊砍了，你看妨事不妨事？"老干部无言以对，忙爬下树来，灰溜溜地走了。

还有一次，常禄在县城的路旁转悠，一辆挂有内蒙古牌照的卡车在路边掉头时，不小心将一棵树撞断了。常禄立刻上前拦住，要卡车司机赔偿。司机不以为然，看看这个衣着普通的中年人，蛮横地说："不就一棵小树，断就断了，又不是你的树，管那么多干啥？"说着开着车就要走。常禄不顾危险，抢到车前头挡住去路，说："不是我的树，是右玉的树。你撞了树就得赔！不赔偿今天就别想走。"司机问："怎么个赔法？"常禄说："很简单，你栽活三棵树，就算赔了。"司机说："我还要急着赶路呢,哪有时间栽树!"常禄说："你没有时间栽树就赔钱,我找人替你栽树。"司机火了："你算什么人,多管这种闲事?"常禄说："我是右玉人!"

这时有人过来了,告诉那个司机："这是我们县委常书记。"司机大吃一惊,他没有想到一个县委书记会为了一棵树,和他这个陌生人如此较真,于是态度软了下来,赔罪道："书记,我知道错了,我赔,你说多少钱吧!"

常禄也缓和了语气："小伙子,我不是为了钱,我今天是要让你记住,爱护树不只是右玉人的职责,也是每个公民的义务,也包括是你的义务!毁一棵树就要赔三棵,这是右玉县定的规矩,你就得按规矩办事!"

最后那个司机主动掏出50元钱,找了个当地的农民替他栽树,这事才算完了。

这两件事后来在民间广为流传,几乎成了常禄的"段子"。在民间,对此事的评价不一,有褒有贬。有人说常禄太过分了,因为几根树枝,对一个老干部说出那种话显得没水平,不像个县委书记。再说,就因为几根树枝,得罪了一个当地的老干部,不值当,这也可看出常禄这人没有城府,不会来事。处罚外地司机这件事,也有人认为常禄有失身份,这么一件小事,应该是护林员管,他一个县委书记用得着去同一个外地司机较真吗?还挡在车头拦车,万一要是被车撞了,是一棵小树重要,还是自己性命更重要?这不是分不清轻重吗?但更多的人把这几件事作为美谈流传,认为正是这些事表现出常禄书记的淳朴可爱,表现出常禄的真性情。这才是作为"真人"的常禄书记。不管什么评价,有一点是大家的共识,那就是常禄书记的确是"惜树如命,爱树如子"。为了右玉的树,常禄可以不惜一切。

1975年12月到1983年8月,常禄在右玉担任了近八年县委书记,是新中国成立后右玉18任县委书记里任职时间最长的一位。就在他调离右玉的那年，组织上已经同他谈过话，他知道自己要调离右玉了。这年春季，他满怀着不舍之情，带领全县机关干部和群众，大干20天，突击植树20万亩，超过了任何一年。常禄任职的8年间，这个只有9万人口、2万多名劳力的小县，平均每年造林十几万亩。右玉植树造林面积由过去的不到40万亩，猛增到120余万亩，成为山西省人工造林最多的县份，提前两年完成"三北"防护林的第一期工程。1981年，右玉被评为山西省林业建设先进县。右玉的生态建设也引起了世人的关注，报刊电视等媒体多次采访报道，右玉被誉为"塞上绿洲"，常禄本人被评为"山西省林业劳动模范"，受到山西省委和省政府的表彰。省委副书记、省长罗贵波亲手把奖章和证书颁发给常禄，并在大会讲话中对右玉县多年坚持植树造林、改善生存环境的事迹进行了表扬。

不幸的是，常禄书记因积劳成疾，于1994年5月病逝，时年仅59岁。常禄去世以后，右玉的干部群众数百人前往大同常禄家里吊唁。据说花圈、挽联在常禄生前居住的铁牛里巷子里排了好几百米。原右玉县粮食局局长、林业劳模王好善前往吊唁时，亲笔为常禄书记写了这样一副挽联：汗水浇灌常绿（禄）树，正气永存耀绿洲（右玉方言里，绿和禄同音）。这一挽联也可看作是右玉人民群众对常禄书记的一种评价。

在右玉采访时，王德功老人告诉我说，右玉的每一片树林，都是一座无言的碑。你打问这片树林，就会有人告诉你这些树背后的故事，就会记起某一个人、某一段历史。这话一点不假。如今，右玉人说起针叶林，说起遍布右玉全县山山水水的油松、樟子松、落叶松、云杉、桧柏等等，就会说，那是常禄书记引进来的；说起右玉现今到处蓬勃发展，数以百计大大小小的苗圃，人们会说，那是常禄书记手里发展起来的；看到贾家窑山、小南山、总燎山等漫山遍野的杨树和松树，人们会说，那都是常禄书记在的时候种下的！

仿佛这些树就成了常禄的化身,这些树就是常禄。尽管常禄已经离开右玉28年了,尽管常禄已经离开了这个世界,他的身影距右玉、距这个世界已经渐行渐远,但这些树,这些常绿(禄)之树,这一块块无言的丰碑,却永远矗立在右玉的大地上。"常禄"这个普通的名字,也将深深地铭刻在右玉人的心中。

第五章

八十年代，困境中的探索之路

一

1983年5月，雁北地委书记白兴华第一次找袁浩基谈话时，袁浩基不会想到，这次谈话会成为他人生的一次重大转折。当时的袁浩基，只是雁北地委政策研究室的一名普通干部，走进地委书记的办公室时，不由得有点紧张。虽说平常都在同一幢楼里办公，但袁浩基毕竟很少有机会和地委书记直接交流。白兴华是这座办公楼里的最高首长，而袁浩基只是一名普通的科员。袁浩基平常都很少有机会见到白书记。他想不明白，白书记找他会谈什么事。他努力地回想着，自己是不是有什么地方做错了，而且错得离谱，才会让白书记亲自找他这个一般干部来谈话。

风从塞上来
FENGCONGSAISHANGLAI

　　上世纪80年代早期，中国正在流行着一个特殊的词语，那就是"改革开放"。刚刚进入改革开放初期的中国开始探索一条与以往以"政治挂帅"和"阶级斗争为纲"完全不同的道路。与此同时，为适应改革开放新形势的需要，干部任用体制和标准也在进行着探索和改革。"文化大革命"结束后，百废待兴，急需大量德才兼备的人才。虽然一大批被冲击的老干部纷纷复出，但他们一是年龄普遍偏大，二是个人能力和知识结构都来自于战争年代和政治运动，已不符合改革开放新形势的需要。为此，1982年12月，干部队伍"革命化、年轻化、知识化、专业化"的"四化"标准，在中共十二大上被写入新党章。随后，中共中央组织部在北京召开全国组织工作座谈会。会议强调以改革的精神加速领导班子的革命化、年轻化、知识化、专业化建设，改善领导班子结构，提高干部队伍素质。强调在社会主义建设时期，培养选拔干部要以"四化"为标准。自此，全国各级

党委在领导班子配备中,掀开了领导班子"四化"的帷幕。正是在这样的背景下,雁北地委在配备新一届县级领导班子时,除政审必须合格以外,干部的年轻化、知识化和专业化也成为重要的考量标准。因此,地委首先把目光聚焦在了具有大学以上文凭的年轻干部身上。毕业于山西大学政治系,年仅38岁的袁浩基,被历史的浪潮推到了风口浪尖。经多方考察,他被雁北地委选拔为中共右玉县委书记的后备人选。

这一切,袁浩基自己并不知道。因此,他怀着一颗忐忑不安的心走进地委白书记的办公室时,还一心在检讨着自己,苦思冥想着自己到底哪儿犯了错误。白书记谈话的内容,完全出乎他的意料。

白兴华书记告诉他,地委决定任命他为中共右玉县委副书记。

袁浩基有些意外。他怎么也想不到,白书记亲自找他谈话,是让他下基层去工作,而且担任县委的主要领导职务,从事一项他完全陌生的工作。等白书记征询他的个人意见时,他脑子一片空白,不知道该如何来回答白书记。

白兴华书记当时并没有告诉他实情,地委是拟任他做中共右玉县委书记的。为了让他适应和熟悉右玉的工作环境,也为了组织程序的合法(此前袁浩基还不是副处级干部),先任命他为右玉县委副书记,随后在经受一定的锻炼和考察以后,才会正式任命他为中共右玉县委书记。

雁北地委选拔袁浩基为右玉县委书记的后备人选,是经过深入考察和慎重研究的。袁浩基是山西应县人,出身贫苦的农民家庭,毕业于山西大学政治系,曾在县委宣传部和团县委工作过,又下过基层,担任过公社书记。调入雁北地委后,他在政策研究室工作,从事政策研究工作多年。他既有基层工作的经历,又有政策、理论水平,年轻有热情,工作踏实勤奋,符合"四化"干部的标准。其缺点就是没有县级党政领导的工作经历和经验,这也是雁北地委采取先任命他为副书记,尔后再正式任命为书记的一个重要原因。

风从塞上来

袁浩基是个很聪明的人。虽然他并不知道地委的意图,但他很快就明白过来,地委委派他到右玉县委工作,是经过认真考核和慎重研究的。白书记找他谈话,征询他个人的意见,只是一种组织程序,事实上这是地委已经决定了的事。对于组织的决定,袁浩基一贯是坚决服从。尽管他没有任何思想准备,但面对白书记的征询,他没有任何选择。

袁浩基只说了七个字:"我服从组织决定。"

白书记接着说:"右玉条件差,很艰苦,工作会很艰难。因此你要有充分的思想准备。还有,这次到右玉去你要做好长期工作的打算,对右玉的情况要做全面了解,要有一个很长远的工作思路。下一步,地委还要给你压更重的担子。这一点,你也要有思想准备。你个人有什么意见,可以向组织提出来。"

袁浩基还是说了七个字:"我服从组织分配。"

临走时,白兴华书记对袁浩基说:"到了右玉要安心工作,你可以带家属一起去,有关手续,组织上帮你来办。你要记住,组织上把你放到那里去,是对你的信任,你不要辜负组织上的期望。"

袁浩基说:"白书记放心,我一定不辱使命!"

袁浩基果然不辱使命。这一去,直到1989年底离开,他在右玉工作了六年半时间,担任了六年县委书记。在他任职期间,右玉有15项工作,23次受到国家和省、市(地)有关部门表彰。他个人7次受到省、市(地)表彰。六年间,右玉的面貌发生了很大的变化。

1983年5月24日，袁浩基带着家属到右玉赴任。

妻子开始极力反对全家到右玉安家，她不愿意离开条件优越的大同市到条件艰苦的右玉去，有一个很重要的原因，是因为孩子的上学问题。正读初中的儿子，需要一个很好的学习环境。当年右玉的教育质量和学习环境，都是没法和大同市比的。妻子怕耽误孩子的学习，误了孩子一生的前途。袁浩基好说歹说，最后搬出地委和白书记的牌子，说这是地委和白书记的"指示"，才说通了妻子，最后还把年逾古稀的老父亲也带到了右玉。袁浩基带着妻儿老小举家搬迁，这一举动表明，袁浩基是下了决心要在右玉扎下根去，全身心投入到右玉的工作中去的。

袁浩基一到右玉，就一头扎到乡下去，了解右玉的县情和历史、右玉的地域文化和民俗民情，了解百姓的生活情况和群众的呼声，协助当时的常禄书记处理日常工作。袁浩基的工作热情和才能很快得到县里和雁北地委的认同。

1983年9月，袁浩基在担任了四个月的县委副书记，基本适应和熟悉了右玉的情况后，白兴华书记第二次找他谈话。9月12日，雁北地委宣布，袁浩基同志担任中共右玉县委书记。

袁浩基做县委书记后，一直记着白兴华书记第二次找他谈话时对他的嘱托。白兴华书记在谈到地委已经决定任命他为中共右玉县委书记后，语重心长地对他说："浩基同志，你一定要牢记，右玉绿化大旗不能倒，右玉防风固沙、改善生态环境的根本方向不能变，你一定要接过前十任书记的接力棒，使右玉这个'塞上绿洲'更上一层楼。但也要记住，右玉还很穷，人民群众的生活还很苦，你一定要想办法，尽快帮助右玉人民群众脱贫致富，走上富裕之路。"

白兴华书记这一段话，日夜都在袁浩基的脑子里回响。他知道，白兴华书记这段话，抓住了右玉的主要矛盾和根本问题，林业要继续大发展，生态建设要坚持搞下去，人民群众的贫困生活也必须要设法改变。他心里明白，他是雁北地委选拔的第一位"四化"干部，白书记和地委对他寄予厚望，右玉人民也对他这位年轻的知识分子书记寄予厚望，他感觉到了自己肩上担子的沉重，他必须要付出异于常人的努力，才能不辜负上上下下对他的期望。因此，上任以后，袁浩基下乡考察，深入基层调研，不管走到哪里，都结合着右玉的实际情况，认真思索着白书记这一段话，探索着右玉新的发展路子。

袁浩基上任时，右玉早已经是山西省的"林业先进县"了。但除了先进的林业以外，右玉的其他状况却并不容乐观。10年"文化大革命"对右玉方方面面的伤害超出了袁浩基的想象。尽管改革开放以来，右玉县委和政府已经做了大量的工作，植树造林、防风固沙、改善生态成绩显著，但刚从"文化大革命"的阴影中走出来不久的右玉，由于自然环境的恶劣，人民群众的基本生活依然十分困难，经济收入很低。袁浩基沿着长城脚下徒步行走了一遍，所到之处，看到和听到的，都令他感到震撼不已。位于晋西北长城脚下的这个小县，土地贫瘠，气候高寒，风大沙多，地广人稀，近2000平方公里的国土面积，只有九万余人口；无霜期很短，春秋长达五个半月，冬季长达六个半月，基本上没有夏季。粮食产量低到不可想象，平均亩产只有几十斤，群众生活极其艰苦，大多数人家都靠着莜麦籽、山药蛋配点苦菜度日。1983年的县财税收入只有207万元，文化落后，教育基础很差。在老乡家里，袁浩基看到锅里煮的都是山药蛋，好一点的人家就是莜麦籽"馈垒"（一种莜麦面做的食物），没有蔬菜，缺少油料。有的老乡，全家人伙盖着一床被子，炕上连席子都没有。在村子里，他看到很多小学校，其实就是一眼窑洞，窑后的墙上用黑墨汁刷出一块来，就算是黑板。一眼窑洞里面从一年级到五年级的学生都有。一个"七年制"毕业生就算是好老师，有的小学教师甚至就是小学毕业。袁浩基在一个村子里看到，一个外地调来的小学老师，晚上没有宿舍，和村里的羊倌一起住在羊舍里。还有，右玉交通极其困难，村子到镇上，村子和村子之间，都是泥泞的土路。村民的年收入无法用准确的数字来计算，许多村民

一年到头都没有收入,靠贫瘠的土地打下的粮食,根本无法满足最基本的温饱需求。全县大多数村民生活在贫困线以下。极目所望,只有绿色的树林。有的群众因为贫穷,只好偷偷砍伐树木盗卖,有些地方好好的林子,被砍伐得一塌糊涂。

袁浩基白天下乡考察调研,夜里整夜睡不着觉。右玉的贫困状况,让他揪心和心痛。他在思考着右玉如何才能走出贫困,右玉人民群众如何才能走上一条脱贫致富之路。他整夜查阅资料,研究着右玉的县情和地域特点,苦思冥想地探索着右玉的发展之路。

面对困境,袁浩基没有退缩,也没有去人为地粉饰现实,他直面困境,直面现实。1984年,袁浩基亲自跑到省里,为右玉申报国家级贫困县。当时,根据县政府统计数字,右玉是人均年收入163元。但袁浩基心里清楚,这只是"官方"统计数字,事实上右玉人均收入还达不到这个数字。而国家贫困县的标准是人均年收入150元以下。袁浩基到省里找有关部门,反映右玉的真实情况。有人说他书生意气,应该在自己的政绩上做点文章,不应该去申报这个国家贫困县。但袁浩基不为所动,他不能为了粉饰自己的政绩,就隐

瞒右玉的贫困实情，右玉应该享受到国家对贫困地区的各项优惠政策。他在省里到处向有关方面呼吁，恳求有关部门按国家对贫困地区的优惠政策对右玉进行扶持。最终，右玉被评定为国家级贫困县，享受到了国家的多种优惠扶持政策。

但是，袁浩基明白，靠国家的扶持，只能是权宜之计，输血不能从根本上解决贫血状况，要想改变，要想让右玉真正活起来，必须依靠内生动力，强化造血机能，才能让右玉走出贫困。回到右玉以后，袁浩基召开了县委常委会议，研究右玉如何才能走出贫困，右玉如何才能找到一条切实可行的脱贫致富之路。

所幸的是，袁浩基遇到了一个好搭档。时任县委副书记、县长姚焕斗是个经验丰富，且在右玉工作多年，对右玉情况十分了解的老同志。1983年9月12日，雁北地委任命袁浩基为中共右玉县委书记的同时，又任命原中共右玉县委常委、常务副县长姚焕斗为右玉县委副书记、县长。

二

姚焕斗和袁浩基是同乡，同是山西应县人，只是他在右玉工作的时间要比袁浩基长很多，也比袁浩基在基层工作的时间长很多。姚焕斗一直在县级基层工作，可以说是经验丰富。袁浩基上任右玉县委书记时，姚焕斗已经是两进右玉，在右玉前后工作过五六年的时间了。可以说，姚焕斗人生的第一次起步，就是从右玉开始的。

已经在右玉当了三年县委常委和常务副县长的姚焕斗，对右玉的情况相当熟悉，他在工作思路上也和袁浩基极为吻合。姚焕斗明白，在右玉，首要的问题是解决群众的生存问题，解放以来的每一任书记和县长，都在努力地解决这一问题。几十年来，前任们在解决防风固沙，改善生态环境上下了很大的功夫，使右玉的恶劣气候有所改善，这其中当然包括前任的常禄书记和车永顺县长。他记得他重返右玉那一年，是1980年的春天，正赶上植树季节。常禄书记提出"觉悟加义务"，"一只铁锹两只手，饿了啃个窝窝头，紧抓植树不松手"，给每一位县委常委和县政府班子成员都做了分工。刚上任的县委常委和常务副县长姚焕斗被任命为造林指挥部的总指挥，指挥着全县数万名劳动力和机关干部，在小南山、贾家窑、柳沟山、四道岭、五道岭等地开展植树造林大会战。当时植树的主要品种，已由当地的小叶杨改种为樟子松、油松、云杉、桧柏等新品种。这些树种都是常禄和车永顺早几年就引进和实验推广的。姚焕斗知道，常禄书记的树种得最好，为改善右玉生态环境立下汗马功劳。但由于自然环境等条件限制以及"文化大革命"等历史原因，群众生活却依然很差，贫困状态没有得到根本的改变。姚焕斗到基层下乡，群众招待他这位县里来的领导，唯一能拿出手的，就是煮上几个鸡蛋。晚上睡在老乡家，有的人家连炕席都没有。老乡把自己家唯一的一床被子让出来给他盖。他不忍心，就经常和同事伙盖着一张老皮袄过夜。右玉群众生活的艰苦，让姚焕斗感到他这个新任县长的责任重大。为此，如何找到一条脱贫致富的路子，尽快帮助群众摆脱贫困，也是姚焕斗日思夜想的问题。

就在袁浩基徒步在苍头河、杀虎口以及右玉北半部深入考察调研的同时，姚焕斗也深入到右玉南部地区的元堡子乡、李洪河等地考察调研。在袁浩基从省里回来，准备召开县委常委会议，研究右玉解脱贫困的出路的前一夜，姚焕斗来找袁浩基，两人就右玉的发展和出路进行了一次很深入的交流。

这天夜里，当姚焕斗一口气谈了自己的许多建议和思路时，袁浩基发现，姚县长的许多想法与自己不谋而合。袁浩基很兴奋，他也说出自己的思路和想法与姚焕斗交流。谈到右玉如何才能脱贫致富，如何才能由林业先进县变成经济强县、富县，两人的许多思路撞出了火花。谈着谈着两人就激动起来，袁浩基年轻的脸涨得通红，年长的姚焕斗也显得精神焕发，格外激动。两个新搭档都是一副雄心壮志，不把右玉旧貌换新颜誓不罢休的劲头。

袁浩基和姚焕斗的共同思路是，面对右玉的困难局面，要解放思想，大胆探索，改变过去右玉县单一林业先进县的面貌，争取农林牧副同时发展，带领人民群众脱贫致富，从根本上解决吃饭问题、生存问题。经过深思熟虑，由袁浩基和姚焕斗共同研讨，又经县委常委会议多次讨论，县长办公会反复论证，征询了广大干部和群众的意见以后，右玉县委和县政府提出了有名的"十六字方针"：种草种树，发展畜牧，促进农副，尽快致富。

尽管困难重重，但袁浩基和姚焕斗仍在努力地探索着一条适合右玉的发展之路。

三

袁浩基是个知识分子干部，而姚焕斗是个在基层摸爬滚打出来的实干型干部,袁、姚两人搭档,可以说是珠联璧合,这也是雁北地委在县级领导班子配备上的一次杰作。为了探索一条右玉的富民之路、强县之路,袁浩基一直在寻找着科学理论上的指导。其实,"十六字方针"提出的契机,来自于中央在延安召开的北方八省旱地农业工作会议。1983年8月,时任中共中央总书记的胡耀邦同志,在北方八省区旱地农业工作会议上发表了重要讲话。讲话中提出北方旱区要"种草种树,发展畜牧",还提出要搞好水土保持,改善生态环境,实行北方地区生态的良性循环。胡耀邦在讲话中甚至不无幽默地说:"不唱天,不唱地,就唱一本'草木计'。"八省区农业工作会议精神和胡耀邦的讲话,开启了袁浩基和姚焕斗的思路。在位于北方高原旱地农业区的右玉,种草种树、发展畜牧是一条很好的切合右玉实际的出路。为了更为科学地论证这一思路,论证"十六字方针",袁浩基和姚焕斗决定召开一次高水准的右玉农业发展研讨会。由于怕"庙小",请不动那些学者和专家,袁浩基亲自跑到大同找到地区行署科委的负责人,协商由行署科委和右玉县共同来召开这次研讨会。然后他们又跑省城、上京城,亲自拜访那些农林业方

面的专家学者,邀请他们来右玉实地考察,对右玉的"十六字方针"进行论证,为右玉的农业发展指出一条出路。

  1984年7月16日到22日,由雁北行署科委、中共右玉县委、右玉县人民政府联合主办的"右玉县农业发展战略论证会"在右玉召开。会议邀请了北京大学地理系教授王乃梁,中国人民大学农业经济学教授严瑞珍,中国科学院综合考察委员会考察队副队长、研究员李凯明,中国社会科学院数量经济与技术经济研究所主任刘云福,中国农科院作物品种资源研究所副研究员陆炜,山西省林业厅厅长刘清泉,山西农业发展研究中心副主任、高级工程师张沁文等,以及省直科研单位、高等院校的一批知名学者专家共102人来参加。这其中不乏农、林、地理专业方面的全国重量级人物。

  这就是袁浩基独特的眼光,作为一个知识型领导的独特眼光。他以一个知识型领导高瞻远瞩的眼光,敏锐地意识到这些专家学者对右玉农业经济的发展所能起到的举足轻重的作用。他以"三顾茅庐"的恭敬和虔诚,几次亲往北京和省城,把这些重量级的专家学者邀请到了右玉这么一个偏僻穷困的风沙小县来。会议用了3天时间,对辛堡梁林区、苍头河护岸林、黄沙洼防风林、盆儿洼农田林网、花柳沟种草养畜及一些专业户等32个不同类型的典型进行了实地考察,利用四天的时间进行了发言论证。有33位专家学者在会上发言。四位应邀前来参加会议的在右玉工作过的老县委书记,也对右玉的实际情况及"十六字方针"进行了论证。大家一致认为右玉县委、县政府提出的"十六字方针"是科学的,是符合右玉实情的,是切实可行的。随后右玉县委和县政府成立了右玉县农村经济技术发展中心,聘请了36位专家学者担任发展中心的顾问。袁浩基在这次会后的县委工作会议发言中,提出"要把现有的人才用起来,把外地的智力引进来,把干部的水平提起来,把基础教育抓上来,让右玉经济飞起来"。这五句话也成为右玉县委在后来实际工作中的行动纲领。

四

苍头河是右玉的母亲河，它全长75公里，流经七个乡、38个自然村。为了弄清苍头河沿岸的植被情况，1985年春天，袁浩基带着县委调研室主任李明月，从苍头河平鲁县的入境处开始，沿着苍头河的两岸徒步行走，对苍头河的植被情况进行了全面考察。他利用几天时间，走一处看一处，坚持不坐车、不绕路，沿着河岸实地考察，终于查明了苍头河的实际植被情况。随后，在他的力主下，右玉县成立了以袁浩基为组长，县长姚焕斗、雁北地区绿化委员会副主任康润玉、副县长彭珍宝、县农工部长郝文运为副组长的苍头河流域治理总指挥部，铺开了苍头河沿岸农林水土全面治理工程。袁浩基还亲自撰写了《苍头河考察报告》一文，刊发在1985年第4期《山西水土保持科技》上。随后，苍头河两岸开始了沙棘、柠条等灌木的大面积种植。同时，袁浩基又主持成立了草林研究机构，成立了全国第一家县级沙棘研究所，建立了北京林业大学沙棘研究基地，从外地引进草木樨、沙棘、柠条等29个品种进行对比试验。他们不仅在全县发展苗圃，还发展了草圃，在杨千河乡、元堡子乡、上下吴流域、白头里乡等适宜牧草种植的乡镇，进行了西北黄土高原优种牧草选育和牧草飞播试验。七天时间共飞播沙打旺、紫花苜蓿等牧草七万余亩。袁浩基坐在飞播牧草的飞机上，亲手撒下优选的牧草种子。随后的几年，全县开始乔灌草林大面积立体种植，乔灌混交，草林混种，形成了以草护林，以草促牧，以乔灌草促进林业、畜牧业的发展，使社会效益、生态效益、经济效益同时得以发展。为了让50年代就种植的沙棘不仅发挥生态效应，还可以增加经济效益，右玉县还在北京食品研究所、水利部的支持下，建起一座年加工4000吨沙棘果的饮料生产线，年产沙棘果酱450吨。当时产品供不应求，远销全国各地。

风从塞上来

当然，袁浩基和姚焕斗自始至终没有忘记高举右玉的绿化大旗。1984年，袁浩基在全县春季植树造林动员大会上严肃地提出："在右玉这块土地上，人不分老幼，职务不分高低，工作不分行业，时间不分过去、现在和将来，植树造林人人有责，抓林业每个干部责无旁贷，不懂得这一点，就不配做右玉的干部和公民！"1988年3月25日，袁浩基和姚焕斗二人联合发出《致全县人民的公开信》。信中指出："昨天的成绩不能代表今后的工作，摆在我们面前的任务还很艰巨。"要求全县广大干部群众"思想再解放，觉悟再提高，继续做好苦战的思想准备，开创右玉林业建设的新局面"。袁浩基在威远堡镇蹲点办林业点的时候，给县林业局写了一封语重心长的信，并托人捎去自己的工资30元钱，支持林业部门为义务植树购买树苗。在他的带动影响下，全县干部群众纷纷主动捐款，支持义务植树。

袁浩基和姚焕斗深入全县的林区进行普查时发现，由于生长年份太久，为右玉的防风固沙立下汗马功劳的小叶杨（小老杨），有60万亩已进入生长衰退期，其中有一万多亩已经枯死，六万余亩处于半枯死状态，急需对小老杨树种进行改良和更新。袁浩基请来林业专家现场会诊，又亲自查阅林业方面的书籍，最后提出用嫁接丰产速生杨的方法进行改造更新。他派出林业技术人员到河北学习，借鉴万全县的经验，对全县的小老杨进行更新改造。他在辛堡梁南坡村建立了一个嫁接试验点。他对姚焕斗说："老姚，你在家管着全面工作，我去给咱们搞试验。"于是，袁浩基这个县委书记，一头扎进辛堡梁南坡的小老杨改造试验点，每天亲自和林业技术人员一起，同吃同住同劳动，一住就是半个月。县里有事找他，都是在试验点上办公。他每天像个技术工人一样，蹲在试验林区，搞嫁接，砍树枝，观察树木的生长情况。最后优种嫁接成功了。他们总结出了改造小老杨树的四条经验，即疏伐抚育、优种嫁接、速生丰产、乔灌混交。他们先后疏伐抚育12万亩，优种嫁接640亩，针阔混交4.6万亩，乔灌混交16.2万亩。1985年7月，山西省桑干河杨树丰产林实验局一期工程专辑刊发了《璀璨的前程》一文，对右玉改造更新小老杨树的成功表示肯定和赞赏，提倡在全省进行学习推广。

　　翻阅《右玉县绿化志》，可以看到在"人物传记"这一节，有关袁浩基的记载占了整整8个页码，洋洋五千余言，十大条目，详述了袁浩基在担任右玉县委书记期间，为右玉的农林牧业作出的重要贡献。甚至今天还有文章把袁浩基称为"草书记"。虽然这个称呼不是很贴切，但也从侧面反映了袁浩基当年的确在发展牧草方面做了大量的工作。右玉畜牧业的发展，就得力于当年的牧草种植。据《右玉县绿化志》记载："到1989年底，全县人工种植和飞播牧草13万亩，营造林草混交林12万亩，柠条放牧林16.2万亩，建起围栏1.3万亩。牧草面积的扩大，促进了畜牧业的发展。大牲畜，1984年到1988年，五年平均年存栏2.95万头，比1983年增长了9.3%。养羊，1988年已发展到14.4万只，户均6.8只，比1983年增长29.7%。畜牧业总产值631万元，比1983年增长6%。"另据《右玉县绿化志》记载：1983年到1989年，袁浩基任县委书记的六年间，右玉共营造大片林50万亩。可以说这是一个很惊人的成绩了。

　　在右玉工作六年多，让袁浩基至今想起来仍感觉到愧疚和遗憾，甚至痛心不已的一件事，是跟随着他一起到右玉去的老父亲，永远

风从塞上来
FENGCONGSAISHANGLAI

安息在了右玉的土地上。而父亲临终之际，袁浩基都没能再见他老人家最后一面，没有听到老父亲最后的遗言。那一天，袁浩基在全县检查春季植树情况，天黑的时候才赶到高墙框乡。连饭都没吃，袁浩基就召集高墙框乡书记、乡长及林业站人员，听取该乡植树情况的汇报。前一天，年过七旬的老父亲就感觉到身体不适，妻子催袁浩基带老父亲到医院去瞧瞧大夫。袁浩基口里答应着，但第二天一大早还是带着司机下乡去了。那一年县里下达的植树任务重，是实行沙棘、草木樨等草林间作、乔灌混交、立体种植的关键一年。县里红头文件下了一份又一份，但有些乡的领导仍然动作缓慢，拖了很久还没能有效开展工作。袁浩基心里有点着急，他要抓紧时间检查督促各乡镇保证人力物力，完成任务。就在听取汇报的时候，乡

里的秘书进来告诉他,有家里来的电话。袁浩基起身去接了电话回来,没有动声色,继续听取汇报。谁也不知道,表面上不动声色的袁浩基,心里正强忍着巨大的悲痛。电话里妻子告诉他,老父亲突然病危,处于昏迷状态,现已住进县医院,要他赶紧回县里去。袁浩基没有告诉任何人,一直到听取完汇报,他又针对高墙框乡的植树情况作了指示,提出了要求,并指出了高墙框乡植树工作中存在的一些问题,才匆匆驱车赶回县里。

等袁浩基赶到医院时,父亲已经躺在病床上,永远离去了。袁浩基一头跪倒在父亲的床前,泣不成声,继而痛哭失声。

没有照顾好老父亲,没能和老父亲做最后的诀别,这是袁浩基心里一生的痛。

袁浩基1989年12月调离右玉,姚焕斗接任中共右玉县委书记。

五

已经和袁浩基搭班子六年的姚焕斗,在工作思路上仍然延续着他当县长时县委提出的"十六字方针"。在所有的县委书记中,姚焕斗是在右玉工作时间最长的一位。他从常务副县长、县长一直到县委书记,一共在右玉工作了12年。如果算上解放初他在右玉工会工作的两年,应该是14年。从刚刚改革开放的1980年到进入全面发展的1992年,右玉绿化的每一项重要工作,姚焕斗都是指挥者和参与者。从1982年起，姚焕斗就兼任右玉县绿化委员会的副主任，亲自指挥每年的义务植树造林。1983年担任县长后，更是每年兼任植树造林总指挥。每一座山头，每一道沟壑，每一片树林，都留下了他的足迹，都洒下过他的汗水。担任县委书记后，姚焕斗仍然高举绿化大旗，紧紧围绕植树造林、防风治沙，改善生态环境这个大目标做文章。在他上任第一年的全县三级干部大会上，他提出"觉悟加义务，政策加技术，一把铁锹两只手，自力更生绘蓝图"的口号，在全县实行"一个系统一座山头，一个单位一个林场，咬定植树不放松"的责任目标，组织全县机关事业单位八大系统120多个单位，分年治理，集中会战，先后营造了七联山、四道岭、大南山、柳沟山、贾家窑南坡、小南山、杀场洼等十几个造林基地，总面积达六万多亩。

早在上世纪80年代，北京林业大学派专家学者在右玉进行了沙棘的育种、栽培实验，全国政协副主席、水利部长钱正英曾专程来到右玉视察，并把右玉作为她的沙棘实验园地。1990年秋，国务委员陈俊生来到右玉视察，对右玉沙棘种植和植树造林取得的成绩极为赞赏，并通过姚焕斗捎话给右玉人民群众：感谢全县人民为绿化右玉付出的辛勤劳动，感谢全县人民为全国的治沙和绿化创造了经验。并亲自题写了"塞上绿洲"四个大字赠给右玉人民。此后，姚焕斗把沙棘的种植作为一个重点项目，右玉县委和县政府发文，要求全县乡乡建立一个百亩到千亩的沙棘园地。全县掀起一个种植沙棘的新热潮。他亲自在威远堡蹲点，在威远南部的沙丘上，组织千余劳动力，建立起渠、路、水、机、电、田、林七配套的育种苗圃和千亩人工沙棘林。在蹲点期间，每逢下雨天，他就披着塑料袋，亲自背着化肥跑到林地里去为树苗施肥，为全县干部群众和各乡镇树立了样板。此后，右玉乡乡都在沙丘上种起了沙棘林。这些沙棘林后来成为右玉沙棘饮料厂和著名企业北京汇源果汁饮料食品集团有限公司合作开发沙棘果汁的原料基地，成为许多村民的致富门路。

许多村子的村民靠卖沙棘果娶上了"酸酸溜溜媳妇（当地人把沙棘叫做酸溜溜）"。

  1991年8月，出席全国林业宣传工作会议的全体代表，在林业部宣传局局长王玉峰和山西省林业厅厅长李里的带领下，参观了柳沟山万亩针叶林等四处造林工程，并听取了姚焕斗关于右玉县基本实现绿化进程的汇报。全体代表对右玉的绿化成果和自力更生发展林业的精神给予高度的评价。林业部在全国宣传推广右玉的经验和做法。1991年9月，姚焕斗荣获全国"绿化奖"。

  姚焕斗在右玉，还有一个不同于其他县委书记的特点：他喜欢写写画画。文化程度不算高的姚焕斗，却经常喜欢亲自动笔写点东西。在义务植树及爱树、护树方面，姚焕斗用自己手中的笔，身体力行地时时处处进行宣传。右玉每年的植树宣传标语，姚焕斗都要亲自拟定、编写。全县各乡村到处都能看到姚焕斗亲自撰写的标语口号。他还亲自主持编写了《右玉林业建设典型》《右玉绿化功臣》两部书，对为右玉绿化事业作出贡献的干部群众进行表彰，进行宣传。他还编演了许多有关植树方面的文艺节目，下乡巡演，鼓舞士气，激励干部群众。更为难能可贵的是，他还亲自撰写电视专题片脚本，拍摄了一部25分钟的专题片《希望就在这里》，在全县城乡放映，极大地激发了干部群众植树造林的自觉性和积极性。

  1991年10月30日是姚焕斗终生难忘的日子。这一天，他奉命调离工作和生活了12个年头的右玉，前往怀仁县任职。这一天，姚焕斗在自己的办公室里呆了很久。他把桌子上那些没有来得及批阅的文件一一批阅整理一番，收拾得整整齐齐，放置在桌子上。那种难分难舍的离愁别绪再次袭上心头。即将接任的是他的搭档，县委副书记、县长师发。师发是个很能干的县长，和他搭档两年多的时间，两人在工作思路上经常是不谋而合。在高举绿化大旗，立足农牧业，发展工业，提升经济实力等等工作上，县长师发表现出了杰出的才能。如今他要离开了，他很想再找即将接替他的这位新书记

风从塞上来

聊聊,嘱托他坚持植树造林,坚持防风治沙,改善生态环境这一根本方向不能变,右玉坚持了40年,传了13任县委书记的"绿化接力棒"不能丢。右玉人民还不富裕,高举绿化旗帜的同时,经济也要大发展,一定要让右玉群众的生活尽快富裕起来。可是,他拿起电话的手还是停下了。师发是个头脑清晰、思维敏捷的人,他会有自己全新的工作思路,用不着他这个即将离任的老书记再来叮咛嘱托什么。可是,姚焕斗似乎还是有什么放不下,那些山,那些水,那些他亲手种下的树,那些他走了12年的山岭沟壑,他看了12年的山、水、林、路,都让他牵挂和难舍。其实,就在前一天,在得知自己即将离开右玉的时候,那种难舍的情感已经让姚焕斗开着他的吉普车,把全县山沟河沿的林地,还有沙棘灌木园都走了一个遍。现在,他真的还想再去走一走、看一看,最后抚一抚他亲手种下的,亲自指挥着种下的,已经成材或者还没有成长起来的那些树,看一看那些林子。姚焕斗不自觉地站起来,朝外走去。这时秘书走进来,告诉他说,怀仁县委来接他上任的同志已经到了,县里欢送他的四大班子领导也都在楼下等着他。姚焕斗知道他没有时间再去看那些树了,他把办公室再环视一遍,朝外走去。

右玉县四大班子的领导,还有基层的同志们都站在办公楼的门前,欢送这位右玉的老县长、老书记。怀仁县来接他的同志打开了车门。姚焕斗走过去,他同那些欢送他的老同事、老朋友、老部下一一握手道别。

车子徐徐开动了,姚焕斗恋恋不舍地从车窗里探出头来,朝着那些一起奋斗过的同事们挥着手。像是有沙子吹进了眼睛,姚焕斗眼睛湿润了,他立刻转过头去,掏出手帕擦着眼睛。

车子刚刚开出县委大门,姚焕斗忽然喊了一声:"停车!"姚焕斗跳下车去,头也不回地朝办公楼跑去。

怀仁县接应的同志和秘书都不知道发生了什么事,诧异地看着奔跑的姚焕斗。

稍停，姚焕斗手里提着一把旧铁锹从大楼里走了出来。

这只是一把普通的铁锹，木柄上手握的地方已经磨得锃亮，而铁锹头已经磨秃，秃得呈半月形凹了进去。单从磨损的程度，足以看出这把铁锹的年代。如果扔在大街上，除了捡破烂的人会对它有点兴趣以外，估计再没有什么人会注意到它。而在姚焕斗眼里，这可不是一把普通的铁锹，这把铁锹见证了他在右玉12年所走过的植树和绿化之路。这12年里，每年的春夏秋三季，这把铁锹都陪伴着他上山下沟，征战在植树造林的战场上。他用这把铁锹种下了多少棵树，他没有统计过，但他知道它在右玉的每座山头上都挖下过坑、种下过树。每天种树回来，他都会把它擦得锃亮，然后立放在自己办公室的门后头。不仅是姚焕斗，每个右玉的干部，办公室的门后都挂有这样一把铁锹。如今他要走了，这把伴随了他12年的铁锹，这把已经秃得凹进去的铁锹，忽然让他极为舍不得。他跳下车跑回去，就是去找这把铁锹。他要把它带到怀仁去，它是右玉人民艰苦奋斗精神的见证，他要把右玉人民的精神带到怀仁去。

车子再次徐徐地开动了。姚焕斗终于离开了他奋斗了12年之久的右玉。他带走了那把铁锹，带走了"一把铁锹两只手，觉悟加义务"的艰苦奋斗的右玉精神。

2010年9月，我在朔州市采访到了已经从朔州市政协副主席位子上退下来的姚焕斗先生。已经步入暮年的姚焕斗仍然头脑清晰，还在不断地写一些有关弘扬右玉精神的文章。当我问到他对右玉精神的理解时，他说了如下一段话：

"右玉精神让我说，就两个字：苦与干。解决了这两个问题，就什么都干好了。我在山阴当书记时就讲过：右玉经验是干出来的，右玉精神是苦干出来的。从县委书记做起，群众挖多深的坑，你就得挖多深的坑，群众吃多大的苦，你就得吃多大的苦。"

这是一段很朴实的语言，没有华丽的辞藻，没有什么高深的理论，但却说出了右玉精神的精髓：吃苦耐劳，艰苦奋斗；坚持不懈，久久为功;干群一心,同甘共苦。右玉几十年来,每一任县委书记都和老百姓一样苦干,满手的血泡、黝黑的脸膛和老百姓一模一样。这些都是右玉精神的精髓所在。右玉老政协主席王德功先生就说过,当年右玉干群关系和谐,县长、书记和老百姓打成一片,这些都是右玉精神的一部分,是右玉能够成功的一个重要因素。

第六章

沙棘王国的梦想

一

靳瑞林是新中国成立后的第十五任中共右玉县委书记。

第一次见到靳瑞林,是在太原的山西省政协宾馆。此时的靳瑞林已经担任朔州市的副市长,主管农业经济工作,到太原是参加全省农业产品博览会的。在此之前,我在朔州采访时,几次通过他的秘书约见过靳瑞林,但都没有见到。其秘书一直以靳副市长工作忙为由推托。直到我采访完了其他几个当事人离开朔州时,仍没有见到他。当时有一种想法,觉得靳瑞林好像是个不太好打交道的人,或者是个喜欢做官样文章、爱端官架子、打官腔的人,于是,心里对这次

风从塞上来
FENGCONGSAISHANGLAI

采访没有抱太大的希望。但是,当我真正见到靳瑞林时,对他的印象一下子就有了一个180度的转变。站在我面前的靳瑞林,是个豁达开朗、说话真诚、豪爽义气的"真汉子"。我们之间谈话时,他没有端一点官架子,没有打一句官腔,完全是一种随意平和,朋友之间交心的谈话,是一次豪爽率真、直言不讳的谈话。当时在朔州没

有能接受采访,他是真忙。刚刚从山东参加完一个农产品博览会回来,又带着朔州市的代表团来太原参加全省农产品博览会。开会期间仍然记着我的约见,于是在开会的间隙,特意抽出时间来接受我的采访。虽然只有短短几个小时,但靳瑞林的谈话却是完全地敞开了胸怀。回顾那段逝去的岁月,回顾他的从政、为政之路,回顾他在右玉三年多时间的甜酸苦辣,他不时地感叹歔歕,让我感觉到了他的那份真诚和直率。我当时很为自己之前对他的猜疑感到羞愧。如果靳瑞林先生能看到这本书,我在这里向他表示歉意。

"在右玉工作的三年半时间,是我从政以来心情最愉快、工作最顺手、记忆最深刻的一个时期。到了右玉,你没有理由不把绿化的接力棒传承下来。历史使命不让,右玉的老百姓不让,自己的责任感也不让。"

靳瑞林就用这样一段话作为采访的开场白。

这不是靳瑞林在唱高调,而是他的真心话,因为在采访的过程中,靳瑞林几次说过这样的话。言谈中,他流露出对那一时期的留恋,对右玉这块热土的留恋。他虽然已经离开右玉10年了,却一直仍在关注、关心着右玉,那种对右玉难舍的情愫依然不能释怀。

风从塞上来——中国右玉县六十年生态建设报告

第六章 沙棘王国的梦想

二

1996年6月，靳瑞林由朔州市委副秘书长调任中共右玉县委书记。那年，他刚刚38岁，血气方刚，内心充满了激情与憧憬。

初到右玉，靳瑞林和所有前任一样，对右玉的情况进行了摸底考察。其实右玉的自然条件和文化民俗，和他老家神池有许多相像的地方。两县都是山西海拔最高的县，属于高寒地区，同是种五谷杂粮，莜麦籽、山药蛋是主食。就连地方戏曲都相同，右玉有右玉道情，神池有神池道情。但不同的是，右玉地处塞北的风沙口，风大沙多，自然环境恶劣。靳瑞林认真考察以后，对右玉的基本状况很快就心里有了数。右玉绿化这个大旗是谁也不能不扛下去的。就如靳瑞林所说的，他到右玉工作，绿化的接力棒他没有理由不传承下去，历史使命不让，右玉的老百姓不让，自己的责任感也不让。因为绿化不只是一个单纯的绿化问题，而是要从根本上改变右玉的自然环境、生存环境的问题，是关系到右玉子孙后代生存发展的问题。但是，仅仅改善环境是不够的，右玉人民群众要生存、要生活，还必须走经济发展的道路。

右玉的地下资源是煤，但靳瑞林来的时候，右玉的煤炭生产状况却不容乐观。由于道路交通、生产条件等瓶颈问题没有得到解决，右玉生产的煤炭运出去要比山阴和左云等地贵出几十元的运费。而且，当时条件下的煤炭开采，肯定会对右玉的生态环境造成一定的破坏。因此，在靳瑞林的思路里，在条件不成熟的情况下，决不能把煤炭作为一个支柱产业。已经坚持数十年的植树造林，改善了右玉的生态环境，产生了生态效益和社会效益，但经济效益却没有跟上。当时县里较大的企业只有一个木材压板厂，因为投资少，技术含量低，板材销路不是很好。靳瑞林专门考察了右玉压板厂，还到山东等地的压板企业去考察对比。无论规模、技术含量，还是生产设备，右玉压板厂都没有竞争优势。再加上右玉当地干部群众对压板厂的生产颇有微词，因为压板厂的原料是木材，有些群众偷砍了树木卖给压板厂，对右玉的树木管护带来一定的负面效应。因此，他觉得压板厂也不能作为龙头企业去扶持。右玉还有一个饮料厂，规模更小，每年只有几万吨的产量，产品还卖不出去。看来，右玉要发展经济，靠这些企业是没有出路的。右玉必须因地制宜，在现有的条件下寻找新的发展目标。

靳瑞林在对右玉进行了反复的考察研究后，又同县委一班人反复论证，最终，确立了右玉的发展思路：右玉要想发展，必须走自己的路，那就是在农、林、牧业上做文章，开发各种农产品和林产品。

三

1996年6月24日，右玉县委召开了九届四次全委（扩大）会议。会上，靳瑞林代表县委作了《中共右玉县委、右玉县人民政府关于脱贫攻坚富民兴县的实施意见》的报告，提出之后三年，要重点抓好林业"三基"建设：一是以柠条、沙棘为主的防护、放牧林基地建设，新种植柠条20万亩、沙棘10万亩。它们在防止水土流失、发挥生态效应的同时，又为全县畜牧业的发展创造了有利条件，做到以林促牧、林牧并重，形成良性循环。二是以沙棘和仁用杏为主的经济林基地建设，全县经济林力争达到八万亩。三是以右玉苗圃、威远苗圃为骨干，大力发展园林和城市绿化苗木，以及适合当地的树种苗木，搞好苗木基地建设。在这次会上，靳瑞林提出一个响亮的口号：实施灌木战略，打造沙棘、柠条王国。

靳瑞林提出了三个效益的概念：生态效益、社会效益、经济效益。打破过去只讲生态和社会效益而不讲经济效益的观念，提出三个效益都要的"灌木经济"概念。

靳瑞林的"灌木经济"概念，不是随便提出来的，他是认真做了功课的。

在实地考察的同时，靳瑞林看了许多有关林业和生态方面的书籍，并认真听取了一些专家学者的意见，对人工造林的生态效益有了一定的认识。从书本和专家那里，靳瑞林得知了单靠人工植树，不能从根本上改善生态环境。因为生态环境是一个完整的概念，改善生态必须同植被结合起来，同水土保持、水分涵养等结合起来。沙棘和柠条等灌木丛林涵养水分、改善空气质量、保持水土的作用是最好的。柠条属豆科植物，它的根系能扎到地下30米深的地方，把地下的水分吸上来，改善土壤的水分子结构，能湿润空气，减少干旱。沙棘具有极强的生命力，一支根能引出一大片的沙棘林，抗旱耐寒。除防风固沙、保持水土的作用以外，它同柠条一样，具有涵养水分、改善空气的作用。除改善生态环境外，沙棘和柠条还有巨大的经济效益。沙棘果可以进行果汁生产，还可以榨沙棘油。而柠条的叶子富含高蛋白，可以用于养牛养羊，是发展畜牧业的好饲料。如果每年坚持种植三万到五万亩沙棘、柠条，就会为全县的农民找到一条新的致富之路。

在采访中，靳瑞林一直强调：如果每年种三万亩沙棘，坚持10年以后，会是个什么样子？我想，答案毋庸置疑，它的生态效益和经济效益都是很可观的。事实已经证明了这一点。如今，右玉的农民收入中，沙棘和柠条带来的经济效益占了较大的比重。

四

此后三年间，靳瑞林和县长李发一起，带着县委、县政府一班人马，开始了大刀阔斧的造林和灌木种植行动。

据《右玉县绿化志》记载：1996年，县委九届四次全委（扩大）会议后，县直机关干部带头上阵，全县乡镇劳力全部出动，铺开了右卫镇至杀虎口、牛心乡至欧村乡、梁家油坊至威远堡、109国道油坊至威远镇牛家堡、山和线贾家窑山至油坊大桥、油坊大桥至杨村大桥、杨村大桥至元元路共106公里的通道绿化工程。干线公路两侧共建30米宽的绿化带。其中沙棘带五米，高杆杨、樟子松、丁香树各一行。通乡公路两侧，各建设五米宽绿化带。同时，由县直机关干部完成油坊至牛心乡10公里的"灌木走廊"绿化工程。1997年12月28日，右玉县百里绿色通道工程被朔州市委、市政府授予"绿化优质工程"光荣称号。

1997年3月20日，靳瑞林和县长李发带领县四大班子成员及县直机关1000多名干部职工，齐聚在小南山山顶，隆重召开右玉县森林公园建设誓师动员大会。大会由靳瑞林主持，李发宣读了右玉建设小南山森林公园规划蓝图和具体要求，县直机关七大系统主要负责人做了表态发言。之后，靳瑞林、李发等县四大班子领导在小南山头上栽下第一棵油松，接着县级机关按系统分任务，拉开了整座小南山森林公园绿化建设的序幕。至此，小南山成为右玉县机关干部每年春秋义务植树造林的基地，人人为绿化小南山、建设美好家园出力流汗。

如今，小南山森林公园已经成为右玉的风景名胜地，郁郁葱葱的松海林涛吸引了每一位来右玉旅游参观的客人。

1998年9月11日，山西省委、省政府召开全省生态环境建设广播电视动员大会。会上，右玉县被省委、省政府树为全省12个生态建设红旗县之一。

为了全面开发利用右玉丰富的沙棘资源，靳瑞林同志带领有关人员四赴北京汇源果汁总公司，协商汇源公司在右玉建立沙棘饮料果汁厂事宜，并千方百计、想方设法地多方筹资，终于在1998年12月3日，与北京汇源饮料食品集团有限公司正式签订了协议，决定在右玉建立北京汇源饮料食品集团有限公司右玉分公司，两家合作开发右玉沙棘资源。汇源右玉分公司的成立，不仅使高品位的沙棘饮料走向全国，而且有力地促进了右玉农民增收和社会就业，使其成为右玉财政增收的一大支柱产业。

1999年1月，右玉县被省委、省政府表彰为全省21个草地生态建设重点县之一。1999年11月2日，在林业部召开的"三北"防护林二期工程建设表彰会上，右玉县被授予"三北"防护林二期工程建设先进单位称号。

五

右玉的沙棘种植并不是从靳瑞林开始的。前面我们说过，早在上世纪50年代，庞汉杰和马禄元两位书记就开始种植沙棘。几十年来，右玉的沙棘种植已经形成了气候。靳瑞林上任后，敏锐地捕捉到了灌木种植在生态建设和经济发展中的双料角色，决定把灌木种植当做战略方针来抓，打造沙棘柠条王国。在取得生态效益的同时，满山遍野几十万亩的沙棘林，更成了右玉一道美妙的风景。每到隆冬季节，成熟的沙棘果在雪地里一片鲜红，让人留恋不舍。

靳瑞林在考察全县沙棘产品时，和右玉研究所的青年技术员曹满交上了朋友。靳瑞林是个豪爽大气的人，很随和，除了工作时间，平时没有一点官架子，不管职务高低，即使是与门卫、司机，他都相处得很好。曹满是右玉沙棘研究所的技术人员，林业学院毕业，平时对沙棘很有研究。小曹跟着靳瑞林考察了几天，口中总是不离"沙棘"二字，沙棘的生长习性、沙棘果的药理作用、沙棘果的保健功效、沙棘果的特殊营养成分活性肽和维生素等等，说起来滔滔不绝，头头是道。听小曹说来说去，靳瑞林对沙棘果产生了浓厚的兴趣。靳瑞林让小曹给自己找几本有关沙棘的资料看看，结果小曹给他抱来厚厚一大摞书。夜里，靳瑞林趴在单人宿舍的床上，认真地看了起来。

这一看，让靳瑞林对沙棘这个东西有了更为透彻的认识，他没想到这不起眼的沙棘还真是个宝贝。

沙棘是一种具有超凡的抗逆性和顽强生命力的植物。它是沙漠和高寒山区恶劣环境中能够生存的极少数植物之一，是被称做"地球癌症"的砒砂岩地区唯一能够生存的植物。在它小小的果实中，富含有12大类208种对人体有益的活性物质。其成分的天然配比与人体的需要非常的协调，而且VC、VA、SOD、异鼠李素含量居一切果蔬之冠，素有"维生素宝库"之美誉。其提炼物可增强心脏功能，调节血脂，软化血管，改善肝功能，养肤美容，对癌症、冠心病、气管炎、烧伤烫伤等病症都有不凡功效。

在汉族、蒙古族、藏族及西亚多国药典中都有对沙棘食药两用功能的记载。

唐代的《月王药珍》《四部医典》及清代的《晶珠本草》等医学巨著都记载有沙棘的医药用途。1977年，沙棘被正式列入《中国药典》。

苏联医学博士阿沃库莫夫评价沙棘说："大自然竟能在一种植物中创造出整整一组有用的产品，真是奇迹。"

德国生药学博士阿尔布莱西德指出："没有任何一种水果可以

同沙棘相提并论。在100克沙棘果中,富含的营养有:VC850毫克(含量列果蔬之首),类黄酮354毫克(其中异鼠李素高于银杏),SOD174600酶单位(是人参的4倍),不饱和脂肪酸163.2毫克(其中 $\omega-3$ 与 $\omega-6$ 之比接近 $1:2$,与人体需求惊人的相似),VE2.9毫克,总胡萝卜素4.5毫克,总淄淳4.0毫克,氨基酸628毫克,有机酸3.5毫克,人体所必需的矿物质、微量元素达14种之多。"

靳瑞林简直要惊呆了,这种右玉漫山遍野都是的灌木,这种右玉人几十年来为了防风抗沙坚持不懈、年年种植的植物,原来是这么珍贵的果实。

曹满告诉靳瑞林,沙棘内含的珍贵元素远远不止这些。它富含的活性肽可以抗氧化、防辐射、提高人体免疫力,具有抗衰老、抗癌防癌及美容之功效。它提炼出的沙棘油也是一种珍贵的营养用品。

靳瑞林兴奋至极:"这么好的宝贝,为什么就没有人认识呢?为什么不好好开发利用呢?"

连续几天,靳瑞林冒着大雪,让曹满带着他跑沙棘林。那些在雪地里挂满枝头,鲜红夺目的沙棘果,耀红了右玉的山河大地。靳瑞林越看越喜爱，越看越动心，越看越觉得自己责任重大。他不由摘一颗沙棘果含在嘴里，那种甜甜酸酸的味道，让他感觉透心的舒畅。他仿佛感觉到沙棘果里那些丰富的微量元素正在深入到他的身体里，带给他年轻和活力。靳瑞林发誓，他一定要为右玉的沙棘找到一条出路，让右玉的宝贝打出去，走向全国、全世界。

如何开发利用这独特而珍贵的沙棘资源，成为靳瑞林日思夜想的一个问题。他天天翻着厚厚的一摞专业书籍和各种资料，几乎把有关沙棘的一切知识都背诵下来了。他见人就讲沙棘，和领导，和四大班子成员，和林业部门的工作人员，和右玉沙棘研究所的同志。遇到有些不懂沙棘还不以为然的人，他甚至会和他们争得脸红脖子粗。

六

沙棘最直接、最有效的开发是做沙棘饮料。右玉原先的饮料厂也做沙棘果汁，但由于设备落后，技术含量低，没有创出品牌，产品只能在本县销售。每年几百吨的产量还经常销售不出去。想靠这个小厂来担当沙棘的开发重任，太不现实了。

最终和汇源的合作，源于一个偶然的机遇。

靳瑞林平时不大看电视，因为没有时间。他只在晚上看看《新闻联播》《焦点访谈》等新闻栏目。但是那天晚上，因为沙棘的事靳瑞林焦虑失眠，夜里睡不着觉，爬起来躺在沙发上打开电视，忽然就看到了汇源公司的广告。汇源在广告里号称"汇天下之果源"。靳瑞林看到这条广告时嗤之以鼻，什么汇天下之果源，连沙棘这样的果中之王你都没有产品，还敢称"汇天下之果源"？但紧接着，靳瑞林给了自己一个大胆的回答：既然汇源还没有沙棘产品，为什么我们不可以和它合作开发沙棘呢？汇源是著名饮料企业，资金、技术实力雄厚，又有品牌优势，如果借助汇源的平台，右玉的沙棘很快就会打出去。靳瑞林丝毫没有犹豫,立刻连夜整理了一份有关沙棘的资料,第二天就让秘书寄往了北京的汇源公司总部。还怕一般工作人员对这份资料不重视,靳瑞林特意吩咐秘书,要写上汇源公司老总"朱新礼亲收"的字样。

一个星期过去了,汇源没有回音。10天过去了,20天过去了,汇源仍然没有回音。靳瑞林急了,他决定不再等汇源的回音了,他带着曹满等人直接奔赴北京,去找汇源公司老总朱新礼。他要直接和汇源老总对话,他下决心一定要说服朱新礼。

谁知道,靳瑞林带人在北京待了一个星期,连朱新礼的面都没有见到。

汇源集团公司那时候刚搬迁到北京顺义不久,正处于开拓北京市场,扩大全国业务之际,并且与德国客商签订的浓缩果汁业务也处于交货的最后期限,当时北京总公司的人手不够,董事长兼总经理朱新礼每天忙得马不停蹄,连吃饭睡觉的空都没有。靳瑞林寄给他的沙棘资料,夹在每天一大摞的文件中,朱新礼压根就没看。他没时间去看,也不知道那里面是些什么东西。而这一切靳瑞林并不知道。他怀着满腔热情,一心等待着和朱新礼的见面。他每天早上七点半,就像上班一样准时到汇源总公司的办公室报到。但是汇源的接待人员每天都是同样一句话:"我们朱总很忙,他不在公司。"靳瑞林很绅士,他说:"没关系,我们等等。"

就这样,一连等了七天。

到了第七天,靳瑞林走进汇源总部办公室。没等他开口,接待人员就告诉他:"我们朱总不在,你们不用等了。"

靳瑞林说:"你把我们的来意告诉朱总了吗?"

接待人员说:"你不就是找朱总谈什么果子的事吗?我们现在的业务做不过来,朱总没时间接待。"

靳瑞林耐着性子说:"那我们寄来的资料你们转给朱总看了吗?"

接待人员说:"我们已经转到总经理办公室了。朱总看没看我们不知道。"

靳瑞林所有的耐心顷刻间消失殆尽,他一下子发火了。

靳瑞林说:"你告诉你们朱总,你们这样的企业是不会有前途的。像你们这样的企业,要想做大做强,只能是做梦!"

接待人员愣住了。他们见过无数前来谈业务的客户,没有一个人敢这样说话。

靳瑞林说:"你们朱总是很忙,可我也不是闲人!我是一个县委书记,我们县有十几万人还在等着我呢。我诚心诚意在这儿等了七天,只为了跟你们老总谈谈合作开发的事,你们连谈的内容都不知道,就不见面。你们这样的企业会有什么希望?像你们这种没有战略眼光的老总,这样不尊重客户的企业,根本就不会有希望!我今天走了不会再来了,恐怕失去机会的不是我们,而是你们这个企业!"

靳瑞林说完就往外走去。接待人员连忙拦住他:"靳先生,请你稍等,我和朱总再联系一下!"

十几分钟后,身穿汇源公司统一工作西装的朱新礼出现在靳瑞林面前。他打量着面色依然不是十分好看的靳瑞林,伸出双手:"你就是靳先生吧?"

靳瑞林脸上依然没有笑容:"我是右玉县委书记靳瑞林,我等了你整整七天了!"

朱新礼连忙表示歉意。他说:"实在对不起,这些天太忙了,他们就没有通报给我,让您久等了!实在对不起!"

靳瑞林说:"在中国,不懂得和地方政府合作的企业家,绝对不是一个好的企业家,不是一个具有战略眼光的企业家!"

朱新礼再次握住靳瑞林的手,说:"兄弟,你快人快语,直言不讳,和我一个性格,我喜欢!"

靳瑞林这才笑了,说:"我等你七天,就为了告诉你一句话,你们汇源号称汇天下之果源,你们的产品怎么反而缺了果中之王呢?"

朱新礼愣住了,他不知道什么是果中之王。搞果汁的不知道什么是果中之王,这让朱新礼有点汗颜。他决定坐下来,好好听听这个来自山西塞北小县,在百忙中等了他一个星期的县委书记要说些什么。

靳瑞林和朱新礼走进总裁办公室的会客厅,一间小小的只有几排沙发的小房间里,两人谈了两个多小时。靳瑞林从右玉的植树造林、防风抗沙说起,说到几十年来右玉大量种植,现在已经是漫山遍野,多达60余万亩的沙棘林;从沙棘在高寒与恶劣环境中生长,是被称为"地球癌症"的砒砂岩地带唯一生长的植物说起,到沙棘果内富含的208种营养物质、微量元素,沙棘果的药用原理、保健功效,再到沙棘果富含的VC、VA、SOD、异鼠李素等居一切果蔬之冠,素有"维生素宝库"之美誉,被称为"果中之王";等等。

靳瑞林滔滔不绝的一番鸿篇大论,让朱新礼听得目瞪口呆。他的汇源饮料号称"汇天下之果源",可从来没听说过还有沙棘这样神奇的果子。他眼睛看着靳瑞林,不明白面前这位思维敏捷、头脑清晰、口若悬河的中年人,到底是一位县委书记,还是一位沙棘研究专家。他心想,如果真如面前这位靳先生所说,把这样神奇的果汁开发出来,那岂不是给汇源找到了一条新的发展之路?就算没有这样神奇,就冲着这位满怀诚意等了他七天的县委书记,他也愿意与他合作。朱新礼是个爽快人,他说:"靳书记,这样吧,我安排一下,下午我们就出发,我亲自到你们右玉县去考察一下。"

这次轮到靳瑞林目瞪口呆了。他没有想到朱新礼会这么快就作出决定,而且立刻就要出发到右玉去考察。这速度,这效率,让靳瑞林感觉到了汇源为什么如此强大。

当天下午,朱新礼带了三个副总,还有项目部、技术部的人员一行12人,动身赶赴右玉。他把靳瑞林寄给他的没来得及看的资料带在车上看了一路。到右玉的时候,朱新礼就对靳瑞林说:"靳书记,我决定要开发这种沙棘果汁！这种果子真像你说的,太神奇了！"

从1998年2月起,靳瑞林四上北京,和汇源公司进行合作谈判。在与靳瑞林打交道的过程中,朱新礼对这个充满人格魅力的县委书记充满了好感。他感觉到靳瑞林不像一般的官场人员,虚夸浮华,言不由衷,而是豪爽大气,待人真心实意,甚至还有一股子让他这个山东汉子特别喜欢的"义"气。朱新礼就想,能交靳瑞林这样的朋友,就算生意上吃点亏,也值了。鲁商朱新礼的身上,既有一种山东汉子的"义"气,还有一种鲁地文化的"礼与德",被人称作儒商。靳瑞林与朱新礼可以说是英雄相惜、意气相投,二人很快就成了好朋友。

七

1998年12月3日,朱新礼代表汇源集团总公司,与右玉县签订了成立"北京汇源集团右玉分公司"的协议书。签字仪式上,代表右玉签字的不是靳瑞林。朱新礼在私下对靳瑞林说:"老靳,这合同我可是冲着你签的。"靳瑞林说:"老朱你放心,不管是谁签的合同,右玉人肯定都会和你愉快的合作！"

按协议书的约定,右玉县政府提供土地和厂房以及建厂所需要的1200万元资金,设备和技术由汇源公司提供。靳瑞林和县长陈晋才在县里转了个遍,最后决定利用原右玉化肥厂的旧厂址建设新厂,但是资金的问题却难以解决。县里是拿不出这笔资金来的,靳瑞林和县长陈晋才跑到大同市,找市领导解决资金问题,结果无功而返,没有要到一分钱。回到县里,靳瑞林一夜都没有睡着。常言说一分钱难倒英雄汉,这可是1200万元呀,右玉县财政一年的总收入也只有1300万元,干部职工以及教师的工资还经常难以按时发放,这1200万元的资金到哪儿去找呢？这一夜,靳瑞林辗转反侧,整夜没有睡着,满脑子都是"钱、钱、钱"。早上起来,看到枕头上都是一缕一缕的头发。一夜间，他的头发脱落了好多。

整夜思考的结果是，靳瑞林决定向全县干部职工借三个月的工资。当时全县干部职工三个月的工资大约有900万元。余下的300万元，靳瑞林决定再找银行想想办法，或通过其他途径解决。有了这900万元，就可以先动起来。

这是一个冒险的决定。扣发工资在当时是一个很敏感的话题，做出这样的决定，无疑要承担很大的风险。三个月不发工资，干部职工们怎么生活？他们会不会同意？特别是那些老干部、老领导，他们如果不同意，闹到市里去，那问题可就大了。按常规，县里的主要领导宁愿不做事，也不能冒险扣发干部职工的工资。但是被逼

上绝路的靳瑞林决定孤注一掷。不冒风险，永远干不成事业，这是靳瑞林做人做事的风格。如果因为这件事他受到什么处分，他也决不后悔。

第二天上班，靳瑞林约来陈晋才，和他商量借全县干部职工三个月工资建厂的事。陈晋才有点担心，怕这样做会激化矛盾，会出事。靳瑞林斩钉截铁地说："老陈，这事就这样定了，我是县委主要负责人，出了事，由我一人承担。"

于是，靳瑞林召开了一个全县干部大会。在干部大会上，靳瑞林动情地说了如下一番话："右玉现在很穷，正是因为穷，我们才一定要想办法改变。毛主席说过，穷则思变，要干要革命。我们右玉穷，就要干，而且要干成功！和汇源的合作，是一次不可多得的机遇。我们现在遇到了一点资金的困难，如果大家每人伸出一只手，我们就会渡过这个难关。我相信，这笔钱一定会很快还给大家的。我靳瑞林也穷，我没有什么值钱的东西可以给大家做担保。今天，我靳瑞林就以自己的人格担保。如果有不同意借的，可以举手，我不勉强你。哪怕我靳瑞林借高利贷，也一定按时发放你的工资。有不同意的，请举手！"

台下一片寂静，没有一个人举手。

靳瑞林朝着台下深深地鞠个躬："谢谢大家！"

1999年1月17日，在同汇源公司签订协议仅仅两个月后，汇源集团右玉分公司的新厂建成投产，当年为县财政增加税收280万元，第二年增加税收560万元。

如今北京汇源集团右玉分公司已经更名为山西汇源食品饮料有限责任公司，占地200亩，四万多平方米的建筑面积，现有6条生产线，年产三万多吨果汁，销售收入8000多万元，每年仅为当地老百姓增加运费一项收入就达700多万元，沙棘果增加收入750万元，每年为右玉县财政增加税收都在500万元以上，成为右玉县的龙头企业。2010年，公司又新上一条世界最先进的意大利生产线，投产后年产量可以翻一番,销售收入和税收也可以增加一倍之多。

　　十余年后的今天,在我采访靳瑞林时,他有点自豪地说,和汇源合作,在右玉投资开发沙棘产品,是我在右玉干得最漂亮、最成功的一件事。而且,他和朱新礼不打不相识,现在已经成了最好的朋友。朱新礼为靳瑞林的人格魅力所折服,在靳瑞林调离右玉,担任应县县委书记后,朱新礼又在应县投资一个多亿,建设了一座8条生产线的"生态奶"饮料厂。这不能不说是靳瑞林个人魅力的体现。

第七章

新世纪的典礼

高厚是跨进新世纪门槛的第一任中共右玉县委书记，也可以算是上世纪末最后一任右玉县委书记，因为他到右玉上任的时间是1999年12月8日，23天后，人类就开始了一个全新的纪元。在新旧世纪交替的时刻，高厚受命到右玉赴任。

10年以后，我在右玉采访的时候，时常能听到人们这样评价高厚：

"高厚是一位很能干的书记。"

"高厚书记来了以后，右玉发生了很大的变化。"

"右玉真正跨越式发展是从高厚书记开始的。"

"高厚在右玉实行了大刀阔斧式的开拓发展。"

这些评价大都出自右玉的一些普通干部或退下来的老干部之口。在朔州市政协大楼的主席办公室里，

风从塞上来

我见到已经担任朔州市政协主席的高厚时,第一感觉便是人们的评价名不虚传。因为从这个一脸英气的前右玉县委书记脸上,我读到了"强硬、坚韧、无私无畏、勇往直前、大手笔、雷厉风行"等等字眼。这个人物站在我面前的时候,我感觉到了当年楚霸王项羽的那股子英气。

采访还没有开始,高厚就送给我一本书——《决战贫困》。这是一本高厚自己写的,记述他在右玉工作经历的书,副标题就叫"一个县委书记的实践与思考"。后来,我认真拜读了这本书,里面记录着高厚当年对右玉县情与发展的思考,对中国农村和农业工作的实践与思考,记录着一个县委书记为政一方的经历,记述了高厚近5年县委书记工作的辛酸苦辣。书的后记里有一段话,深深地打动了我。

真正走近贫困，才能深刻地体会到贫困的顽固与可怕。未到任前，我长期从事机关工作，也常到右玉调研，感性上的印象是，右玉贫穷落后，但民风淳朴，百姓憨厚。以县委书记的身份融入这块古老的黄土地，走山串村零距离地体验右玉，才真真切切地发现，全县自然条件和经济发展基础太差不说了，特别使人头疼的是，人的素质和观念明显落后于时代。尤其是相当一部分基层干部，长期以来找不准驱贫致富的突破口和工作的切入点，辛辛苦苦办不了好事，忙忙乱乱事倍功半。在这种环境和人构成的落后氛围下，想振臂一呼，应者云集，把贫困痛痛快快地驱赶出右玉，实在是太难了！但党把改变右玉县贫穷落后面貌的担子交给了我，我必须知难而进。作为主要领导，我时时警策自己，如果不能让老百姓早日过上好日子，那我就是一个庸官，那就是对老百姓的犯罪。初来乍到，我为此食不甘味、寝不安席。打球的爱好没有了，娱乐兴趣抛弃了，没有节假日，没有星期天，没明没夜，全身心地投入到工作中，与贫困决战，有进无退！上任伊始，即走山串沟，深入调研，大胆决策，大规模的移民并村一炮打响；继之，城市改建上水平，村村通水泥路上力度，外引内联，布置新的工业经济点，广开门路，农林牧副上台阶……四年（因此书写于2003年，高厚任右玉县委书记的第四年）风雨，四年拼搏，四年决战，我时感身心疲惫，心力交瘁。高兴时我想大笑，烦恼时想痛哭，欣慰时想高歌！回首这充实的四年，呕心沥血换来了可喜的收获，城市面貌变美了，人民生活改善了，各项工作步入了快车道……

以上这段话，真实地反映了高厚在右玉工作时的心路历程，也真实地记录了高厚在右玉所走过的路程，从中可以看到一个真性情的高厚，与人民群众血肉相连的高厚。

采访中高厚在谈到他在右玉的工作经历时，一再感叹地说："在中国，一个县委书记的位置太重要了。你怎么干，直接关系到老百姓。脱皮掉肉地干，老百姓就会富裕，生活就会改善；应付差事地干，也许你能继续升官，但对老百姓，却是两种截然不同的结果。"

这一段话，在采访过程中不断地被高厚重复。这是肺腑之言，是高厚在内心深处发出的感叹。有几次，在谈到那份艰难和辛酸时，我看到这位满脸霸气、一身英气的右玉前县委书记，眼圈竟然红了。英雄有泪不轻弹，只因未到动情处。高厚书记对右玉这块热土，至今依然是情深意切……

三大战略，步入新世纪的典礼

毕业于山西财经大学的高厚，曾在雁北行署统计局当了八年的副局长、三年的局长。31岁成为正处级干部。后在朔州市委组织部当了六年多的常务副部长，仕途可以说是一帆风顺。平时喜欢打球，热爱文体活动，每天上班下班按部就班，原本想着就这样在机关呆一辈子。没想到，在他47周岁这一年，市委突然找他谈话，要他到右玉县担任县委书记。当了十几年正处级干部了，现在却要下基层去当一个"县官"，而且是到右玉这样一个贫穷落后的小县。右玉的条件艰苦，县情很差，这是人人皆知的。当时在朔州流传着这样一种说法，右玉的县委书记能调到相邻的应县、山阴，都说是提拔了。说实话，让高厚到右玉去当书记，他没有一点思想准备。但是，一贯服从组织分配，有着高度党性原则的高厚，没有对这次组织上的安排提出任何异议。既然市委决定了，他二话没说，市委和他谈完话的第二天，他打起行李就奔赴右玉去上任了。

到了右玉，高厚一头就扎到基层。上任后的20多天，他每天都在右玉的各个乡镇和大小村庄里走。每到一处地方，他就和那些五六十年代的干部一样，坐在老百姓的炕头上，和老百姓拉着家常，了解老百姓的生活状况。在老乡家里吃派饭，饭后还一定要交饭钱。群众知道他是新来的县委书记，不肯收饭钱。高厚说："不收不行，不收我以后下乡就得自带干粮，连派饭也不能吃了。"老百姓就感叹，很多年没有见过坐在老百姓炕头上拉家常、吃派饭交饭钱的共产党干部了。高厚在民间的走动，得到了老百姓极大的信任。20多天后，当他回到县里的办公室，看到的是厚厚一摞子信，足足有100多封，全是各村老百姓反映问题的信。高厚认真地阅读了每一封来信，发现农村基层中确实存在着许多问题，县里急需帮助农民解决。高厚立即主持召开县委常委会议，作出一个决定，派出下乡工作队，深入全县各村帮助老百姓解决矛盾，处理问题。高厚说，农村和农民的问题不解决，右玉的工作就做不好。

2000年1月中旬，高厚主持召开了第一次全县干部大会，这也是他这个县委书记和全县干部的第一次见面会。

在这次干部大会上，高厚首先给大家算了一笔账。从来到右玉后的调研中，高厚了解到，1949年到1999年，50年间，国家拨付给右玉的各类扶持资金和扶贫款累计有20多个亿，户均10万元，但右玉目前仍是这样贫困。县城破烂，学校破旧，农村百姓行路难、吃水难的"老大难"问题仍然没有解决。他这个县委书记下乡坐的还是一部前任书记留下来的跑了几十万公里的旧普桑轿车，下乡途中经常灭火搁浅。他想要换一辆车，县财政连换一部车的钱都拿不出来。他就问："这20多个亿哪儿去了？这20多个亿砸到不足10万人口的右玉县，为什么右玉县仍然会这样穷？"

台下鸦雀无声。

台上的四大班子领导也是一片寂静。

高厚说："我算了算，国家和省、地（市）给我们右玉的钱，户均达到10万元，可还是没能改变右玉的贫穷。所以说，光靠国家发放点救济款、扶贫款是救不了右玉的。要改变右玉的穷貌，就只有一条路，那就是得靠我们自己'干'！大干，苦干，快干！脱皮掉

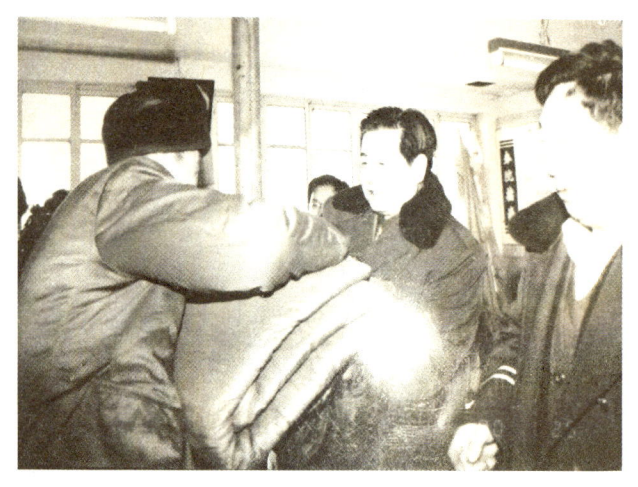

肉地干，脚踏实地地干，拼死拼活地干！对于右玉来说，时不我待，势在必行，小步走不行，慢步跑也不行，必须强行军，要拿出百米冲刺的速度迎头赶上，使全县人民群众早日跨入小康行列！"

台上台下同时响起热烈的掌声。

高厚接着说："我们右玉的绿化已经走在了全省前面，为什么我们的经济发展就不能走在前面？我们右玉人应该有信心、有决心，不靠国家，靠我们自己把全县的经济发展起来，让我们右玉的人民群众富裕起来。最快三年，最迟五年，我们右玉就要有一个大的改变，我们右玉的经济发展要走上快速发展的轨道，要实现五年翻一番！我这个县委书记有信心，也希望我们的全体干部都有信心！"

台上台下再次响起热烈的掌声。

就在这次大会上，高厚代表中共右玉县委作了"实施三大战略，推动农村经济快速发展"的报告，提出了"移民并村撤乡，退耕还林还草还牧，种植业结构调整"三大战略，以"大思路、大战略、大动作"，尽快推动全县农村经济工作快速发展。

三大战略的具体内容：一是实施移民并村撤乡强镇战略。右玉地广人稀，人口居住分散，这种原始部落式的人口分布状况，不仅难以发展经济，有些地方在恶劣的自然条件下，甚至连起码的生存条件都不具备。因此必须把移民并村撤乡作为扶贫攻坚的一项根本战略来抓，目的就是要使农村区域布局与经济发展的总体规划相统一，既有利于农村土地、人力资源的优化配置和综合开发，又能使所有偏远落后村庄从原始部落式的生存状态中解脱出来，加快专业化生产基地的建设。县委提出，要用三年的时间，实施"百村万人大移民"工程，帮助山老边区的群众移民脱贫。要撤六乡，建五区，并四镇，即撤掉杀虎口、破虎堡、威坪堡、欧村、高墙框、西碾头六个乡，建立杀虎口旅游区、破虎堡牧区、威坪牧区、丁家窑牧区和元白（元堡子北部，白头里东部）牧区，抓好新城、右卫、威远、元堡子四个小城镇建设。

二是实施退耕还林还草还牧战略。右玉县是全国11个沙棘资源建设示范县之一，全省生态建设红旗县、畜牧产业化结构调整示范县之一和唯一的半农半牧县。右玉县委、县政府提出，要立足于本地优势，抓住国家西部大开发的历史机遇，进行一次"土地革命"，即广义的土地改革，彻底革掉广种薄收的命，对土地资源进行重新优化配置。之后三年时间内，右玉每年以10万亩的速度，退还15度以上坡地耕地，集中连片种植沙棘、柠条和其他灌木，建设人工草场，培植优质草坡。在此基础上，大力发展以养羊养牛为主的畜牧业，培育养牛、养羊专业大户，发展牛羊专业村、专业乡，进行规模化养殖。力争用三年时间，建成丁家窑养羊专业区，破虎堡、威坪及元白（元堡子北部，白头里东部）三个牛羊养殖专业区，形成专业户、专业村、专业联合组织、专业批发市场和专业生产基地"五专合一"的格局，使全县一半以上的农民转变成牧民。全县羊的饲养量达到50万只以上，肉用牛达到三万头以上，建成全省最大的养羊和育肉牛基地，真正成为全省乃至西部地区的畜牧强县。此外，还要逐步完善农业生产条件，大力开发滩湾地、水浇地，改善土地结构。苦战两到三年，使全县农民人均基本农田达到三亩。继续加大荒山荒坡的绿化力度，建设美好家园。大搞封山育林，严禁乱砍滥伐，使森林覆盖率保持在50%左右。

三是实施种植业结构调整战略。在市场经济新形势下，只有加快农业结构调整，推进农业产业化经营，提高农业素质效益，转变

农业增长方式，才能适应新的市场需求，为农业和农村经济发展拓展出更大的空间。因此，高厚在三大战略的报告中提出，要站在参与市场竞争、迎接市场挑战的高度，按照产业化经营的思路，坚持以市场为导向，以效益为中心，品种、品质、区域、数量结构调整并重的原则，努力构建与市场经济相适应的现代农业结构和产业化经营格局。要找准主导产业，实施区域化种植、规模化经营，继续把土豆、葵花、瓜菜作为主导产业来培育，集中开发建设五区两带，即以山区乡镇为主的葵花种植区，以新城、右卫、威远三大盆地为主的反季节瓜菜种植区，以元堡子乡为主的大葱种植区，以白头里乡为主的萝卜种植区，以杀虎口乡为主的地豆、芸豆种植区和山和公路、109国道沿线的反季节西瓜种植带、苍头河沿岸特种玉米种植带。切实做到一乡一业、一村一品，形成特色，形成规模，形成优势。要加大种植业内部调整力度，逐年扩大经济作物的种植面积，力争使粮田面积与经济作物面积的种植比例达到6∶4，有条件的地方也可以倒过来。其次要搞活农产品流通，加强专业化批发市场建设，使之成为集人流、物流、资金流、信息流为一体的农副产品流通载体。

　　此后的三年间，右玉县委、县政府紧紧围绕三大战略的总体思路，逐步实施。到2003年底，三大战略的目标全部实现。"百村万人大移民"的移民并村工作取得了实质性进展，全县共建设移民新村7个，100多个自然村、上万村民实现了整体迁移。原先大多数生活在25度以上荒山荒坡、原始部落式的人口分布状况得到有效改善。众多祖祖辈辈生活在偏僻山村，一直在贫困线以下挣扎的村民，住进了移民新村。过去行路难、就医难、供电难、上学难、饮水难的所有难题得到解决，右玉县委、县政府在移民的同时，帮助村民解决了生存必需的土地问题，分给每人至少三亩以上的粮田和牧坡，帮助他们开拓新的致富门路，帮助他们发展种植业、养殖业以及商饮服业。我在右玉采访时，看到移民新村一排排整齐的新房子，村民们房前都有面积很大的青草贮藏窖，用以饲养牛和羊。有的农民成了奶牛专业户，每天给奶站送奶，摆脱了过去生存十分艰难的状况。

我在参观李达窑乡的马头山时，看到移民后留下的破旧的窑洞和低矮的破房子，不能想象在这些破得不能再破，低矮狭小的窑洞和房子里，老百姓祖祖辈辈是如何生活的。如今，这里已经变成了一片山林和草地，数万亩的山坡土地上，都是林业专业户李云生承包种植的松树、杏树、柠条、苗圃。李云生还在这废弃的旧山村里，建起了羊舍，养了数百只羊以及成群散养、不吃饲料的土鸡。我看到李云生新修的圈羊的羊舍，比此前村民们居住的矮屋子还要高大亮堂。我想，高厚当然不是救世主，可高厚在右玉县实施的移民并村战略，的确改变了这些祖祖辈辈生活在贫困中的村民的命运，改变了他们的生活方式。

"百村万人大移民"工程结束以后，全县移民迁出地区，退耕地达到20万亩，新增草地20万亩。大面积的退耕还草，带动了一批规模养殖大户的兴起，推动了全县畜牧业的快速发展。通过移民并村战略和退耕还林还草战略的实施，全县农村经济结构正在实现由以农为主向以牧为主的历史性转变。

值得一提的是，就在右玉提出实施移民并村，退耕还林还草三个月后，国家提出了中西部地区大开发、实行退耕还林还草的战略。右玉提出的移民并村、退耕还林还草战略，比国家早了三个月。这是高厚立足右玉现实，从实践出发，为右玉农村经济的转型发展开创的一条新路子。

三大战略的提出和实施，是高厚到任以后动作最快、影响最大、效果最好、干得最漂亮的一场战役，也是让右玉人民欢欣鼓舞、信心倍增的一场攻坚战役。它实现了高厚上任伊始就提出的"大思路、大动作、大手笔、大战略"的战略思想，显示了他所带领的右玉县委领导班子的集体风格。三大战略的实施，使右玉县也能在新世纪之初迈开大步，进入一个属于右玉县的全新的纪元。这也是被右玉人后来称为"高厚时代"的开始。

强兵三百进农家

高厚的脸黑，天生带着一种威严，在大会上讲话大气，在工作中作风霸气，很多时候，基层的干部都很怵他这个黑脸书记。在右玉几年，高厚强硬务实、不留情面、雷厉风行的工作作风，让许多干部从惧怕到敬佩，再到不自觉地学习改变。强将手下无弱兵，高厚最自豪的是带出了一批作风扎实的创业型的好干部。2004年8月，高厚调离右玉时，在与全县四大班子领导告别会上，高厚讲了这样一段话："我在右玉五年，最为自豪和欣慰的，不是三大战略的顺利实施，不是财政收入的数倍增长，不是打通了右玉南大门的出县路，让我最感到欣慰的，是我带出了一支能干事创业、能打硬仗的干部队伍，带出了一批优秀的好干部。"

高厚对干部的要求严格和严厉，那是出了名的。

就在那次全县干部大会以后，右玉县委派出了300名优秀干部组成的下乡工作队，深入到全县各个农村，帮助农民解决矛盾和问题，调查研究农村工作的主要矛盾，具体实施县委提出的推动农村经济发展的三大战略。

在下乡干部出发前的大会上，高厚代表县委对全体下乡干部提出的要求是：下乡工作队的全体干部，要同群众实行"三同"：同吃同住同劳动。要自带行李，吃住在村里，吃饭必须交饭钱，不许脱岗，不准请假。干部们要做到"进农家门，吃农家饭，知农家情，解农民难，连群众心"；要"带着强烈的责任感和使命感到村，要带着对农村和农民的深厚感情到村，要带着攻坚克难的决心和信心到村"；最后要"带回县委和群众满意的工作实绩，要带回在一线创造的宝贵经验，要带回良好的形象和声誉"。如果在下乡期间，发现干

部有脱岗现象，有不负责任的现象，要坚决严肃处理，给予处分。

高厚可不是就这样在大会上说说了事的领导，他是要动真格的。

下乡工作队是县委顺利实施三大战略，帮助农村和农民解决矛盾和问题，创造实战经验的火线战斗队。这批干部队伍的工作作风、实际工作能力、责任心、使命感等，直接关系到县委实施三大战略的成败。为此，高厚对下乡工作队的要求严格到了极点。他经常会在不打任何招呼的前提下，突然出现在工作队的驻地，随时检查工作队的工作情况，听取汇报，随机访问当地的农村干部和村民，听取他们对工作队干部的意见，发现问题随时处理解决。不仅白天，经常是深更半夜，县委开完常委会议以后，高厚会突然叫上司机和秘书，连夜驱车几十公里，赶到一些偏远的乡村里，走进工作队的驻地，进行随机查岗。有几次午夜12点以后，高厚突然出现在工作队的驻地，清点下乡干部的人数，按人头点名。他要确定工作队的人员是否有脱岗现象。半年时间里，他对10名工作作风不实、查岗时有脱岗现象的下乡干部进行了通报批评，并对其中两名责任心差、连续两次以上脱岗的干部给予了纪律处分。在他的严格要求下，连续三年，县委每年派出的300名下乡工作队员，都能坚持做到县委要求的"带行李、住农户、吃派饭、交饭费"，改变了原先干部下乡不住村、不过夜、不吃派饭、不登农户门，只在村干部家喝顿酒，交代任务了事的方式，树立了求真务实的工作作风，真正和农民打成一片，真正做到了掌握情况到户、宣传教育到户、具体工作到户、解决问题到户，有力地保障了县委决策的落实，使下乡工作队在三年间成为县委实施三大战略的主力部队，帮助县委成功地实施了农村经济转型发展，并同时锻炼和造就了一批开拓进取型的优秀干部。

在抓好下乡工作队的同时，高厚自己也经常深入农村，坐在农民家的炕头上，同农民拉话，帮他们解决思想问题。比如在退耕还林还草还牧，大力发展畜牧业问题上，开始有许多村民由于观念落后，思想保守，想不通。高厚到农民家访谈，有村民就直言不讳地问高厚："我种草养牛养羊，人吃啥？"高厚就很耐心地给农民们算账："你那些坡地种粮食亩产也就几十斤，要是种草来养羊，一只羊卖500元钱，你养10只羊就等于你种多少亩地？要是你养奶牛、养肉牛，养一只牛就等于你种10亩地。"算来算去，农民们想通了，思想问题解决了，对这个县委书记的信任感也增强了。全县退耕还林还草工作很快推行开来，畜牧业在短期内得到了长足的发展。农民们一见到高厚和下乡的干部，就说："多少年没见的'老八路'又回来了！"

你砍树的头，我砍你的头

"你砍树的头，我砍你的头。""你不让树活，老天不让你活。"在右玉，这两句口号广为流传，家喻户晓，连几岁的娃娃都知道。各乡各村的房墙上，都刷写有这样的标语。人们都说这两句口号是高厚提出来的，标语也是高厚亲自拟写的。这两句令人无比震撼的口号，从侧面反映了高厚任县委书记时期，右玉县委在树木管护方面的严厉态度。

高厚到右玉上任前后，右玉的乱砍滥伐情况十分严重。当时县里有一个压板厂，本来是要利用废旧木料和树枝加工板材，可有人却明里暗里砍了树木卖到压板厂里去。还有人成群结伙地盗砍树木，一车一车地运到相邻的左云县去，卖给当地小煤矿当坑木。除此以外，驻扎在右玉的国营林场也在违规批伐树木。县里的有关部门，也在违规批伐。2000年10月到11月间，右玉辛堡梁林地、威远镇南河湾林地、杨村西山坡林地、威远堡镇郭家堡村林地等多处树林发现被盗伐。高厚眼看着那些被砍的白生生的树茬子，看着被砍得乱七八糟的树根、树枝，心里那个痛啊！这是右玉人民几十年艰苦奋斗的结晶，是右玉人民与大自然抗争，防风抗沙的屏障。这些长了几十年的树，10万右玉人几十年的奋斗，却毁于一旦，高厚心里那个愤怒啊，他的眼睛里几乎都要冒出火来了。他立刻打电话叫来了县公安局长，责令他必须限期侦破，一定要将那些不法之徒绳之以法。

高厚说："此风坚决要刹！不刹住这股邪风，右玉人民几十年的奋斗成果就会毁于一旦。"

一个月后，40余名盗伐倒卖树木的不法分子被绳之以法。右玉县政法部门召开了声势浩大的公判大会，上万名干部群众参加了大会。高厚亲自在公判大会上做了讲话。他愤怒地斥责了那些乱砍滥伐树木的不法分子，倡议政法部门对盗砍盗卖树木的不法分子，有一个要抓一个，严厉打击，决不手软。并对某些部门为了眼前利益，违规批伐树木的行为进行了严厉的批评。据说就是在这次大会上，高厚几乎是愤怒地挥着手，喊出了"你砍树的头，我砍你的头！你不让树活，老天就不让你活"这两句流传至今的口号。

那次称作"雷霆行动"的大抓捕和公审公判行动，极大地震慑了右玉那些盗砍倒卖树木的不法分子，制止了曾经猖獗一时的乱砍滥伐和盗卖树木的歪风邪气。

随后，高厚主持召开的右玉县委十届三次全委扩大会议，作出了《中共右玉县委关于加强生态环境保护的决定》，明确提出了"2001年1月1日起，三年内我县境内禁止有各种林木采伐活动，有关部门一律不得办理有关林木采伐手续"等13条具体措施。提出要"从全县生态安全和实施可持续发展的战略高度出发，加大全县林木的管护力度"，并按照行政和业务两条线逐级签订了林木管护责任状，将林木管护的责任具体落实到每个单位和个人的头上。2001年6月，高厚深入到苍头河沿岸徒步考察植被情况，发现两岸植被有被破坏的情况，而沿岸乡镇的领导却浑然不觉。回来后，高厚连夜奋笔疾书，写了《给各乡镇党委书记的一封公开信》。

这封公开信后来被《朔州日报》发表。我把它全文摘录在这里。这是一封有关右玉生态保护的倡议信，但从中可以看出一位县委书记对右玉真挚的感情，对右玉生态环境保护的责任感。

2001年6月22日，我带领县委、县政府班子的几名成员，就开发苍头河生态旅游区进行了实地考察。从右卫镇南到威远镇北，行程近10公里。一路上大家既高兴又忧伤，还带着几分愤恨。高兴的是，目前，我国在这一纬度的大部分地区都很干旱，一片荒凉，而我县大部分地方特别是沿苍头河两岸却是绿树成荫，满目苍翠，风景如画，实属一块天然宝地。把这个地方作为一个生态旅游区，确实很有开发价值。忧伤和愤恨的是，沿苍头河两岸茂密的森林中，乱砍滥伐、毁林开荒现象非常严重，有些地段到处可以看到一片片毁林后留下的残根痕迹，森林空间一片片天然草坪被开垦。作为一名地方官，看到后怎能不感到心情沉重啊！这些行为是犯罪！是对后辈子孙犯下的滔天大罪！这就是给你们写信的目的。

为此，要求各乡镇党委首先对自己管辖范围内的各种林木的毁坏程度，责成专人组织力量进行一次彻底普查。特别是苍头河沿岸各乡镇党委书记，请你们亲自走一走看一看，把这一造福子孙后代的千秋伟业真正抓在手上。第二，对毁林开荒、破坏天然草坪的地块要逐块进行登记，摸清情况后严肃查处。第三，要采取各种形式在全县农村迅速掀起普及《森林法》的高潮，深入贯彻县委《关于加强生态环境保护的决定》。今后再发生此类事件，要追究各有关部门主要领导的直接责任，同时对各乡镇党委书记、乡镇长进行严肃处理。第四，县直有关部门要根据县委《关于加强生态环境保护的决定》，制定有关实施细则，并配合指导各乡镇抓好这项工作。第五，各乡镇和县直有关部门，把工作进展情况写成专题报告，直接送我。

祝工作顺利！

这封公开信在各乡镇引起强烈反响，各乡镇的书记和乡镇长们立刻行动起来，在各自乡镇的境内进行了细致的考察，摸透情况，采取措施，对毁坏林木者进行追究查处，对被毁坏的林地进行补栽补植。特别是苍头河沿岸的威远堡、新城镇、高墙框、杨千河、右卫镇、杀虎口等乡镇（区），书记们更是如坐针毡，连夜采取行动，分头下到各乡村和沿岸湿地进行查看，采取紧急措施，进行补救处理。随后，各乡镇都给县委和高厚书记写出了专题报告。

这一次事件不仅在乡镇党委和领导层引起了反响，而且在全县的老百姓中也引起了强烈反响。右玉的老百姓都知道了，苍头河沿岸的植被破坏引起了县委高书记的高度关注。再加上各乡镇采取了得力措施，此后，没有人再敢进苍头河沿岸采伐或开荒。据说苍头河沿岸此后再没有发生过植被遭受破坏的事件。如今，苍头河湿地已经成为右玉最美丽的一道风景线，两岸满眼都是郁郁葱葱的沙棘灌木和茂密的森林，连一块裸露的黄土地都看不见。即使是夏天，你走进苍头河沿岸林地，那沁人心脾的凉意和湿润的空气，都会让你有身处云南或广西的感觉。

从2000年至2004年，右玉县以省委、省政府启动实施"雁门关生态畜牧经济区建设"为契机，按照相对集中、规模治理的原则，整合各类项目资金，全力构筑了以"绿化带、生态园、风景线、示范片、种苗圃"为重点的生态保护网络。"绿化带"，是以109国道、虎山线、右威线和百里生态走廊为轴线，两侧各退耕还林还草一公里，建设生态治理示范带；"生态园"，是治理县城周围七座山，建成环城面积达三万亩的生态园区；"风景线"，是沿苍头河两岸建设15公里长的生态观光旅游风景线；"示范片"，就是整合所有项目资金，将右卫、李达窑、杨千河等乡镇宜林坡地全部退耕还林还草，建设生态片区；"种苗圃"，是以国有带动个体，国家、集体、个人一起上，大力兴办优质种苗基地。

2004年3月2日，高厚被山西省人民政府授予"退耕还林还草还牧标兵"称号；2004年5月20日，在全省林业工作会议上，高厚被山西省委、省政府授予"2001至2003年度山西省林业建设先进个人"光荣称号。

据《右玉县绿化志》记载：2000年至2004年底，右玉全县累计退耕还林还草30万亩，新增造林面积34万亩，建成各类苗圃54个，育苗面积达到3850亩，新增多年生草地15万亩，全县森林覆盖率增加了七个百分点。

右玉，难说再见

2004年7月，高厚调离右玉。

临行的前夜，他一个人走在右玉的大街上，看着眼前改造一新的县委、县政府办公大楼，看着旁边的那座宽敞的报告大厅，看着县委楼前漂亮的广场，看着对面新修起的玉林苑宾馆，看着一排排华丽的路灯，看着县城南面那宽大漂亮、在夏夜里游人如织的体育广场，看着县城南门外那条宽畅平展的直通朔州的通市路，看着与五年前相比脱胎换骨的新右玉，他不由感慨万分，当年初到右玉的那一幕幕又浮现在脑海之中。

1999年底,高厚刚到右玉时,县里的财政收入仅1300万元。右玉不仅老百姓穷,县里的财政也很穷。县城还是上世纪70年代初搬迁来的老样子,到处破破烂烂,一排排破旧的平房,到了夜里,黑乎乎一片,连路灯都没有,街上很少看到行人,根本不像个城市,连南方的一些乡村都不如。

那时县里的干部职工已经大半年没有发工资了。高厚刚到任,就有老干部找上门来,不为别的事,就是要求发工资。高厚找来时任县长陈晋才询问情况。陈晋才告诉他,县财政由于收入很低,一直以来入不敷出,再加上头年县里为新上马的几个企业筹资,借了干部职工几个月的工资,到现在也没有还上,所以欠下干部职工几个月的工资。第二天,高厚跑到市里去,找市里领导借款。别的事可以拖,但干部职工的工资必须尽快发放,因为这关系到几千个家庭的生活,关系到右玉干部职工对县委、县政府的信任,关系到右玉干部群众对建设新右玉的信心。市里没有这笔资金,高厚软磨硬泡,用尽各种方法,硬是从市里借来了500万元,很快就将拖欠干部职工几个月的工资全部还清。这一行动,提高了新任书记高厚在右玉干部群众中的威信,也提高了干部群众工作和生活的心劲。干部们都口口相传,说新来的高书记能干,一来就把干部职工的工资兑现了。可以说,高厚一来,就在干部群众中产生了很高的威望,这为他以后提出的各项战略方针的落实,打下一个良好的群众基础。

在实行农村经济发展三大战略的同时,高厚决心要进行县城大改造,改造县城居民的居住、生活环境。他决定首先把县委和政府大楼前的围墙和大门拆掉。我们的政府多少年来一直沿用着衙门式的办公场所,高墙大门,壁垒森严。高厚却认为,县委和县政府办公的地方,应该是对老百姓开放的地方,是老百姓可以自由出入的地方,县委和县政府不应该用一堵墙把政府和百姓隔离开来。

令高厚欣慰的是,新任县长赵向东,是一个不可多得的好搭档。

他们俩的思路和想法完全一致。高厚决定拆掉县委和县政府围墙的想法，得到了赵向东的极力拥护。

赵向东是一个思想开放、作风务实的县长，做事有想法，工作有办法。高厚原先在朔州市委组织部任常务副部长时，就对赵向东这个人很了解。当时，赵向东在朔州市委政研室工作。后来赵向东调到山阴县任县委副书记，高厚常到山阴县考察、调研，经常听到山阴县的干部们评价赵向东有能力、很务实。于是，在前任县长陈晋才调离时，高厚希望有一个作风务实的好县长来配合他的工作，于是就向朔州市委提出请求，把赵向东调到右玉做他的搭档。赵向东果然没有辜负高厚的期望，刚到任不久，就在打通南大门、修建通市路、实施三大战略、通道绿化等工作中，显示出超常的工作能力和实干精神。同时赵向东又是一个具有开拓精神，工作作风扎实细致的人，他很快就把右玉县政府变成一个开拓型政府、务实型政府，逐步逐条细致入微地落实了县委提出的各项战略方针。

在我采访高厚书记的时候，他多次提到赵向东。高厚书记说："赵向东是个好县长，他是个很好很好的县长！我们俩的思路一致、目标一致，我想到的，他都做了；我没有想到的，他也做了；有时候我才想到，他已经开始做了。我们俩共事几年，团结得像一个人一样。正因为组织上给我派来一个好县长，有一个团结的坚强的领导班子，右玉的工作才能做好。"我想，这决不是高厚书记的客套话，而是他的真心话。高厚当了五年右玉县委书记，成就了辉煌的"高厚时期"，与赵向东这个县长是分不开的。

县委拆除政府大院围墙的决定一经通过，赵向东立即开始组织实施。几个月后，堵在县委、县政府楼前的围墙推倒了。这里变成了一处有花有树、有华灯、有健身器材的漂亮的小广场。没有了围墙的阻隔，原先县委、县政府在群众心中的那些神秘感也随之拆除了，到了夜晚，右玉的百姓或一家人、或三五朋友一起，在政府门前的广场上休闲、健身。

据说，右玉县政府是全省第一家拆除了围墙，对老百姓开放的县级政府。

从改造县委、县政府办公楼开始，右玉县委、县政府拉开了县城全面改造的序幕。这是几十年来一直坚持植树造林，以绿化为荣，以绿化而闻名全省、全国的右玉人，第一次开始为了自己居住、生活的小环境的改善而作出的努力。高厚刚来时，右玉的县城连下水道都没有，每逢下雨天，满街都是雨水和淤泥，行人走路都成问题。高厚看着心里就痛，为绿化作出巨大贡献的右玉人民，如今仍生活在这样的环境里，这是高厚不能容忍的。他不能容忍自己领导下的右玉百姓在这样的环境下生活。他和县长赵向东一起，亲自参与规划和设计，坚持高起点规划、高标准建设的原则，按照"城中园，园中城"，把右玉建设成"塞北园林城市"的总体思路，对县城进行了全面改造。三年间，县城共新建和扩建近百幢办公楼和商住楼，修建了县南体育广场，硬化了县城的主要街道。许多在外地工作的右玉人回到县里，忽然间都认不出自己的家乡了。群众说，高书记连广场上的一块砖都要亲自查看。这话一点不假。修建体育广场时，广场的地砖都铺上了，高厚检查时发现砖块质量不合格，立刻要求全部撬掉，换新的地砖重铺。高厚说，因为右玉没有钱，所以一分钱就要做好一分钱的活，半分钱都不能浪费。

顺着体育广场往南走，出了右玉县城南大门，就是一条宽阔笔直的大道，直通朔州，那就是被右玉人称作"通市路"的旅游专线公路。高厚刚到右玉的时候，右玉出县只有一条109国道，还是穿街而过，国道就是街道，到朔州市还得绕道大同。高厚决心要打破制约右玉经济发展的交通瓶颈，把县城的街道拓宽，把县城南街中央的一座旧戏台拆除了，在国家没有给一分钱的情况下，自筹资金，靠着右玉人几十年传承下来的艰苦奋斗的精神，硬是带领右玉人民用铁锹、用双手，开通了一条长达70多公里，贯通右玉、山阴、平鲁三个县（区）的通市旅游专用公路。如今的右玉，公路已是四通八达，东面有穿左云而过，直通大同、北京的109国道；西面有从杀虎口出境，通达呼和浩特的省际公路；南面有直通朔州的旅游专线公路。一直卡着右玉经济发展的交通瓶颈，被彻底打破了。

过去由于交通不便，右玉的煤炭运输不畅，运费贵，煤价低。如今交通便利了，煤炭业开始有了大跨步的发展。高厚当年的思路是要富民强县，强县就要靠工业企业。高厚对右玉的煤炭企业进行了兼并重组，招商引资，把右玉的煤炭做大做强。当年牛仁亮副省长到右玉调研，听到高厚汇报说，五年内要让右玉的财政收入增长到5000万元，在场的省、市领导没有人敢相信。牛仁亮副省长当场表态说："老高，你要能让右玉的财政收入上了5000万，我奖励你们1000万！"2004年8月，就在高厚即将离开右玉时，离当年的承诺才刚刚过去三年，右玉的财政收入已经达到了5000万元！

如今，右玉的每一条街道、每一座公园、每一条公路、每一片林木，都渗透着高厚的心血和汗水。高厚就要离开了，要离开他付出了近五年心血的右玉，他怎么能舍得下这一切？他刚来的时候47岁，身体健康，精气神十足，如今身体已今非昔比，原先一口整齐洁白的牙齿，已经脱落了三颗，脸庞看上去老了许多，还患上了糖尿病、高血压。想起这五年的经历，辛酸、欣慰、高兴、难过，种种情感，犹如打翻了五味瓶，全部涌上了心头。

再见了，右玉！高厚的眼眶红了，眼睛湿润了。

顺着宽阔的通市路，高厚慢慢地往回返。走到右玉中学附近，他突然听到一阵熟悉的高亢激越的右玉道情的唱腔。那是从对面的体育广场上传来的。一伙戏曲爱好者在体育广场上自拉自唱，编演道情剧。高厚站住了。他真的很想再听听那激昂、激越、优美动听，让人热血沸腾的右玉道情剧。右玉道情剧团是雁北唯一的道情剧团，右玉道情也是山西省仅存的雁北地方剧种，深受右玉男女老少的喜爱，右玉百姓人人都能哼上几句。但是改革开放以后，由于种种原因，道情的发展处于低谷，剧团入不敷出，最后被迫解散了。高厚上任后，了解到这一情况，心里很为那些道情演员感到惋惜，也为右玉人民失去一个喜欢的剧种感到惋惜。他认为右玉道情是一种珍贵的文化遗产，他不能眼看着这种文化遗产衰落和消亡。为了丰富群众的文化生活，也为了保存珍贵的历史文化遗产，高厚在财政极其困难的情况下，力主恢复右玉道情剧团。经县政府研究决定，恢复了剧团的建制，剧团演员的工资纳入县财政开支。高厚经常跑到剧团去，听他们唱戏，给演员们鼓劲。道情这一几尽消亡的剧种，又在右玉的大地上唱响起来。2008年，右玉道情被评为国家级非物质文化遗产。如今听到这熟悉的道情曲子，高厚感觉到心里痒痒的，很想也跟着他们吼上一嗓子，把自己心里离别的惆怅喊出来。

右玉，再见！不管前面还会有多少困难、多少曲折，有50多年艰苦奋斗的传统，有10万勤劳勇敢的右玉人民，我相信你会越来越富强，越来越美丽！

右玉，再见！高厚的眼睛再次湿润了。

2004年7月1日，高厚调离右玉。就在走的前一天，他嘱咐办公室，不要把他走的事情告诉任何人。可是，当他提着行李走出他工作和生活了五年的右玉县委大楼时，他惊呆了。县委大楼前的广场上，黑压压的一片，闻讯前来送行的干部和群众围满了广场。看到走出来的高厚，人们潮水般朝他涌来。他微笑着，同每位前来送行的群众和干部打着招呼，握手，道别。

从县委大楼门前到走出广场，短短几十米的路程，他走了半个多小时。每走一步，他都体会到了那种难舍难分。

就在他转身的一瞬间，眼泪忍不住淌了下来。

据说，那天赶来送行的干部和群众有上万人。

2004年8月，高厚就任朔州市副市长。2009年6月，他当选朔州市第五届政协主席。他虽然离开了右玉，但他依然关注着右玉，关心着右玉，牵挂着右玉。他几乎每年都要回右玉几次，右玉每一点微小的变化，都会牵动他的心。

对右玉精神，他有着自己的理解和看法。他说："云山部长把右玉精神提升到了一个很高的高度，说是山西人民最宝贵的精神财富和政治资源，把右玉精神概括为'持之以恒，艰苦奋斗，愚公移山，久久为功'，是很准确、很精辟的。要我说，右玉精神可以概括为三句话：关键在党，根本在人，成败在干。有党委的坚强领导，有一支干事创业的优秀干部队伍，有右玉人民长达60年的艰苦奋斗，才有了今天的右玉精神。右玉精神应该是右玉的人民群众创造的，我们18任县委书记，只不过是一任接一任地传承了接力棒，是短跑。真正跑马拉松的，是右玉人民。"

这就是高厚，一个右玉前县委书记，对右玉精神的理解。

第八章

向东,向东

一

向东是一个人的名字,是第十七任右玉县委书记赵向东的名字。

右玉的人都喜欢称他"向东",或者"向东书记"。2008年8月才调离右玉的赵向东,在右玉工作了七年,三年县长,四年书记。他在右玉是个家喻户晓的人物,不仅仅因为他是县长或者书记,而是因为他在右玉的七年,正是右玉步入转型期,大踏步、跨越式发展的时期。赵向东是个举足轻重的人物,是个让右玉人不能忘记,被镌刻在右玉历史丰碑上的人物,正是他绘制了这一重要时期右玉的发展蓝图,带领右玉人民打了一场漂亮的翻身仗,为建设一个富而美的新右玉拉

风从塞上来

开了序幕。

　　据说向东在右玉,是最没有官架子的一位书记。2010年9月9日,在朔州市的万通源大酒店,我对已经离任两年多的向东书记进行了专访。此时的他,已经担任中共朔州市委常委、秘书长。第一印象,他是个和蔼可亲、文人气较重、充满智慧的人,没有领导干部的架子,没有虚以应酬的俗气和狡黠,从他的眼睛里流露出知识分子特有的真诚和正气。在和他两天的接触之后,我想,我也应该称呼他为"向东"了,因为他身上那种亲和力,让你不由产生一种亲切感,让你忘了他曾是一位叱咤风云的县委书记,且现在仍是一位副厅级的市府官员,而觉得他就是一位朋友,一位平和可亲、可以深交的朋友。

所以，在这篇文章里，我还是愿意像右玉人一样，称呼他为"向东"。

2001年8月，向东由中共山阴县委副书记调任右玉县委副书记、代县长。随后，在右玉县第十三届一次人代会上，向东全票当选为右玉县人民政府县长。此前的向东，已经在山阴县当了五年的县委副书记，主管党务和组织工作。这五年，是向东人生中最为重要的一个时期。因为，五年的县委副书记历练了他，为他以后做一个好的县长和县委书记打下了很好的基础。他求真务实、细致周到的工作作风，在山阴县广大干部群众中留下了很好的口碑。调离时，山阴县的干部群众恋恋不舍，都要求他继续留在山阴工作。向东本人从感情上说，也不想离开山阴。因为他刚到山阴时，是山阴经济发展最困难的时期，面临机构改革、干部换届、撤乡并镇等等一系列问题，是向东亲自参与、亲手完成了这一系列的改革。几年来，向东和当地的干部群众结下了很深厚的感情。山阴刚刚好起来，刚刚走上发展的轨道，他却要调走了。可是，最终向东还是服从了组织安排，来到条件艰苦、完全陌生的右玉。那年，向东还不到40岁。

刚到右玉当县长时，县财政十分困难，每年只有1500万元的财政收入，连干部职工的工资都不够发，向东这个县长批钱就十分谨慎。有一次，下属单位来找县长批钱，向东看着报告半天不吭声。下属不明白这个新县长是在琢磨什么，为什么只盯着报告不放。十几分钟后，向东拿起笔，在报告上批示：请财政局拨付2000元。

下属叫起来："赵县长，不够啊！"

报告上写的是1万元，向东只批了2000元。

向东说："我仔细算过了，除过你报告上的水分，有2000元足够了。"

然后向东就开始给他算，这个材料多少钱，那个材料多少钱，算来算去，下属傻眼了，向东算的价格一点不差，看来想瞒哄这个新县长，不太容易。

下属摇摇头，没有办法，只好拿着报告走了。他的报告确实存在水分，可是也没有见过这么狠的县长，只批2000元。赵向东坚持，凡是办公经费，基本上就是几百元地批，如果数额上了万元，那要慎之又慎；非花不可的钱，要上会研究。这让右玉的干部学会了一条，在右玉，要先干事，后要钱。县里分下去的任务，不管有没有钱，都得按时完成。

　　向东到任不到一个月，就赶上秋季植树的季节。当时农村经济三大战略的实施正在有条不紊地进行当中。移民并村刚刚进入实施阶段，移民新村也正在建设当中。更逢高厚书记提出要在右玉搞"百里绿色通道"工程。所谓百里绿色通道，就是从小南山、四道岭、五道岭，到大南山、贾家窑，再到丁家窑，沿线环绕百里，公路两旁绿化50米到100米，让人一走进右玉，就感受到扑面而来的绿色海洋。

　　这一大手笔，思路是县委提出来的，但实施却要靠政府。向东是县长，具体实施起来要靠他。但是，百里绿化通道的实施要用钱，钱从哪里来？向东带着司机，从小南山出发，沿着四道岭、五道岭、大南山、贾家窑到丁家窑，一趟趟地跑，查看，计算，最后完成了总体规划，把用钱的事控制到最低限度。除了树苗的钱，其余什么钱都不给，全部都由义务劳动来完成。机关干部、沿途乡镇的村民全部参加义务劳动。每天早上上山，晚上回来，中午在工地吃饭。县里能做到的，就是给上山的村民每人每天发一包方便面，当作中午的干粮。机关干部都是自带干粮，县里一律不负责午饭。县里的领导从书记到县长，从四大班子领导，到各局各科室的负责人，全部上工地，不准请假，不准无故缺勤。高厚书记和向东两人，除了到各个工地上检查工作进度和质量以外，平常就和一般机关干部一样，拿着铁镐铁锹挖坑整地，一镐一镐地挖坑，一锹一锹地铲土。整个工地上，人人都是一脸的汗水，你看不出来哪个是领导、哪个是老百姓。就这样，一个多月过去了，百里绿色通道的预整地任务全部完成。回到县里，向东跑到街上卫生所里，找来一些药水和纱布敷裹在手上。此刻，他的手上全是血泡和皲裂的血口子。

　　第二年春天，冰雪还未完全融化，春季植树又开始了。全县的机关干部和各乡镇村民再次上山，还是村民每人每天一包方便面，机关干部自带干粮，顶着冰凌，挖着雪碴子，在头年秋天预整好的工地上开始植树。向东后来才知道，右玉人多年植树植出了经验：右玉春季多干旱，必须是趁着冰雪还未完全消融时挖坑植树，树才有水分可吸，才容易成活。又是一个月过去了，通过一季的苦战，"百里绿色通道"的任务全部圆满完成。如今，来右玉观光的客人，沿着小南山到丁家窑百余里的公路两旁看到的全是茂密的林子，一片绿色。那就是2001年冬天到2002年春天，向东刚到右玉时县里上马的第一个工程。

　　右玉的"百里绿色通道"工程，得到了省委领导的盛赞。时任省委书记田成平和省长刘振华先后几次莅临右玉视察指导，对右玉的"百里绿色通道"大加赞赏，说右玉为全省做出了榜样。

　　"百里绿色通道"的苦战，让向东深刻地认识到，右玉和山阴完全不同。山阴经济条件好，而右玉经济实力差。在右玉，就靠两个字：苦干！不管有没有钱，该干的事必须干，要干的事必须干成。他深刻地感觉到，有一种看不见的东西顽强地支撑着右玉人，那种东西能让右玉人在任何艰难困苦的情况下都挺直腰杆，不屈不挠。向东一直在琢磨，那到底是一种什么东西。后来向东明白了，那是一种精神，一种右玉人身上独有的精神：不畏艰苦，不屈不挠，咬定青山不放松的奋斗精神。这种精神，在右玉以外的一些地区，已经很少能感受到了。而向东，这个新上任的右玉县长，已被右玉人的这种精神感染了。

　　一场苦战刚刚结束，另一场更为艰难的战役又在前面等着他。

风从塞上来
FENGCONGSAISHANGLAI

二

向东站在省交通厅一位处长的办公室门前犹豫着,要不要走进去呢?

令向东担心的是,会不会重复半年前他在某厅一位处长办公室挨训的经历。那次挨训让向东在后来的从政生涯里始终无法忘却。那是第一次也是唯一一次向东作为地方官而挨训。

那是向东刚当县长不久,到省里跑一个项目。在某厅一位处长的办公室里,当向东把申请拨款的报告递给那位处长,并费劲地给处长解释了半天,说他是右玉的县长,右玉如何如何困难、如何如何需要省里的帮助、如何如何急需一笔资金时,那位处长却紧皱着眉头,看看赵向东,问:"右玉是哪个地区的?"

向东愣住了。他听人说起过,右玉人过去出门,一般都不说自己是右玉的,都说自己是左云的。因为左云富裕,左云在外面的名头比较响。如果要说自己是右玉人,往往得向别人解释半天。就连右玉的干部们出去开会，也会给别人先说左云，再说右玉，说右玉和左云相邻，在左云的西面。这样人家才会明白，原来左云旁边还有一个叫右玉的小县。显然，这位处长也不知道右玉是个什么地方。

向东赶紧解释，说忘了介绍了，右玉隶属于朔州市，是一个边塞小县，北面和内蒙古接壤，东面和大同市的左云相邻。别看右玉县又小又穷，可右玉是一个绿化先进县，绿化搞得很好。如果省里再支持一下，右玉就会上一个新台阶……可那位处长根本就没听他的解释，没等他说完，就开始了对他的训斥，说全省的穷县多了去了，全省的所谓先进县也多了去了，都要像你们这样跑到省里来要钱，那我们这个厅不成了扶贫厅了？你那个叫右什么的县，既然种树能种那么好，别的事为什么就不能办好一点？没有钱可以集资嘛，可以自力更生嘛，别老想着"等、靠、要"，等国家给钱，靠省里批钱，朝国家伸手要钱……这位处长似乎有训人的嗜好，这一番训斥，整整进行了半个多小时。向东像一个犯错的小学生一样，一直垂着脑袋听着处长的训斥。半个小时过去了，处长的训斥好不容易停了下来。向东还想再争取一下。

向东说："处长，这报告希望你们能……"

处长把报告啪地拍在他面前的桌子上，说："我这半天白说了？我说过了你们不能等、靠、要，你还没听明白？"

向东接过报告，说声"谢谢"，退了出来。

那是向东担任县长后头一次到省里来跑项目，没有想到，在省里，人家根本不知道右玉是个什么地方，根本就不理睬他这个来自小县的县长，解释半天，事情没有办成，还引来一顿训斥。这件事过去很久了，向东的耳朵里一直都在回响着那位处长的声音：我说过了你们不能等、靠、要，你还没听明白？

在楼梯口，向东站住了。他犹豫着，不知道今天会有什么样的遭遇。

他这次来省里是为右玉到朔州的通市路跑项目资金的。"通市路"是后来右玉人给出的称呼,其实就是右玉通往朔州的专线路。右玉多年来就东面一条109国道,而南面和北面都没有出县的道路。特别是到朔州市,极为不便。109国道绕道远不说,还要经过一道山区路。路上运煤的大卡车多,经常发生交通堵塞,给右玉人的出行带来很大不便。另外还有一条很差的山区公路,是运煤的大卡车走的路,路况差,车辆拥挤,很危险。2001年发生的一起车祸,一次死了30多个人,让右玉人提起这条路就胆战心惊。交通的不便极大地制约了右玉经济的发展。高厚和赵向东这届班子上任后,决心要重修一条出县路,解决右玉出行难的问题。县委和县政府决定打通右玉南大门,兴修一条直通朔州市的县级公路。规划路线是从右玉南门至平鲁区,与平鲁境内的109国道连接起来,全长70余公里,贯穿三个县境。这也是高厚书记到右玉后的又一次大动作。高厚书记的想法就是首先要打通右玉的南大门,修一条直达朔州市的专线公路。这条公路修通后,可以缩短右玉到朔州的距离,使南出右玉变得通畅方便。还有,右玉的生态建设这么好,不能让右玉这颗塞上明珠就这么埋没,以后要发展生态旅游,这条道就可以当作旅游专线公路。过几年,大同至呼和浩特的国道如果开通了,右玉就又打通了北大门,直连内蒙古。这样,东、南、北三面交通都可以畅通无阻,钳制右玉多年的交通瓶颈就基本上可以解决了。通市路是右玉县打破交通瓶颈的第一步。但是,通市路的项目资金,依靠县里的财政根本是不可能的。右玉那时的年财政收入也就1500万元,仅够机关干部和教师工资,县里筹资的渠道基本没有,因此,高厚书记决定让向东到省里来跑一跑,看能不能在省里立上项目,争取一点国家资金,帮助右玉完成这一重要的打通南大门的通市路工程。

  打通右玉的南大门,建设通市路,是县委和县政府那一年工作的重中之重,是右玉人民盼望已久的大事,这次来省里跑项目,县里和高厚书记都对他寄予了很大的希望。向东觉得自己不能再犹豫了,他抬手敲响了处长办公室的门。

省交通厅的领导很热情，报告也留下了，但是，向东最终却没有要到资金。省交通厅项目处的领导告诉他，他们这样的县级公路立项比较困难，项目归类、资金拨付很难界定，应该走什么样的渠道需要进行研究。按理，他们应该属于自筹资金性质。向东朝处长一个劲儿地解释，说右玉是个国家级贫困县，财政收入有限，但这条路又急需打通，因此，请求省里无论如何照顾一下，批拨一点修路的专项资金。这条路可是关系到右玉经济的发展和右玉人的生命安全。向东又给处长讲了2001年那次死亡30余人，令人触目惊心的车祸。省厅的领导显然被打动了，最后处长让他先把报告留下来，等研究确定以后，再通知他们。

向东说声"谢谢"，退了出去。

下了电梯，走出省交通厅的大楼时，向东感觉到两条腿十分沉重，他几乎有点迈不动步子。

向东这次来省里跑项目，右玉人都对他抱着极大的希望，如果就这样以失败而归，高厚书记和右玉人该多么的失望。更重要的是，这个项目资金怎么解决？

向东想了想，决定再去争取一下。

他返身再次走进大楼，走向处长的办公室，抬手敲门。

就在手指将要落下的一瞬间，向东的手又缩了回来。

不，我不能再去求人，我不能再为难省厅的领导，他们也有他们的难处。报告人家既然已经留下了，就等着他们研究吧。

向东毅然转身，朝大楼外走去。

回右玉的路上，赵向东心里一直在暗暗地发誓：即使国家不给一分钱，我也一定要把这条路修通！右玉人50多年都是靠艰苦奋斗的精神走过来的，右玉人能把一片不毛之地变成"塞上绿洲"，就一定能靠自力更生打通南大门，修成通市路。

回到右玉，高厚书记并没有埋怨向东。他说，有钱没钱这条路是非修不可。没有钱，我们还有两只手。右玉人靠两只手把昔日的不毛之地变成了"塞上绿洲",就一定能靠两只手把右玉的南大门打通,能把右玉的路修得四通八达!向东高兴极了,高厚书记和他想得一模一样。向东说:"高书记,你放心,修路的基本材料费我来想法解决,大不了再勒紧裤带,从其他资金里挤一挤,路就靠我们自己修!"第二天,向东就和高厚书记一起,从小南山出发,沿南面与山阴和平鲁交界的区域实地勘察,商讨修路的具体事宜。两人顺着原定的路线一连跑了几天,很快就定下了开工的日子。直到开工那一天,这条公路仍然没有筹到一分钱。

没有钱,但右玉人有的是"精神"。艰苦奋斗是右玉人几十年来的光荣传统。县委和县政府一声令下,各乡镇调集了上万名劳动力,机关干部全部参与义务劳动,千军万马上工地,开始了通市路的修建,一边干一边想法筹钱。向东想方设法从其他开支里挤出一点钱来,用于修路的基本材料费。农民自家的小拖拉机、三轮车等能用的全部用来拉土运料。修路不给工钱,县里只给补贴一点柴油钱。向东作为县里的主管领导,每天就住在工地上,从南到北,从东到西,哪里有问题,随时解决。修路的那些日子,他几乎没有休息过一天,每天都在工地上,经常是深夜才往回赶。凡是修路工地上的事,事无巨细,他几乎都要管。有一次,修路民工驻在平鲁区某村,村里有几个"灰皮"夜里偷盗修路民工拖拉机里的柴油被发现,结果双方打起了架。平鲁派出所把修路民工抓了起来,激起了民工的群愤。向东这天回县里有事,半夜已经躺下了,听说这事以后,立刻又连夜赶往工地,了解事情的原委。他亲自与平鲁区的有关部门交涉、调解。最后,被抓的民工释放回来了,偷油的平鲁区村民得到了处罚。向东圆满解决了问题,平息了事件,保障了工地正常开工。早上用冷水擦一把脸,连个盹都没来得及打,他又立刻投入到工地上去,又是整整一天,直忙到深夜才得以休息。

向东回忆说,那真是极其艰难的一条公路。县里没有钱,全靠动员群众和机关干部义务劳动。从老百姓到机关干部,从一般干部到书记、县长,人人都出了力、流了汗。向东说,那是靠"精神"修成的一条路。

像植树一样,修这条公路也是右玉精神的一种体现。

2003年从秋到冬,艰苦奋战了几个月,通市路的路基工程全部完成了。2004年开春,县里有人提出再到省里跑一跑,争取能在省交通厅立了项,解决一点资金困难。向东说,我们一不要等,二不要靠,三还是要自力更生,不要对立项抱什么希望。县交通局的有关人员到省里去了一趟,结果无功而返。

于是,冰封的大地刚刚消融时,通市路再次开工。高厚和赵向东两人领头,全体右玉人民一条心,决心不等不靠不要,自力更生,完成"通市路"的建设。路基全部完成以后,向东从县财政里挤出一部分资金,又想方设法从别的地方筹措到一部分资金,开始了路面的铺油工程。

2004年10月,向东又到省里去了一趟。

省交通厅的领导见到向东,以为他这个右玉县长又是来跑公路立项的事,告诉他,县级公路立项比较困难,报告现在还在等有关部门审批。向东却笑着告诉省交通厅的领导,他不是来要钱的,他

是来请他们去参加通市路的通车典礼的。

省交通厅的领导大吃一惊："什么？通车典礼？你们那条公路要通车？开玩笑吧？"

向东笑着说："不是开玩笑，是真的啊！公路已经全部完工了，油也铺好了，也请有关部门验收过了，现在要举行通车典礼了。我来请省厅的领导去剪彩，给我们装装面子，壮壮威风。"

省厅领导不敢相信，这才过去几个月，以为他们还在等立项的结果呢，哪儿想到他们已经把公路修成了。现在许多基层单位为了跑项目，那可是一趟又一趟、一年又一年地跑，请客送礼托关系，不跑成誓不罢休。啥时候立项了，资金拨下来了才开始动工呢。难道右玉人真的就和别的地方的人不一样？真会在还没有立项的时候就把工程完成了？

省厅领导将信将疑，赶去右玉想亲眼看一看，证实一下。结果是真的。这条长达70多公里的通市路，不但已经全部完工，而且从路基到路面的宽度、弯度、平整度，全部符合国家二级路的标准。省厅领导大为吃惊，大为感叹，大为感动，为右玉人，为右玉县领导，为右玉精神！要是全省各个地方都像右玉这样，那会是个什么样子啊！省厅领导当场拍板决定，从省交通基金里奖励右玉县300万元。

如今，右玉的生态旅游已经如火如荼地发展起来了，加上右玉频频举办的各种节会，每年夏季游人如织，这条通市路已经变成一条旅游专线公路。从平鲁区的向阳堡直达右玉，一路上干净通畅，没有拉煤的车，没有载重车，给各方游客带来极大的便利。我们不能不说，高厚书记和向东县长，是两个具有前瞻性战略眼光的领导人。我们也不得不为右玉人这种艰苦奋斗、顽强拼搏的精神感叹、感动。

三

2004年8月，高厚调离右玉，向东接任右玉县委书记一职。当了三年的县长，向东对右玉如何进一步发展已经有了自己成熟的思路。但在担任书记后，向东还是没有立即做出大的动作。他沉下来，认真地思索着右玉下一步的出路到底在哪里，右玉到底应该走一条什么样的路子。高厚书记在认真总结和反思了右玉几十年所走过的路子之后，提出了"三大战略"的实施，为右玉群众走出贫困，为农村经济的发展夯实了基础。但右玉还需要一种催生式的发展，需要一种脱胎换骨式的飞跃。三年的县长，让向东对右玉的县情有了透彻的了解，他一直在不断地探索和思考着，右玉怎样才能利用自身的条件，有一个大的飞跃式的发展。他在想，右玉群众为改善生态环境，为绿化河山做出了巨大的贡献，但是老百姓一直没能彻底摆脱贫困，右玉至今还是国家级贫困县。如果老百姓的富裕问题不能解决，50多年的绿化成果很有可能就毁于一旦了。

"绿和富不应该是对立的，而应该是和谐发展的。右玉人从与自然顽强抗争走到了与大自然和谐相处，是该共生共存的时候了。"这是向东经过深刻思考得出的结论。

是的，人与自然从抗争到和谐相处，这是一种历史性进步。向东的思想是敏锐和超前的，他在右玉的历史进程中，抓住了最为关键的症结。

2004年12月23日，右玉县委十一届三次全委（扩大）会议召开。在右玉进入新世纪的历史中，这是一次重要的会议。就在这次会议上，向东作了《团结奋斗五年，实现两个翻番，为建设富而美的新右玉而努力奋斗》的工作报告。这份报告长达两万字，是向东做右玉县委书记后几个月来深度思考的结晶，是他作为县委书记所作的第一次报告，也是他任右玉县委书记四年中最长的一次工作报

风从塞上来
FENGCONGSAISHANGLAI

告。这份报告在右玉历史上第一次提出了"建设富而美的新右玉"的奋斗目标。报告中，向东详尽地分析了右玉的县情，从资源环境、地理因素、发展基础、面临机遇、存在问题等各个方面进行了详尽的分析论证，提出"建设三大基地，突出四个重点，主攻五大产业，艰苦奋斗五年，全县经济努力实现两个翻番，两个率先，两个前移，逐步建成富而美的新右玉"。建设"三大基地"是指构建新型煤电能源基地、绿色生态畜牧基地、特色生态旅游基地。四个重点是深化改革、招商引资、项目建设、基础设施建设。主攻"五大产业"是指快速做强煤电能源产业，着力做大化工建材产业，逐步培育新型材料产业，加快发展绿色农副产品加工产业，开发生态旅游产业。"两个翻番"是全县经济两年翻一番，五年翻两番。"两个率先"是在全省率先建成生态畜牧强县，率先建成生态旅游业强县。"两个前移"是全县综合实力在全省35个国家贫困县的位次要前移，在全省119个县、市（区）的位次要前移。

这不是一份内容空泛，形而上的报告，而是一份内容翔实，措施具体到每一项产业，联系到每一个企业的详尽细致的报告，每一

146

项数字的提出和如何实现都有科学的依据，非常具有说服力。

　　与前任书记们不同的是，向东提出要辩证地看待右玉的劣势。他在报告中说，利用得当，劣势可以转化为优势。右玉风大、低温、高寒，这都是劣势，可是如果辩证地看，它也是优势。右玉低温，夏季平均只有15度的气温，清爽宜人，正好适合避暑度假，适应了现代人休闲旅游的需求。冬天高寒，可以打造冰雪经济，修建滑雪场，适应国内越来越热的滑雪健身运动。右玉纯净的水源、空气，充足的阳光，较大的昼夜温差，是发展高品质的无公害绿色农业得天独厚的优势。右玉的荞麦、莜麦、豆类杂粮，正好适应了现代人健康饮食的新需求，具有广阔的开发前景。高寒加上绿色环保的优势，使右玉的羊肉品质优良，具有粗蛋白含量高、粗纤维含量高、无氮浸出物含量高、粗脂肪含量低的"三高一低"的特点。因此，右玉羊肉享誉三晋，走俏京城，甚至远销国外。右玉风大，阳光强烈，正好可以利用国家发展新型能源的契机，开发风力发电和太阳能发电。现在，右玉生态环境优美，成为塞北一道美丽的风景。我们几十年的艰苦奋斗，右玉几代人付出的艰辛，现在到了享受成果的时候了。我们要借着右玉美丽的生态环境，大力开发生态旅游业，把我们右玉的生态之美推向全国、全世界。让全世界都知道，我们右玉人靠双手创造了生态奇迹！我们要把右玉打造成呼（呼和浩特）市及北京、天津、石家庄、太原等大城市的后花园，打造成城市人休闲避暑的度假村，把全国、全世界的人都吸引到右玉来！

　　向东的报告被热烈的掌声数次打断。

　　这次会议采取了面向全县现场直播的方式，右玉的每一个人都能从电视和广播里听到赵向东铿锵有力的声音。每一个右玉人都被向东的声音鼓舞着、激励着。整个右玉沸腾了，都对未来的新右玉充满了憧憬。

　　任何报告、任何文件，不管有多么动听，多么美妙，最终是要落在实处,变成行动的,任何空谈都是毫无意义的。向东懂得这一点。这次大会过后,向东就开始积极地行动起来。他和县长陈小洪一起,首先跑到内蒙古的辉腾梁参观了风力发电厂,积极与山西的国际电力集团等公司协商洽谈,将右玉的风力资源进行推介,邀请山西国际电力公司的领导来右玉进行考察。电力公司的领导来到右玉后,向东和陈小洪两个人放下手头的一切工作,陪同他们到风源地考察,现场拍板决定有关风力电厂的事宜。向东常说,机会是给有准备的人的。正是因为右玉县委、县政府做了充分的准备,所以右玉县是在全省第一家建立风力发电厂,并且并网发电的县份。

紧接着,向东和县长陈小洪上省城,进北京,四处招商引资。他们与山西金地矿业集团签约,在右玉投资6000万元,建设年产5万吨、产值5万元的锰合金加工厂;协助早在两年前右玉煤炭企业兼并重组中落户右玉的同煤集团,引进河北一家投资公司,在右玉南部地区新建一座年产300万吨的现代化矿井,修建一条东周窑到董半川的铁路运煤专线,新建一座年洗煤量800万吨的洗煤厂,总投资约六亿元;与贷海电厂洽谈协商,由他们投资3000万元,将原东北洼小煤矿改造成年产90万吨的现代化矿井,并拟定两年内,在右玉大油坊头新建一座年产300万吨的现代化矿井;新建一座2×13.5千瓦的煤矸石发电厂,同时筹划中的山西国电4×60万千瓦的坑口发电厂抓紧立项,力争在2005年上马开工。这一系列走红的强县富民的举措,都取得了显著成效。有了这一系列措施,右玉的财政收入可以计算出来,在两年后翻一番,五年,甚至不用五年就可以翻两番。后来的事实证明,右玉在2009年的财政收入已经突破2.5个亿,早已超过了五年翻两番的既定目标。

赵向东是个讲究实效的人,对他来说,实实在在做好每一天的工作,完成好每一天的任务,是他每天的工作目标。他从不喜欢说大话、空话,也不喜欢搞花架子、高调宣传这一套。有记者采访,他都会躲得远远的，能推就尽量推过去。但是在2005年，赵向东却一改自己的风格，用从未用过的手法，大秀了一把右玉，把右玉这个不为人知的小县，一下子推到了世人面前，让许多从未听说过右玉的人，认识了右玉，认识了右玉的美丽和不凡。

举办"首届中国·右玉生态健身旅游节"，这是向东在右玉打得最漂亮的一场胜仗。

四

如今，右玉的绿色，已经成为塞北一道独特的景观。右玉有苍头河湿地百里植被长廊，大小南山，上下吴梁，望不尽的万亩苍林松涛。除了独特的自然风光外，右玉还有近百公里的古长城，遍布全县的100多座古堡和烽火台，千年兵战和晋商通道的杀虎口古关，还有昭君出塞、康熙出征传说等深厚的历史文化底蕴。这一切都让赵向东有着一种强烈的冲动：让右玉走出去，让右玉的文化、右玉的历史、右玉精神走出去，把右玉的旅游经济拉动起来，让老百姓获得收益。如何才能让右玉走出去，如何才能把右玉的名字响亮地打出去。这是向东担任县委书记后一直在苦苦思考、苦苦探求的一个问题。这个问题的答案，最终落实在发展右玉"生态旅游经济"这一命题上。

杀虎口长城关口的修复，是向东发展旅游经济中重要的一颗棋子。

提到杀虎口长城的修复，不得不提到另外一个人，那就是原杀虎口管理区党委书记王建。

王建是向东亲自点名调去主管杀虎口长城修复工作的。那时候还没有设立杀虎口旅游管理区，向东是把修复杀虎口的工作放到县旅游局的工作日程里去的。

当时王建是县发改局副局长兼旅游局副局长。当时的旅游局，

因为经费、编制都没有落实,就挂在发改局的下面。王建主管旅游方面的工作。向东之所以调王建到杀虎口,除了他兼任旅游局的副局长以外,还有一个很重要的原因,就是他在担任县长的时候就认准了这个看起来有些黑瘦的年轻人是个干事的人,是个能担当重任的人。当时他对王建的印象是:不善言谈,埋头做事,踏实苦干,责任心强,靠得住。

向东有个习惯,他每天早上六点起床,沿着右玉县城的大街跑一圈,一边发现问题,一边思考对策,七点准时回到县委大楼前的广场上。2002年,县委大楼进行改造那段日子,向东每天跑完步回来,就看到一个黑瘦的年轻人早已经在工地上了,不是搬水泥、整地基,就是画线量尺寸,安排水泥沙子装运。小伙子脸和手都晒得黝黑。有几次,向东很晚了从办公室出来,看到那个年轻人还在工地上忙着。别人都走了,就他还在收拾来收拾去地到处查看。开始向东以为他是个领工的小工头，后来时间久了，才知道他是发改局的青年干部，叫王建。

他特意和王建谈过一次，发现王建虽然言语不多，但头脑十分清楚，思维敏捷，对自己负责的工程不但心中有数，而且认真负责，哪儿需要几块砖，哪儿需要多少水泥，哪儿的地砖铺设得好，哪儿的质量有点问题，他都一清二楚。向东觉得王建是个干实事的人，右玉就需要这样的干部。后来，王建被提拔为发改局副局长，并兼任旅游局副局长。

杀虎口长城的修复是赵向东旅游开发思路中的一个重点。修复杀虎口长城的任务艰巨而复杂，必须要有一个能吃苦又有责任心的人来担当重任。向东立刻想到了王建。

向东把王建叫到自己的办公室里，和他认真地谈了一次。

向东说："杀虎口长城的修复，是咱县开发旅游业的一个重点项目，将来要成为咱县的一个主要景观。时间紧，任务重，更为困难的是，县里没有钱，我只能给你们一点材料钱，其余的钱，你们得自己想办法。"

王建就说了一句话："赵县长，你放心，不管有多少困难，我一定按时按期，保质保量完成任务！"

王建这一句话，把他自己也推到了一个艰难的境地。

具有两千年历史的杀虎口长城关口已残败不已。要想重新修复，不是一句话的事。首先是钱，县里经济条件有限，资金紧张，连买青砖的钱都没有。右玉没有砖窑，因为右玉风沙大、土质差，右玉人盖房子都是到外地买砖。王建带着人到浑源、怀仁、代县、繁峙等地去找修复长城用的仿古青砖，一问价钱，吓一跳，每块砖要1.8元，运到右玉去，算上运费一块砖要三元多钱。王建大致计算了一下，修复长城关口需要100多万块青砖，合计好几百万元。这还不算后期周边环境改造需要的青砖，算下来仅青砖一项就需要上千万元。王建一狠心，说："算了，不买了，咱自己烧。"

同行的人吓了一跳："自己烧？"

王建斩钉截铁地说："自己烧！"

王建是个有心人，他把繁峙、代县、浑源等地制砖的泥土带了一些回来作为样品，在右玉寻找同样的土质。最后在杀虎口附近的一个叫"海子湾"的村子里，他找到了和代县一样的土质。经打听，海子湾历史上也烧过砖窑。海子湾背靠一座土山，烧砖也不会破坏生态环境。经过化验，证明海子湾的土质和外县烧砖的土质完全一样，于是，王建就将砖窑定在了海子湾村。他带着职工们亲自开挖砖窑，又从代县请来几名烧砖的师傅，开始了烧砖工程。第一年先烧了两窑，居然成功了，就又挖了几孔砖窑，加快了烧的进度。就这样，王建他们前后一共挖了七孔砖窑。自己烧的砖成本要低很多，每块砖比从外地买便宜了两元多。杀虎口长城修复工地距海子湾有五公里，距县城有30多公里，为了工作方便，保证工程顺利完成，王建自掏腰包，花3000多元买了一辆破旧的212吉普车，每天从砖窑到杀虎口，再从杀虎口到县城，来回奔波。2003年中秋节，为了赶工程进度，工人们都不放假，王建也没有回家，和工人吃在一起、住在一起。到这年年底，长城南面部分的修复工程就全部完成了。这一次共修复了800米的长城，用了将近160万块青砖，节省了300多万元资金。不但节省了钱，还提前半年完成了工程。

2004年，杀虎口旅游区成立，在向东的力荐下，王健调任杀虎口担任了旅游区党委书记。王建在一年多的时间里，完善了杀虎口长城的扫尾工程，盖起了杀虎口长城关口，盖起了历史博物馆，拆除了杀虎口国道两旁的旧民房，迁移了村民，盖起了仿古一条街。

向东对王建这样的右玉干部真是从心底里喜欢和爱护。事情已经过去好几年了，向东也早已调离了右玉，当我采访他的时候，他还是一再地提到王建，赞不绝口，说这就是右玉人，这就是右玉人的精神。右玉精神就体现在王建这样的普通干部身上。他说右玉像王建这样的好干部有一大批。

向东在发展右玉生态经济的过程中，又提出了建设"彩色生态"的新理念。他抓住国家投资向生态倾斜的大好机遇，坚持整合项目资金，乔、灌、草立体种植，针、阔、花科学布局，景点上档次，通道环彩，环城添景，大地增绿，走一条生态建设、人居环境、经济效益齐发展的新路子。2005年初，右玉通道绿化、景点景区建设、苗圃建设、农田水利基本建设、生态基础设施建设、畜牧基础设施建设六大类25项工程全面铺开。

据《右玉县绿化志》记载：到2005年底，全县完成植被恢复造林3.96万亩，封山育林0.8万亩，保护集体林木70万亩；完成人工造林1.76万亩，封山育林4780万亩，退耕还林20.4万亩，完成"三北"防护林三万亩。全县森林覆盖率由2001年的39%，提高到2005年的50%。

2005年，右玉县夺得了全省生态农建最高奖"禹王杯奖"。另外，向东提出的打造"塞北园林式城市"的设想也在紧锣密鼓地进行当中。到2005年底，全县区绿地面积达到28万平方米，人均八平方米，控制区绿地面积达到42万平方公里，覆盖率达到70%，先后完成了规划中的三期四类108项城建项目。自此，右玉县城发生了翻天覆地的变化，一座"林在城中，城在林中，街在绿中，人在景中"的美丽小城，出现在人们面前。

在景区景点建设和绿化工作双双迈开大步的同时，向东一直想做的另一件大事，即"把右玉推出去，让游人走进来"的设想，也水到渠成地迎来了时机。

当时右玉最大的节会，就是每年一次的"玉羊节"，后来又叫"右玉物资交流会"。这只是一个物资交流会，主要人员来自县内，这显然不符合向东开发大旅游的构思。他要搞一次大型的会节活动，把外人的目光吸引到右玉来。经过向东和陈小洪的反复思考，全县上下反复讨论，右玉县委和县政府决定搞一个"首届中国·右玉生态健身旅游节"，把右玉的生态、文化与体育结合起来，把一些全国性赛事引进来，借此扩大右玉在全国的影响力和知名度。

五

为了引进国家级赛事，提高旅游节的档次，以此来吸引游人，扩大影响，向东和县长陈小洪几次上北京，找到体育总局的主管领导。以那时候右玉的名气，不过一个偏远的塞北高原小县，自然还不足以吸引体育总局的官员，更别提信任了。然而，体育总局官员的冷漠没有让向东和陈小洪的热情消退。他们一次次走进体育总局领导的办公室，反复地、不厌其烦地向领导介绍右玉优美的生态环境、丰富的人文历史，介绍杀虎口，介绍右玉的古长城，右玉的古堡，右玉50多年来坚持人工造林，把一个不毛之地变成"塞上绿洲"的历史。向东最后真诚地说："就算不在右玉办赛事，我也邀请你们到右玉去看看，权当一次旅游。如果你们不去，那你们会失去一次机会；如果你们去了，决定不在右玉办，那是我的过错，我负责把你们接去送回，给你们带上我们右玉的土特产，算是我给你们赔罪。"

体育总局的领导被向东的真诚打动了，被向东和小洪这两位年轻而又执著的地方官锲而不舍的精神感动了。最后，抱着去看一看的念头，他们随着向东去了右玉。结果这一去，便被右玉独特的生态环境和人文景观所吸引。尽管右玉没有机场，没有铁路，也没有高速路，但这并没有影响体育总局的领导把赛事放到右玉来办的决定。

经过多次协商，数度奔波，最终确定了由体育总局自行车击剑运动管理中心、中国国际体育旅游公司、中国大学生体育协会与右玉县人民政府共同举办"首届中国·右玉生态健身旅游节"。

这次生态健身旅游节共有两项体育赛事：一是第十一届全国独轮车锦标赛，二是"右玉杯"第四届全国大学生三项越野赛。

这是右玉历史上首次举办的全国性的体育赛事。消息一传出，就在右玉和朔州市引起了轰动，很多人都翘首以待，盼着旅游节的开幕。山西的多家媒体也刊发了消息和报道。

除了体育赛事，向东还为旅游节增添了文化内容。因为向东明白，任何旅游都要打文化的牌子，旅游没有文化内涵，就相当于一个人没有灵魂。一个空有躯壳的身体，注定不会健康长久。他请来中国民间文艺家协会的学者考察右玉的古堡，请来历史学家考察研究右玉的西口文化，安排了"晋商与西口文化论坛"等等一系列活动。

为了扩大影响，大造声势，向东请来了省内的一批作家写文章，请来了省内外的媒体记者就旅游节进行宣传报道。在旅游节开幕之前，向东和陈小洪再次赶往北京，在人民大会堂召开了隆重的新闻发布会，向50多家中央和地方媒体发布了有关"首届中国·右玉生态健身旅游节"的新闻，陈小洪还接受了多家媒体的采访。可以说，在旅游节开幕之前，向东和陈小洪已经造足了声势。

最后一个环节，是旅游节的接待工作。

右玉历史上头一次举办这种大型节会，没有经验。更重要的是，人气大旺和接待能力不足是不可调和的矛盾。头一次办旅游节，首要的是人气。没有人气，右玉的名头就响亮不起来；没有人气，右玉就宣传不出去；没有人气就是失败。向东在旅游节全县动员大会上，要求县直各单位都把上级对口单位邀请来，市里的、省里的、省外的，亲戚朋友都可以邀请来。向东号召大家"人人为右玉拉客人，长人气"，让尽可能多的人来右玉、看右玉、宣传右玉。可是右玉的接待能力却远远不够。当年，右玉县像样的宾馆只有绿洲宾馆和玉林苑，总共也接待不了200人，连参加赛事的运动员和邀请来的有关领导都接待不过来。县里的其他小宾馆也就三五家，全算在接待计划里也不够用，何况四面八方的游人散客呢？有人主张，头一次搞旅游节，规模小一点，人少一点，等有了经验和实力，再搞大规模的。向东却坚定地说:"不,人越多越好。正因为是第一次,人多才能气旺,才能起到宣传右玉的作用。不管有多少人,我们都要想办法接待好。任何时候,办法总比困难多。一个困难,我们可以想十个办法来对付它。"

别人都想不出好办法来,可向东有向东的绝招。在动员大会上,他提出一个大胆的设想,把机关干部的家搞成家庭接待站,用于接待各自上级单位的受邀人员。他号召所有的干部把家里收拾得干干净净,腾出一间来做客房。这是很有效的一招,县里有几百名干部,每家腾出一间房子来,就是几百间。接待能力瞬间大大提升。大家都不禁为向东这个主意叫好。

一切准备就绪,就等着旅游节的开幕。

2005年7月16日,"首届中国·右玉生态健身旅游节"隆重开幕。

这次盛会的巨大成功,超出了右玉所有人的预料,也超出了向东和陈小洪这两个设计者的预料。"两会"期间,有2000多人参加了开幕式演出,4万多名观众现场观看了演出,各类参加演出的文艺团体达到42家,来自全国15所高校的大学生和全国21支独轮车代表队参加了比赛,新华社、《人民日报》、中央电视台、《光明日报》、凤凰卫视、山西电视台等50多家媒体的100多名新闻记者采访报道了这次旅游节的盛况。参加开幕式的除了体育总局和省、市领导外,还有世界著名登山英雄屈银华、奥运冠军莫慧兰等体育界人士,以及来自企业界的著名人士等。旅游节期间,来自北京、四川、上海等地的客商云集右玉,寻找商机,全县大小宾馆、饭店爆满,就连邻县左云县的宾馆在旅游节期间入住率都达到了90%以上。右玉的大小饭店生意火暴,许多饭店门前的客人排起了长队。当地商店的一些土特产品脱销。参观旅游和从事商贸活动的人数,每天平均上万,全县经贸交易量达到了30多万元。这次旅游节取得了丰硕的成果,为右玉以后旅游产业的发展开了先河,拓宽了思路,打下了基础。

2006年8月,"第二届中国·右玉生态健身旅游节"再次成功举办。这届旅游节还举办了"2006联合会杯山西右玉全国汽车短道拉力赛"。从不开车的赵向东,系上安全带,亲自驾驶赛车上了赛道,体验了一下这种时尚运动的滋味。向东这样做,是要用一种姿态告诉右玉人,汽车是一种未来的时尚文化,要崇尚先进、崇尚未来,要勇于改变自己落伍的观念。这届旅游节,仅杀虎口旅游区的游览人数就超过五万。2007年9月,"第三届中国·右玉生态健身旅游节"吸引了更多的文化界、体育界、企业界的人士参加。如今右玉已连续举办了五届旅游节,生态旅游已成为右玉一大新兴产业和新的经济增长点。

现在，右玉出名了，不再是过去那个默默无闻，人们听都没听过的闭塞小县了。在朔州采访向东时，他笑着说，他现在是朔州市委常委、秘书长，别人提起来，也就是那么回事，不以为然。可一听说他是右玉的第十七任书记，人们立刻就会肃然起敬，看他的眼神都不一样了。现在的右玉县委书记和县长到省城、到北京，一听说是右玉来的，立刻会受到尊敬和热情接待。那种在省城办事还要挨训的事，再也不会发生了。他们这些书记和县长，都因右玉而尊贵了……

六

旅游热、右玉热，汽车大赛、摩托车大赛等等，都没有使向东忘记根本的一条：生态建设是右玉最重要的发展之本。没有生态建设，右玉就什么都没有。赵向东说，树，是右玉的根本，是右玉得以生存和发展的本钱。生态建设，是右玉的立县之本。

2006年至2007年，这是右玉历史上生态建设规模最大、力度最大、成效也最大的两年。

2006年4月，山西省六大造林工程启动会议在山西晋城召开。山西省副省长梁滨在大会上作动员报告，六大造林工程在全省全面铺开。而此时，右玉县委和县政府已经拿出了2006年的造林规划，其中许多思路都与晋城会议的精神相吻合。会后，赵向东和陈小洪决定抓住省政府提出六大造林工程的契机，抓住国家政策和资金向生态建设领域倾斜，而右玉又是生态建设红旗县这一历史机遇，快速发展，打一场生态建设的大战，把右玉的生态建设提高到一个新的层面。

右玉南部地区以元堡子乡为主的一些煤炭生产区，一直是右玉绿化薄弱地区，右玉县委、县政府提出要依托生态建设项目的实施，抓好南部生态薄弱地区绿化覆盖，东、西部山区小流域治理，交通沿线绿化延伸，景区景点美化提升和城镇村庄绿化普及，着力构建多层次、多功能、立体化、网格式的生态结构体系，进一步增加植被，提高林草覆盖率。在实施中，做到点、线、圈、面四个结合。"点"即景区景点，"线"即通道绿化，"圈"即环城生态圈，"面"即大地绿化。他提出要做到景点上档、通道环彩、环城添景、大地增绿。按照他和陈小洪的思路，按照右玉县委和县政府的总体规划，全县铺开十大绿化工程，即李洪河流域生态建设工程、县境通道绿化工程、通村公路绿化工程、南山森林公园生态绿化工程、杀虎口景区绿化工程、城市绿化工程、退耕还林工程、苗圃建设工程、小流域治理工程、新农村绿化建设工程。其中李洪河流域10万亩生态建设工程涉及元堡子镇和白头里乡两个乡镇九个村，主干道路绿化30公里，林道绿化54.7公里。绿化工程不仅种松树、杨树、云杉等针、阔叶树种，还要种植花草、灌木。工程区域内退耕还林按照"1+1+9"的模式，栽植1行沙棘、1行柠条、9行紫花苜蓿，实施了林草间植、乔灌混种。

这十大工程，在2006年全部完成。时任山西省委书记张宝顺、省长于幼军等领导先后到右玉视察指导工作，对右玉的绿化工作给予了高度评价，并决定2007年的六大造林现场会在右玉召开。这对右玉来说，又是一次重要的机遇。赵向东决定要抓住这次机遇，使右玉的生态建设再掀一个高潮、再上一个台阶。

于是，他主持召开了全县"迎接全省六大造林绿化现场会动员大会"。此时，距全省造林会议的召开已不足四个月了。向东在大会上提出苦干三个月，让右玉"通道焕彩，身旁增绿，环境添美"，让右玉更亮丽。

一场全民动员的大会战开始了。从通市路的入口到小南山，上、下吴，四、五道梁，大南山，再到贾家窑山，到处都是红旗和人海。全县调动了七个乡镇，上万名村民及机关干部，在100余公里的工地上摆开了战场。所有参与大会战的干部群众，都干在工地上、吃

风从塞上来

在工地上、住在工地附近的村子里，全部投入到义务植树的行列里。最远的村庄距离植树工地有60余公里，最近的也有六七公里。每天机关干部自带干粮，村民们每人每天发放三包方便面当作午餐。书记和县长亲自带头上工地，所有干部一律不准请假、不准缺勤。

整整100天，整整一个春天。

负责指挥通道造林绿化工程的常务副县长兰成国回忆说，那年春天，仅是发放给参与植树的村民的方便面，就花费了25万元。然而，这25万元的方便面，对每个村民来说，仅仅是每天三包充饥的午饭或干粮。在国家早已经取消了"义务工"的今天，右玉的老百姓没有要求政府给一分钱的补偿，全部是义务劳动。

赵向东感慨地说："右玉老百姓最听党的话，60

年来跟着党,党叫干啥就干啥。右玉人民群众在右玉县委的领导下,坚持了三个不变:一是60年坚持绿化的信念不变,艰苦奋斗,久久为功。二是60年来艰苦奋斗的精神不变。其他地方,同样的条件下,结果却截然不同。右玉真正是干出来的,是奋斗出来的。每年右玉投入的资金要比其他条件好的县市少几千万元,但右玉生态建设和绿化的力度一点不比其他地方差。三是右玉60年来干群鱼水关系不变。党和政府有号召、有号令,群众有干劲、有行动。工地上,干部群众分不清,每次大会战下来,群众脸有多黑,干部脸就有多黑。凡是在右玉工作过的老书记,直到今天,右玉群众心里都记着他们,都很怀念他们。"

从小南山到贾家窑山以及李洪河流域,工程距离有100多公里,开车需要走三个多小时。向东书记和小洪县长,还有常务副县长兰成国,他们每天都要沿着工程全线检查一遍。不要司机,不带秘书,陈小洪自己会开车,拉着向东和兰成国,三人走到哪里,随时停下来现场指挥、现场办公,有问题现场拍板决定。那些日子里,向东和小洪基本上十天一个现场会、观摩会,五天一个现场办公会。他们天天在工地上,只要有一点空闲,向东就拿出随身携带的铁锹,和干部群众一起挖坑植树、挑水浇树。全县共分七大战区,每个战区都有一名县委常委或副县长负责包片。除了检查和现场办公,向东大部分时间就在自己负责的片区里植树。他的两只手和普通村民一样,磨起了血泡和厚厚的茧子。春寒料峭,寒风中和他握手的人,没有谁相信这满是血口子的一双手会是县委书记的。

2007年,右玉恰逢罕见的大旱,一个春天不见降雨,全年降雨量只有207毫米,给植树的成活率造成困难。高家堡等乡镇的水位降低,有的地方水浇下去,一眨眼就渗得不见影了,要浇十几次才能保证树苗的成活。为保证种树的成活率,县委、县政府把全县的大小车辆全部集中起来,用于拉水浇树。一次又一次的浇水,有的地方浇水多达十几次。这一年虽然经历了罕见的大旱,但植树成活率却高达95%。向东感叹地说:"这一年,是没有见过的大旱,没有见过的大干,没有见过的成活率。"

从2006年冬到2007年春,右玉投入上万劳动力,完成100多公里的通道绿化,植树410余万株,相当于最近三年植树造林的总和。与此同时,右玉还完成了杀虎口东山、长城沿线三万亩的绿化。植树造林的同时,林木管护也同步进行。为防止牲畜啃树毁树,所有林木周边都拉上铁丝围栏。树种到哪里,围栏就围到哪里。至此,右玉把所有的林区和景区都连成了片,完成了数百公里的通道绿化工程。植树造林的面积和数量,相当于过去十多年的总和。

2007年8月23日,山西省六大造林绿化现场会在右玉召开。

这次现场会,全程始终有一个感觉主导着来自全省各地(市)、各县(市)的所有与会者,那就是"震撼"!在塞北这块大地上,在这个国家级贫困小县里,在这个自古以来风沙肆虐的风口地带,右玉的森林、右玉的植被、右玉独特的生态风光、右玉的蓝天白云,甚至右玉的道路,都让与会者震撼不已。时任省长于幼军称右玉是"塞北高原上的生态奇迹"。许多与会者称右玉有着"异国风情",是中国的"北欧",是最具唯美自然风情的"阿尔卑斯"。当然,最大的震撼,还是来自于右玉58年来,在如此恶劣的环境中,坚持不懈,艰苦奋斗,一任接着一任干,创造了塞北高原的"生态奇迹"的右玉精神。

七

"好人有好报",这是一句老而又老的俗语。2007年11月,向东到晋城参加一个全省会议,途中遇到意外,他坐的车发生了车祸。车子损失严重,几乎完全报废。看到车子损毁的程度,没有人相信车内的人会安然无恙。可奇迹却出现了。坐在车内的向东仅仅受了点皮外伤,最严重的也就是脑部受到震荡,连普通的骨折都没有。消息传到右玉去，右玉的老百姓都说："真是好人有好报，向东书记这样的好人，连老天都护着。"网络上、右玉贴吧里，关心向东的帖子铺天盖地，许多人都在打听向东书记的伤情，许多人在传递着向东书记大祸无恙的消息。还有更多的人发帖子祝福向东书记早日康复。向东是在一个月后回到右玉的。当他打开电脑，看到右玉贴吧里那么多关心、祝福他的帖子时，非常感动，也非常欣慰。他想起了那句歌词：天地之间有杆秤，那秤砣是老百姓。

在家休养了一个月，向东第一次出门参加社会活动，是参加"山西记忆十大新闻人物"的颁奖晚会。这是一个很隆重的仪式，向东和右玉之前的十七任县委书记一起，被评选为"2007山西记忆十大新闻人物"。他作为十七任书记的代表，要出席电视台的颁奖晚会。这时候，向东的伤还没有完全好，但这次隆重的颁奖晚会，他还是决定要参加。这不仅仅是他个人的荣誉，更是山西省委、省政府和全省人民对"右玉精神"的肯定，对右玉人民的肯定。他必须去参加。

这是他一个多月来第一次出门。他找了家理发店，先把一个多月没有理过的长长的头发理掉，把自己收拾得干干净净，又找来一件西装，系上领带，把自己收拾一番。他要代表的是右玉的形象，也是右玉精神的形象，他不敢有一点含糊。

在这次晚会上，向东代表右玉的十七任县委书记，发表了获奖感言。

他说："右玉县十七任县委书记当选'2007山西记忆十大新闻人物'，是对右玉长达半个世纪绿化接力赛的肯定和鼓励。一任接着一任搞绿化是一场没有终点的接力赛。立足新阶段、新起点，我们将按照十七大建设生态文明的要求，继续发扬艰苦奋斗的优良传统，咬定绿化不放松，植树造林不停步，将这场神圣的接力赛一任接一任、一代接一代传递下去，不断加快富而美的新右玉的建设步伐。我也相信，今后的接力，将会更加精彩！"

掌声，雷鸣般的掌声，代表了全体观众对右玉精神的赞颂。

八

2008年4月，朔州市委派人考察县长陈小洪。向东知道自己就要走了，就要离开右玉了，他的心里有一种说不出来的滋味。一种特殊的感觉紧攥住他的心。他忽然感觉到，他是那么的舍不得离开右玉。他明白自己对右玉已经产生了无法割舍的情感。一年一度的春季造林开始了，向东显得有些沉默，他不似往年那么显得激情似火。他默默地握着铁锹，狠狠地挖着树坑，一丝不苟地栽着每一棵树，压树、填土、夯实，浇上水，再填上一层干土，防止阳光把水分晒干，然后再把树苗扶扶正，不让它有一丝歪斜。他默默地做着这一切，似乎心思全放在了栽树上。那一个上午，向东一个人就栽了24棵树。他自己没有数过，这是后来秘书告诉他的。

一旁同样握着铁锹植树的陈小洪，当然知道向东书记心里在想什么。这个性格开朗、高大俊朗的年轻县长，看了看默默植树的向东，似乎想说一句什么笑话，活跃一下气氛，但张了张口，最终还是没有说出来。因为他知道，此刻的向东书记，心里那种难以名状的情绪，不是一两句笑话能够解开的。四年了，他和向东共事四年，向东不仅仅是一位领导，更是他的老大哥，和蔼可亲，平和好处。向东务实精细的作风，让小洪学到了很多。他们俩共事四年，没有因为任何事发生过争执，相处得像兄弟、像朋友。四年了，说实话，他也舍不得向东书记。但他知道，向东书记该走了，他在右玉七年了，舍弃了很多东西，向东书记是高升，他应该替他高兴。

植树的机关干部们都下工了，向东没有走，他朝那座叫做四道梁的山坡上走去。陈小洪跟在后面走了上去。

向东指着四、五道梁，对陈小洪说："县城周边要尽快连起片来，东南面、西南面，这两边要抓紧绿化的速度，要让县城整个包围在一片绿荫中，让来右玉旅游的客人不管走到哪里，整个环城就是一片森林、一片绿。"

陈小洪点点头，两人一起规划着小南山到四、五道梁的环城绿化。向东知道自己没有时间来实现这些规划了，他能做到的就是尽量地帮助小洪这个即将上任的新书记，提点思路，提点设想。他记起他刚到右玉时，也是一个植树的季节，他跟着高厚书记跑山走梁、爬坡下沟，规划着大南山到贾家窑山的植树方案，不到一个月就开始了秋季植树。想不到，如今就要离开了，还是在种树。他感觉他真的和树有缘。

2008年8月，向东调离右玉。临行前，在全县干部大会上，向东面对着右玉的数百名基层干部，流下了泪水。他舍不得右玉，舍不得他曾付出七年心血的这块热土，舍不得一起共事四年，团结得像一个人一样的班子成员，舍不得曾经跟随他在这块土地上洒下无数汗水的基层干部们，舍不得这块土地上勤劳善良、吃苦耐劳的右玉人民。这是一块特殊的土地，这是一群特殊的干部，这是10万特殊的人民。他和他们一起，创造了右玉的生态奇迹，创造了右玉美好的今天。同他刚到右玉时相比，如今的右玉，县财政收入已经翻了几番，人民的生活有了明显的改善，城市建设有了天翻地覆的变化。这是他感到最欣慰的。他有一个团结创业的班子，有一个务实能干的小洪县长，有一批好下属、好干部。他既感到欣慰又感到难舍……向东声音哽咽着，他说不下去了。台下，数百名干部也是欷歔一片，许多人眼里含上了泪水。向东所讲的一切，正是他们一起走过的历程，他们一起奋斗的经历。他们同他一样，有着难舍难分的情结，他们同样舍不得和他们同甘共苦七年的向东书记。

台上台下泪水肆溢，这是一种感情的自然交融。唯有一起经历过艰苦奋斗、生死与共的战友，才会有这样的感情交融。这样的感情，这样的干群关系，也是右玉60年来所形成的宝贵的精神财富，是右玉精神的一个重要组成部分。缺了这样一种干群关系，右玉精神将不复存在。

　　向东走了。他走得一步三回头,走得泪眼蒙眬,走得恋恋不舍。

　　背后,送行的群众和干部们成群结队,没有鞭炮,没有音乐,只有难分难舍的目光。

　　向东走了。他的脚步迈得很慢很慢,他的手慢慢地抬起,却又放下。他舍不得说那声再见……

第九章

彩云之南的新娘

一

到大同车站下车时，余晓兰有一种怪怪的感觉。这里和她生活的那个南方小城完全是两种感觉。余晓兰出生在云南开远市，那是一座美丽的南方小城，空气湿润，气候宜人，到处绿树成荫。刚刚20岁出头的余晓兰皮肤本来就好，加上那种气候环境的滋润，清秀的脸庞、红润光洁的皮肤更加显得光彩夺目。从大同车站一下车，她就引来无数的注目。余晓兰偷偷用眼睛打量着眼前的那些男人和女人，发现他们的脸庞都是那样粗糙，黑黑红红的。而刚下车就感觉到那硬硬的风，吹在脸上极不舒服。虽说才是农历的八月出头，可大同的风已经显示出冷硬来了。她以为这就是

风从塞上来
FENGCONGSAISHANGLAI

她要到达的目的地，回头问脚步匆匆往车站外挤去的男朋友小善："咱们要坐几路车回家？"

刚刚从部队转业的男朋友小善，一手拎着一只大包，一手紧拉着余晓兰，边跑边说："快，咱们到长途车站，还要赶车呢！迟了今天就到不了家了！"

余晓兰不由"啊"了一声。

坐了两天一夜的火车，半道上还倒了两次车，才从开远来到山西。从进入山西地界以后，火车又走了十几个小时。余晓兰以为下了火车就可以到小善的家了，谁知却还要赶车。余晓兰不知道还要赶多少路才能到家。她很累，可也顾不上叫累，跟跟跄跄地跟着小善跑着，她已经分不清东南西北了。到了这里，她只有一切听小善的，因为，她发现这里的人说的话，她一句也听不懂。

168

上了公共汽车，颠簸着走了几个小时，到了一个叫右玉的小县城。说是县城，可晓兰看着连南方的小镇子都不如，窄窄的街道不见几个人，连商店都很少看到。下了公共汽车，小善又领着她坐上一辆三轮车。一路上，那风沙打得人眼睛都睁不开。余晓兰不明白，这儿的风怎么会这么大，风里为什么会有打得人脸上生疼的沙子。在云南，她从不知道风里会有沙子。余晓兰只好用衣服将自己的头蒙上，像乌龟缩进壳里一般缩进衣服里。

在三轮车嘣嘣嘣的跳跃中，五六个小时后，余晓兰终于来到了一个叫南崔家窑的小村子里。一座破旧的土房的门口站满了迎接他们的当地村民。余晓兰看到他们一个个都是黑黑的脸庞、粗粗的手脚。小善说："这就到家了，快进屋吧！"

村里的大嫂们一边用奇异的眼光打量着余晓兰，一边指着面前的房子说："这姑娘真好看，快进屋里！快进屋里！"

余晓兰迟疑着，她迟迟不敢迈出脚步。眼前那低矮破旧的小土房子，连门窗都是破烂的，就是小善的家？她不信。这样的房子能住人？这一定是村里养牛养猪的地方。她想一定是村里人在和她开玩笑，在恶作剧，把她当新媳妇闹了。

小善说："这就是咱家，快进去吧！"

余晓兰这才确信她没有听错，这就是小善的家。

这天夜里，余晓兰和小善还有小善的父母同睡在一盘大土炕上。那种怪怪的感觉让晓兰一夜没有睡着。她想象不出来，小善怎么会生活在这样的一个地方，生活在这样的一个家庭里。她，一个未过门的儿媳妇，却要和公公婆婆睡在同一盘炕上。这炕很大，因为还没有烧热炕，只铺着一领草席，夜里身子底下凉乎乎的，还硌得慌。

晓兰这时候才弄明白，小善的家里有兄弟三人，因为穷，老大一直没有娶上媳妇，只有老二成了家。家里房子太小，晓兰只能和小善的父母同挤在一盘土炕上。晓兰想，一辈子就住在这样的地方，我受不了。第二天一早，晓兰就提出她要回老家。

小善不让,小善拦着她,坚决不让她走。小善说:"我们好了三年了,如今我是带你回来结婚来了,你咋就能说走就走?你走了我怎么办?难道你不爱我了吗?"

晓兰无语了。她爱小善。因为爱,她不顾父亲的强烈反对,不顾已经失去妻子的父亲承受再失去女儿的痛苦,毅然决然地跟着小善北上来到山西,来到这个叫右玉、叫南崔家窑的小山村。可是,这样的地方,太可怕了,她无法想象她以后就要生活在这里。

晓兰说:"我爱你,可我不爱这个地方,不爱这个家!"

小善说:"你当初说过,你愿意跟着我,不管吃什么苦,受什么罪,你都愿意!难道你现在说话不算数了?"

晓兰再次无语了。

晓兰在认识小善之前从没有谈过恋爱,小善是她的第一个男朋友,也是唯一谈过的男朋友。说起他们的相识相爱,其实非常简单,一点也没有浪漫或者传奇色彩。三年前,19岁的余晓兰师范毕业后在家待业。晓兰母亲去世早,父亲上班,两个姐姐也上班,每天到菜场去买菜、做饭、收拾家务的事就落在她头上。在菜市场,晓兰认识了当地驻军的一个司务长。在炊事班当兵、常跟随着司务长买菜的小善,时不时地帮助晓兰拎个菜、拿个东西什么的,后来司务长就有意撮合他们俩,主动给他们俩牵线搭桥。小善也很主动,常常趁晓兰父亲和姐姐们上班时跑到晓兰家里,帮着晓兰拖拖地板、抹抹桌子,干点体力活。就这样,小善走进了晓兰的生活。两人谈恋爱后,小善的朴实热情、乐意帮人,使晓兰越来越喜欢上了他。小善服役期满要复员回家,两人决定到山西来结婚。尽管晓兰的父亲坚决不同意,尽管晓兰的两个姐姐轮流日夜相劝,晓兰还是很坚定地跟着小善走了。虽然小善原来也说过他的家乡很穷,他家里也很穷,但晓兰没有想到,他会生活在这样一个环境里,他家里会是这样的穷。从小到大连开远市都没出过的余晓兰,不知道中国竟然还有这么穷的地方,还有这么穷的家庭。在她的感觉里,这里简直还处于原始社会，通往这里的只有一条土路，电也没通，夜里黑乎乎一片。说实话，她一来就傻眼了。

面对这样的窘境，余晓兰有点不知所措。不说后悔，可她无法面对这样的现实。小善很怕晓兰真的走了，他寸步不离地跟着她、哄着她，述说着他们在一起三年时间的恩爱。晓兰的心软了。

余晓兰是个重情意的女孩子，尽管面对的现实很残酷，尽管她知道今后的生活会异常艰难，但她最终还是选择了留在山西右玉南崔家窑村的这个家里。半个月后，晓兰和小善举办了婚礼。那是个极其简单，简单到令人心酸的婚礼。小善的父母请来几个亲戚吃了一顿油糕，给新夫妻缝了一床新被子，又送给他们一床旧被子。没有任何仪式，把铺盖给他们合到一起，就算是结婚了。结婚那天，婆婆给了晓兰10元钱，算是给儿媳妇的见面礼。晓兰不想要，可亲戚们都劝她接着，说这是应该的，是礼俗。于是，晓兰接了过来。

"你10元钱就买了个新媳妇！"这是晓兰后来和小善开玩笑时常提起的。

那是1989年的秋天。22岁的云南姑娘余晓兰成了山西农民小善的妻子，落户在右玉县的南崔家窑村。新房是一间院子里刚搭起来的小偏房，屋里只能盘下一床土炕。当了新娘的晓兰连一件新衣服都没有添，新婚礼服就是她来山西时穿的那一件黑色外套。

20年后，我在右玉采访到余晓兰时，她已经是右玉的名人了。她因为种树，因为承包治理荒山，连续当选中国共产党第十六次、第十七次全国代表大会代表，还当选全国劳动模范，获得过全国妇联和林业部颁发的"三八绿色奖章"、全省"十大新闻人物"称号等等。

采访中，她给我说过这样一句话。她说："我这人干什么事都认真，包括谈恋爱。说过的话就要做到，承诺了就要兑现。为人处世总怕别人受委屈，所以就总是委屈自己。我这一辈子都是在委屈自

己。"

余晓兰这番话是真实的,她怕小善受委屈,就选择了委屈自己。她说,如果那时候她走了,以小善的家庭情况,很可能就得打一辈子光棍。

晓兰是善良的,她也是坚强的。虽然选择了留下,但她却没有选择放弃自己追求的生活。结婚那天她就想,我不能一辈子生活在这样的穷苦中,我要改变这个家庭,我要改变这种生活,我要让小善跟着我一起改变。

二

新婚的余晓兰没有想到的是,右玉南崔家窑的实际生活,比她想象得还要苦。晓兰是南方人,她要吃大米,可南崔家窑只有莜麦和山药蛋。她吃惯了大(猪)油,可南崔家窑只有胡麻油。每到吃饭的时候,她一闻到胡麻油特有的怪味,就会把所有吃下去的饭全都吐出来。而且,村里的人从不吃菜,晓兰是没有菜就吃不下去饭,每天都感觉饿得慌。村里连买菜的地方都没有。村里人到城里去,要走40多公里路,一天都回不来。村里不通公共汽车,出行时人们就赶驴车。每家都种着七八十亩或上百亩土地,可是居然年年粮食都不够吃。这与晓兰在开远市的生活真的是天壤之别。

余晓兰觉得不能这样子生活，结婚没几天，她就在窑门前的空地上垦地。小善问她垦地干什么。晓兰说种菜。村里人都笑话她，说这云南新媳妇就是和人不一样，刚过门，就开地要种菜，看把她能的！

可是没有几个月，晓兰的菜园子果真开始有收获了。她把种出的各种时鲜蔬菜分送给邻居们，让全南崔家窑村的乡亲们都尝到了新鲜。村民们就说，这南崔家窑村果真出了能人了！老善家娶了个不光好看，还能干的云南新媳妇！

新婚后的晓兰决心要改变这种古老贫困的生活，她向小善提出来，搬到山下的右卫镇里去住。小善不太想去，他虽然当过几年兵，可思想一点也不开放。他觉得到镇上去住不同于在山上，要租房子，要买菜吃，一切都要花钱。而他家最缺的就是钱。

晓兰说："钱我们可以赚，我们可以做生意！"

小善说："做什么生意？做生意要本钱，再说我也不会做生意。"

晓兰说："我想要吃大油，不行我们就杀猪卖肉。杀猪的本钱不大，杀一头卖一头，能赚点生活费，我还可以吃上猪油。"

为了让妻子吃上猪油，小善咬咬牙，决定听晓兰的。结婚几个月后，小善就搬了家，在右卫镇外头租了一间便宜的平房，在院子里垒起了大锅灶，设起了杀猪的摊子。每天天不亮就起来，小善管杀猪卖肉，晓兰负责洗猪下水。虽然辛苦一点，可是生活还是改善了许多。镇上可以买到大米，还有大油吃，晓兰的心情慢慢好了起来，脸色也好看了许多。两人杀了一年猪，手里就有了一点存款。虽然不多，可是小善却很满意。有了一个好妻子，还可以买菜吃，还有猪油吃，更可喜的是，晓兰怀孕了，他很快就要当上爸爸了。小善觉得，这就是传说中的幸福生活了。

可是，余晓兰却不满意。她想要的生活不是这样的。她要的是更为理想的生活。生下孩子才几天，晓兰从小善拿来包猪肉用的一份报纸上看到一则消息，说人工种植蘑菇可以快速致富。她立刻把报纸上的地址记了下来，然后她要小善去学习食用菌的种植技术。小善不想去，他还想继续杀猪。虽然辛苦，虽然赚不了多少钱，但生活却可以无忧。他说："种这东西往哪儿卖？右玉人连菜都不吃，哪还吃这东西？"晓兰不信，食用菌是一种对人体有益的健康食品，是新型蔬菜，右玉人为什么不吃呢？难道就一辈子杀猪卖肉吗？晓兰不想小善这么辛苦却赚不到多少钱，她想找一条新的出路。种植食用菌是新鲜事物，如果发展好了，一年可以抵几年杀猪赚的钱。小善不想去学习，晓兰就和他吵、和他争、和他赌气。小善没法，只好揣着一点学费，到大同的一个食用菌培训班去学习。只有小学三年级文化的小善，杀猪没觉得什么，可学习让他头疼。学了几个月回来，他连最基本的原理都没弄懂，只学会了种植食用菌的程序。夫妻俩在家按小善说的方法试着种，结果都以失败告终。晓兰不服气，买回来几本食用菌种植方面的书，自己边看书边研究，边琢磨边试验，结果竟然成功了。小善看着晓兰，心里觉得很惭愧，自己花了那么多时间和学费，都没有学会，而晓兰看着书就学会了。他觉得晓兰太能干了，就决定听晓兰的，开始种蘑菇。

余晓兰把乡政府一间闲置的库房租了下来，两人开始种植蘑菇。起早贪黑，辛辛苦苦，几个月过去后，蘑菇开始出产了，每天都可以出到100多斤。晓兰高兴极了，这样高的出产率，如果全能卖掉，每天卖蘑菇的收入可以抵上杀10头猪。她把蘑菇担到右卫镇上去卖，坐上客车到县城里去卖，结果却出乎意料。这次真让小善说对了，右玉人连菜都不舍得吃，更别说昂贵的食用菌了。街上的饭店里也很少要，因为没有人点这道菜。每天产出的100多斤蘑菇，连一半都卖不出去。晓兰这回有点傻眼。小善也埋怨，晓兰心里知道理亏，她按他们南方的思维方式来做事，不适应右玉的实际情况了。但是停也停不下来，只好硬着头皮继续种下去，卖一点是一点。这样断断续续坚持了一年多，直到1994年。

有一次，余晓兰回南崔家窑村看望有病的婆婆，回来后忽然对小善说，咱们搬回村里去住吧。这回轮到小善吃惊了。当初可是晓兰要下山的，怎么这回她反而要回村里去住？原来，这一年，右玉县开始实行荒山拍卖和承包治理。晓兰在镇子上看到过县政府贴的布告，起初她没有太在意。这次回到村里去，看到村前河滩里那一大片荒滩，晓兰忽然动了心思。她想要是把这一片荒滩承包下来，种上果树，三年两年一挂果，收入不就来了？这几十亩荒滩开垦出来，能种多少果树，一年可以收入多少钱呢？政府正在号召治理荒滩荒山，政府支持的事，肯定好办。再说，右玉需要植树，不管是经济林还是成材林，都是改善环境的，于公于私都是好事。于是晓兰就想到要回村里去承包荒滩种果树。

晓兰把这想法给小善说了，小善不同意。他在镇上住习惯了，不愿意再回到那偏僻的山村里去。他说："那荒滩都荒了几百年了，凭你能治理得了？这地方种果树就种不活！"

晓兰是个柔弱的女子，可她的性格却是倔强的。她认准的事，就一定要干成。

晓兰说："你不同意我也要承包。你不同意，我一个人搬回去住！"

小善没法，只好跟着晓兰又搬回南崔家窑去。

晓兰承包了村前那片河滩，大约有30多亩地。她领着小善，把河滩里的石头一块块地搬运出去。有的石头太大，卧牛一般横在那里。晓兰就找来炸药，和小善一起将石头炸开，再一块一块搬运出去。河滩里的土太薄，不适宜树苗成活，晓兰就从别处拉来一车车的土，垫到河滩里去，整出一块块地。整整一冬一春，晓兰的手上全是血泡和血口子，原先白白净净的一双手，现在粗糙得像是毛刷子。凭着这股子倔强劲，晓兰硬是把一片荒滩变成了土地。晓兰把这几年攒下的钱拿出来，去买了果树苗，然后领着小善在河滩里种树。一棵一棵地种，然后又一棵一棵地浇水。河滩里没有水，她就在河滩里打了几眼旱井。天下雨就把雨水积起来，然后用水泵抽水浇树。天旱的时候旱井里没有水，晓兰就去很远的山底下挑泉水。一担一担地挑，一棵树一棵树地浇。在晓兰的精心呵护下，果树很争气，全部成活了，而且茁壮地成长着。

　　南崔家窑村的荒滩变成了一片果园，种树的是一个云南来的媳妇。这一消息在右玉传了开来，引起了乡里和县里领导的重视。县委书记师发和乡里的主要领导都来到南崔家窑村，对余晓兰承包荒滩种果树的行为大加赞赏。师发书记表示县里和乡里都要大力支持。这一年，晓兰被县里推举为植树模范，而且成了一名光荣的共产党员。余晓兰，这个来自彩云之南的新娘，第一次走入右玉公众的视野之中。

　　苹果树第三年开始挂果。一开始，密密麻麻的果子很是让余晓兰高兴。都说功夫不负有心人，尽管吃了很多苦，流了许多汗，但如今总算是挂果了，再有几个月就可以收获了，晓兰心里甭提有多高兴了。30多亩果子，可是一笔不小的收入。但是，事情总是出人意料，老天似乎专门和余晓兰这个弱女子作对。等到秋后，眼瞅着霜降就要到了，天气一天比一天冷，可是树上的果子呢，不长不红，仍是青涩一片。晓兰不知道什么原因，急得嘴巴里起泡。到县里请来果树专家才找到原因，原来右玉的无霜期太短，南崔家窑这地方地势高，气候更凉，果子根本就成熟不了。

　　青涩的果子卖不出去，三个春冬的辛苦白费了。小善又开始埋怨晓兰，说当初不听他的劝告。晓兰一个人伤心地跑到沟里去哭。哭完了，从沟里出来时，晓兰就把眼泪擦干了。她决定还要继续干下去。她知道，她一辈子生活在这个地方，只有干，才能生存，只有不屈不挠地干下去，生活才能有改变。

　　小善劝晓兰算了，还是下山去卖肉吧，稳妥。晓兰说不，她认准了，在山下不是长久之法，她还要种果树，她要找一种长久的方法来改变生活。

晓兰听说当地山上有一种叫"山顶子"的树，很耐活，成熟期短，只是结出来的果子不好吃，晓兰就想到用"山顶子"的根和苹果树嫁接的办法，提高成活率和提早成熟期。村里人都认为余晓兰是异想天开，小善也觉得晓兰的想法有点荒唐。当地人老几辈子，就没有人做过这事，但晓兰决心试一试。于是，她每天跑到山上去，采回"山顶子"籽，自己育苗，又买回来果树嫁接方面的书，自己看书，自己嫁接。为了保证成活率，她把每一棵树的土都要重新换掉。从育苗到嫁接，到栽培，到挂果，前后用了五年的时间，终于成功了。嫁接后的果树果然提前成熟了，晓兰的辛苦终于有了收获。到了果子成熟的季节，晓兰把收获到的第一筐果子，分给村里的乡亲们。村里人第一次吃上本地种的杏子和苹果，觉得稀罕极了。他们用一种佩服的眼光看着这个来自彩云之南的老善家的媳妇，觉得这个南方媳妇能干、聪明。当地人生活了几辈子，怎么就不知道可以嫁接果树呢？

在种果树的同时，晓兰还在村里养牛、养羊，还养了几头大猪。她很勤劳，也很勤奋，每天当村里人猫在大太阳底下晒暖暖的时候，晓兰却在辛苦地为羊和牛储备着饲料，为果树挑着牛粪、羊粪。

家里渐渐有了积蓄。1997年夏天，右玉发生了罕见的暴雨，晓兰住了几年的小偏房让雨水给冲垮了。晓兰扒掉了旧房子，在村里盖起了一座新房子。那是村里第一座新房子，完全和当地人住的房子不一样。当地人几辈子住的都是那种低矮、窄小、黑暗的小屋子，而晓兰的房子高大、宽敞、明亮，是南崔家窑村最漂亮的房子。

村里的媳妇和小伙子们眼馋了，许多人开始跟着晓兰学养牛、养羊、喂猪、种树。这个来自彩云之南的新娘，用她的不同的思维方式和观念，撞击了当地人因循保守的观念，带动了当地年轻人思维方式和行为方式的转变。

先进人物必有先进的思想、先进的思维、先进的观念。余晓兰后来能成为党的全国代表大会代表，成为全国的三八红旗手，成为全国劳模,成为全国十佳杰出青年,这与她具有开拓型和开放型思维,在当地具有一定的先进性和代表性分不开。

三

余晓兰是个心无止境的人。她又看上了村南的那道将军沟。

这是一道荒山沟,据说因为多少年前这里曾发生过一场战争,有一位将军战死在这条沟里,将军姓甚名谁已无从查考,但村民却一直沿用了将军沟这个称呼。将军沟大约有4000多亩,中间是沟,两面是坡,还有山头。余晓兰看上了这条沟。这是1998年,右玉县政府正在声势浩大地拍卖"四荒",当地人响应的很少,没有人买,价格就很便宜,还可以赊账,可以分期付款。余晓兰动了心思,她要购买将军沟。她找到村里领导,找到乡里领导,说要买下那道将军沟。县里要求拍卖"四荒",可是村里人一直没有报名,村里和乡里的领导正发愁着呢,没有想到余晓兰带头要求购买荒山。乡里领导当即表示大力支持,立刻会同村里的支书、村长,协调各方面关系,要帮余晓兰带个好头,带动村里人都来承包购买荒

山荒沟。当时协议承包50年,一共给村里交1.6万元钱,可以分批分期付款。

以我们现在的眼光看,余晓兰以1.6万元的价格购买了4000亩

荒山荒沟，应该说是价格很低的。可是在当时那种情况下，不要说南崔家窑村，就是全乡，余晓兰也是唯一主动要求购买荒山的村民。全南崔家窑村，就余晓兰这个来自彩云之南的外地媳妇，有这种勇气和眼光。应该说，余晓兰是一个具有超前意识的女子，也是一个很有眼光的女子。

拿出1.6万元钱购买4000亩荒山，小善不同意："那荒山啥时候能见到效益？种树多少年才能有收益？再说，就算你种好了，有一天，政府突然给你没收了，你不就白搭多少年的辛苦了？就算政府不没收，三五十年后这树还是你的，可那时候我们在哪里？前人栽树后人乘凉，小孩子都懂得的道理。等树成材了，我们也老了，说不定都死了。干啥不行，非要栽树？"小善坚决不同意。

晓兰给小善做工作，苦口婆心地给他算账："4000亩荒山全种上树，10年后一棵树卖100元，你算算看，这一坡一沟的树，能值多少钱？现在正是因为村里人都不敢买荒山，政府想让咱们带个头，才这么便宜卖给咱们的，不然再加10倍的钱，政府也不会卖给咱们的。再说了，咱县里植树都植了几十年了，就是因为植了那么多树，咱们右玉现在的环境、气候才好了起来。政府植树是为了让咱们这地方风沙更小一些，庄稼长得更好一些，人活得更容易一些。咱们种树是响应政府号召，也是咱们个人生存的需要。要是咱这里每一片洼、每一道沟、每一座岭全都种上树，不说经济效益，光是生态效应也是值得的哩！就算是为了咱儿子孙子以后不再吃风咽沙，咱也要种树！你说是不是这个理儿？"

小善说："就算你把天说塌下来，就算你把死人说活了，我就是不同意！咱不做这亏本买卖，白搭工夫又赔钱！"

余晓兰说："乡里和村里都说好了，村委会的协议我都签了，你不同意能咋样？"

小善说："我不同意你就干不成！"

余晓兰火了，说："你不同意我也要买！我告诉你，我决定的事谁也阻止不了！当年要是我爸能阻止得了我，我也不会跟你来到山西了！我也不会成为今天你老善家的媳妇了！不管你同意不同意，这荒山我是非买不可，这树，我是非种不可！"

小善也火了，说："你要同意你自己买去，这事和我没关系！钱你自己想法交，树你自己想法栽，反正钱我不会给你一分，树我不种一棵！"

小善说完摔门走了。余晓兰愣在那里半天，眼泪忽然哗哗地流下来。

小善一走就几天没有音讯。晓兰的倔劲儿上来了，小善扔下她负气走了，钱也不留给她，余晓兰想，你不给我钱我会去借，树你不帮我种，我自己会种！第二天，晓兰从亲戚朋友那里借来3000元钱，先交了首期费用。办完了一切手续，又专门请人做了一个规划设计，什么样的地界种什么树，需要种多少棵，需要多少的行距，一切都弄好了，却没有钱买树苗。一棵树苗需要好几块钱，这4000亩荒山要种几十万、上百万株树，晓兰想来想去，靠买树苗是不现实的，要想栽树，就要自己育苗。她去买来油松、樟子松等树种，买来书，边看边学着在自家的田里育上苗。然后就开始在山上挖树坑、预整地。右玉人种树的习惯是，头年秋天挖树坑、预整地，第二年的春天开始植树。晓兰就把坡上的地整成一条条的梯田样子，把坑挖成鱼鳞坑，保墒蓄水，等着第二年春天开始植树。

晓兰每天上山挖树坑回来，浑身累得散了架一般，一动也不想动，刚想躺下歇会儿，孩子们就叫嚷肚子饿了，喊她做饭。晓兰咬咬牙，又站起来去给孩子们做饭。吃过饭洗过碗，晓兰又去喂猪，给羊添草，给牛加饲料，送孩子上学。等这一切都做完了，晓兰又扛着铁锹上山去了。每天都干到天上出了星星才回来。

晓兰喜欢吃大米干饭，为了省下钱来种树，晓兰舍不得吃干饭，就每天喝稀粥。一天三顿，顿顿都是稀粥。活儿重饭稀，又缺肉食油水，没有多少日子，晓兰就感觉自己快顶不住了。她每天早上都感觉到自己起不来，全身没有一丝力气，很累很累。有时候下工回来，躺在床上歇一下，就觉得自己再也起不来了，心跳得很慢，好像就要停了，有时候连气都喘不动了。晓兰真想就这样一下子躺过去，不要再起来了。但是，最终，晓兰还是爬起来了。她硬撑着，给自己烧一碗开水，冲上红糖咬着牙喝下去。不一会儿，她就感觉到自己有了点力气，手有劲儿了，可以握住铁锹了。晓兰扛着铁锹继续上山。有很长时间，她感觉红糖水好像成了她的救命稻草，一觉得没有力气，喘不动气了，就喝上一碗红糖水。这红糖水还真的挺管用。

饿得很的时候，晓兰真的很想给自己焖一碗大米干饭，再烧一碗红烧肉，好好地吃上一顿。可是晓兰知道，那对自己来说太奢侈了。那一碗干饭可以喝好几顿的稀饭，她不能吃。她要把钱省下来种树。此后十几年的时间，痛痛快快吃一碗大米干饭成了余晓兰的梦想。从1994年到2005年，她是靠十几年的稀饭，种下了后来的一万余亩树。

有一天，晓兰从山上回来，还没等做好饭，就感觉头晕、身体虚，浑身软绵绵的一点力气都没有了。她想爬起来，冲上一碗红糖水喝，可是，眼看着桌子上的水瓶就在眼前，却怎么也够不着。那天，小善的家人把她送到医院去。医生一检查，发现她是严重营养不良引起的低血压和低血糖。医生建议她住院，晓兰不肯。医生给她开了点补血糖的药，晓兰就带着回家了。回到家里，晓兰不吭不哈，又扛着铁锹上了山。她依然如故，每天种树不止。

终于有一天，到了吃饭的时辰，晓兰收拾家具准备回家，忽然看到小善提着饭盒上山来了。小善把做好的饭菜放到晓兰脚下，默默地看着晓兰因风吹日晒变得黝黑的脸庞，看着晓兰消瘦疲惫的身体，心头一疼，抢过晓兰手里的铁锹，挖起树坑来。

原来小善回来后看到在他赌气离家的几个月里，晓兰真的一个人上山种了大片的树，他大吃一惊。这几个月他在镇上做生意，生意做得不好，没有赚到什么钱。看到晓兰憔悴疲惫的样子，他又怜惜又心疼，只有发狠地抡着铁锹干活，来弥补对晓兰的亏欠。

晓兰忽然感动了，她说："谢谢你，小善！"

小善脸红了，他感觉到一阵深深的愧疚。他抓住晓兰磨得满是血泡的双手，心疼地说："晓兰，我以后再不让你一个人受苦了，我和你一起干！"

晓兰的眼里涌上了泪水，她突然从背后抱住了丈夫，将脸贴在丈夫的背上，眼泪哗哗地淌了出来。

小善和晓兰一起干了一段日子，小善有点顶不住了，和晓兰商量，不行就雇人帮忙来挖坑植树吧，靠他两个人，什么时候能挖完？晓兰却说："不，现在咱们用钱的地方太多，等以后条件好起来了，咱们再雇人干。现在咱们两个人，能干多少算多少。"

第二年春天，晓兰开始在挖好的树坑里植树。育下的树苗还太小，不能栽种，晓兰用自己从生活费里省下来的钱买来树苗，开始在山上植树。为了保证树苗成活，就得浇水。可是树在山坡上，水却在沟底里。于是，晓兰就一担一担地往山上挑水。山坡很高、很陡，挑一趟水要爬三四里的坡。有时候水挑到半山腰，累得实在不行了，晓兰就放下水桶，拄着扁担站在那里歇一会儿。她不敢坐下去，更不敢躺下去，她知道自己一躺下去就起不来了。她不能躺，她得站着休息。上不来气的时候，她就使劲儿捶胸口，直到捶得自己使劲咳出来，才会感觉呼吸顺畅一些。

就这样，晓兰硬是靠着一股子韧劲和倔劲，和小善两个人，将一冬一春挖的几千个树坑，全部栽上了油松、樟子松和高杆杨树。

几年过来，那道将军沟里全种上了树。放眼望去，一片绿油油的，过去光秃秃的荒山头上绿树成荫，昔日的风沙也不见了踪影。

1998年1月，时任县委书记靳瑞林到南崔家窑村下乡，看到了余晓兰种下的这一片绿荫，看到了这4000多亩将军沟的树，了解到余晓兰从1992年就开始治理荒山、植树造林的事迹，他被深深感动了。他立即指示县里的有关部门，对余晓兰的事迹进行采访和宣传报道，对余晓兰的行为予以鼓励和支持，并将她树立为右玉群众学习的榜样。

四

山坡很陡，余晓兰挑着水桶，一步一步往山上挪动着。虽然右玉的农历四月依然是春寒料峭，但晓兰脸上的汗水却像断线的珍珠一般淌了下来。

她感觉到腰很痛已经有些日子了，挑水上山的时候，腰会忽然间如锥扎般剧痛。一阵子过去，或者稍稍活动一下，便会减轻。疼痛加剧时，她便停下脚步，因为山坡上水桶不能放下来休息，她就让自己的腰尽量挺直，这样疼痛才会减轻。等一阵子，不那么疼了，她就继续挑着水桶上山。这样的往返，她每天都要挑上40余趟。有时候晓兰痛得真想躺下来休息一天，但山上刚植下的树急需浇水，如果不能保证足够的水分，就不能够保障树的成活率。晓兰不能休息，她只能咬牙挺着。她必须保证这树都能成活。不仅是因为种树，还因为要争一口气。因为这是一座晓兰新承包的荒山，为承包这片荒山，小善正和晓兰闹别扭呢。

这一座山的面积有三万余亩，是南崔家窑移民并村后遗留下的荒山坡地，余晓兰这一年春天刚承包了这座荒山。

2001年开始，右玉县委、县政府开始实施"退耕还林还草，移民并村"战略。南崔家窑村属于"移民并村"范围。这个原先路不通、电不通、学校也没有的小村庄，只有20多户人家。政府实施移民并村后，大部分村民都移到了山下的移民新村去住，而余晓兰不仅没有下山，反而趁此机会提出要承包移民并村后退出来的荒山和坡田。南崔家窑村人口少，面积却很大，前后有数万亩的荒山荒坡，还有大片过去属于广种薄收的贫瘠的土地。余晓兰和政府签订了承包协议，承包其中的三万余亩荒山荒田。

这一回，小善说啥也不干了。这余晓兰真是疯了，先前种那4000亩荒山时，费了多大的劲，受了多大的罪啊！人差点没累晕了。为了植树，连大米干饭都不敢吃，喝了几年的稀饭。现在，你名也有了，红花也戴过了，报纸也上过了，电视里也露过面了，人人都知道你是"绿化状元"了，连全国奖章你都得过了，你还要干啥？难道你就要种一辈子树？人活着，除了种树，还有很多事可以干，比如进城做个小生意，供女儿和儿子在城里上学；比如人家都移民到新农村了，咱也可以移民，也可以想法赚钱在城里买套房子，以后让儿女也变成城里人，咱也享受几年生活。人不光要活着，还要生活，难道咱一家人的生活就是种树？儿子女儿以后上大学，能指靠上这些树吗？小善说，咱进城做生意去，那几千亩树就给儿女留着，等他们长大了，树也成材了，他们的生活就可以有靠了。咱们要赚点眼前的钱，为孩子上大学、结婚留点底子。

余晓兰不听，她说小善目光短浅，只认一个"钱"字，不知道还有比钱更重要的。比如这树。这树美化环境的作用，这树天然氧吧的作用，这树挡风抗沙的作用，这树改善生态环境的作用，就不是钱能买来的。而且，这几万亩树要是成材了，你算算看，是多大的经济效益？那可是几百万几百万地计算！况且，这社会效益、生态效益又如何来计算？

小善不算，反正这几万亩荒山要干你干，我是不干了！

两人赌上了气，晓兰咬着牙一个人就干上了，每天独自上山挖坑、种树、浇水。但这腰痛的毛病却是越来越重，一天比一天疼得厉害。晓兰顾不上到医院去看，咬着牙，忍着痛，坚持天天上山干活。

一天，晓兰挑着水桶，强忍着腰痛，一步一步地往山上挪动着。突然，脚一滑，身子一歪，肩上的担子飞了出去。只见两只水桶咕噜噜顺着山坡滚了下去。随之，余晓兰也摔倒在山坡上，同水桶一起咕噜噜地翻滚到山下去。

这一次受伤，让余晓兰原先的腰痛更加严重。她躺在床上起不来了。小善送她到医院去检查了一次，说是严重的腰椎间盘突出症加上腰部扭伤。这一躺就躺了几个月，医生开的药吃了也没有多少效果。她挂念着山上那些树，让小善代她去看看。结果小善回来告诉她，因为天旱，不少树苗都枯死了。余晓兰急得牙龈都肿了，嘴上满是水泡。

余晓兰刚刚能起身活动的时候，就拄着拐杖上山去看树。

她看到春天刚刚种上的树许多都枯死了，干枯的树干像一个个夭折的孩子，尸横遍野。

余晓兰的眼泪哗哗地淌了下来。这是一春天她费了多少心血才种下的树啊！她忍着腰的剧痛挑水，忍着腰的剧痛栽树，每天天亮以前就上山，到晚上看见星星了才下山，连树苗钱都是她从牙缝里省下来的。为买树苗，她舍不得买菜，舍不得吃大米饭，舍不得给自己买一件换洗的衣服，可如今，换来的却是这样的结果。

余晓兰的眼泪忍不住再次滑落。

小善再次劝她："算了，别逞能了。干啥不能活人，非要种树？再要这样种下去，这家非要散了不可。"小善说："我去找政府，咱们把这荒山给他们退回去！"

余晓兰沉默着。

事业的受挫、心灵的受伤，比起身体的疼痛，更让余晓兰受打击。丈夫的不理解和反对，加上久治不愈的腰椎间盘突出，让余晓兰心灰意冷、身心疲惫。就在此时，父亲从云南寄来一封信，要她回云南去治病疗伤。开远的治疗条件比起右玉来要好一些，再加上晓兰的父亲本身精通医道，晓兰决定回云南老家去疗养。

屡受打击心灰意冷的余晓兰决定放弃。不仅仅是放弃植树，而且放弃她的人生追求，放弃她曾经为之献出青春的爱情。等晓兰的腰疼刚刚好一点，能起来活动时，晓兰提出了要回云南老家去。

小善急了，他知道晓兰伤心了，结婚十多年来，他给予妻子的

风从塞上来

除了吃苦受罪，再没有别的了。而妻子除了不断地改变着他们家的生活，改变着他们家的命运，还给他生了一双漂亮可爱的儿女。在这个家里，妻子的功劳是最大的。她不仅每天要干很重的活，而且还很孝敬自己的父母。记得那一年母亲的老寒腿毛病犯了，疼得不能走路，是晓兰让自己的父亲从云南寄来草药，治好了母亲的老寒腿。自从有了晓兰，这个家里的大事小事都靠晓兰做主，自己这个男人反而没有一点主见，家里角色被颠倒了过来。为了植树，晓兰伤的不仅仅是身体，更是心。现在终于有了一个回老家的借口，小善心里没底，他不知道晓兰这次回去还会不会再回来。

余晓兰要走，她执意要回老家去治病。小善想拦也拦不住，于是就一遍遍地问晓兰："那你什么时候回来？你还会回来吗？"

余晓兰说："我不知道，我没想过这个问题。"

余晓兰是真的没有去想这个问题，她觉得这是个很复杂，很费脑子的问题，余晓兰不想去想。她真的很累，她就想好好休息，静静地养伤，让自己尽快恢复起来。

回老家，是心灰意冷的余晓兰现在唯一的选择，唯一想做的事情。

小善真急了。夜里，他给余晓兰跪下，求她留下来，千万别抛弃他们父女。村里人也来挽留，亲戚朋友都来挽留，余晓兰一声不吭。她是个性格倔强的女子，她要走，什么人都拦不住。

晓兰终于走了，她踏上了南下的火车。

车厢里，余晓兰坐在靠窗的位置上，看着窗外一闪而过的景色。右玉离她越来越远，山西离她越来越远。

列车里，一首徐千雅的《彩云之南》在耳边回响：

彩云之南　我心的方向
孔雀飞去　回忆悠长
玉龙雪山　闪耀着银光

秀色丽江　人在路上
彩云之南　归去的地方
往事芬芳　随风飘扬
蝴蝶泉边　歌声在流淌
泸沽湖畔　心仍荡漾
记得那时那里的天多湛蓝
你的眼里闪着温柔的阳光
这世界变幻无常　如今你又在何方
原谅我无法陪你走那么长
别人的天堂不是我们的远方

眼泪顺着余晓兰的脸颊淌了下来。她的心飞回到了彩云之南的家乡。

爸爸，我回来了！晓兰心里在默默地喊着。

余晓兰终于回到她阔别了十多年的家。

这十多年来，不管余晓兰吃了多少苦，受了多少罪，但在家里，在自己的父亲和姐妹面前，余晓兰一直在微笑着，说她山西的家很好，一点也不贫困，而且满山都是树，和云南这地方一样的漂亮；说她自己生活得很好，每天都有大米吃；说小善一家人对她如何如何的好，家里有什么好吃的都是先尽着她吃。

父亲没有说什么，姐妹们从晓兰的微笑里似乎也读出了辛酸和无奈。他们只是默默地看着晓兰。北上时候的晓兰是那么清秀美丽，面庞玉润，身体丰满；如今的晓兰又黑又瘦，年纪轻轻的，脸上都有了皱纹。晓兰在北方过得怎么样，不用说他们已心知肚明。

洗澡的时候，姐姐坚持要晓兰称一称体重。结果姐姐都不敢相信自己的眼睛，晓兰只有不到80斤的体重。而晓兰走的时候，体重是113斤。

姐姐说："回来了就啥也别想了，好好养病。"

父亲说:"回来了就别走了,过些日子让小善把孩子送过来,在这边念书。以后咱们一家人就在一起生活。"

同学朋友都来看望晓兰,看到晓兰憔悴的面容几乎都认不出了。关系好的姐妹就骂她,骂她缺心眼,骂她中了魔怔,跑到那么老远的地方,嫁到那么穷的家里,受那样的洋罪,花容月貌变成了枯萎的野草。

晓兰的眼泪又淌下来了。性格倔强的晓兰那些日子把十多年来没有流过的眼泪都流干了。她不知道自己是怎么了,变得如此脆弱,变得如此没有出息。亲人和朋友的关爱,使她饱受委屈和伤痛的心灵获得了一丝慰藉。

在父亲的精心调理下,晓兰的病情得到有效控制,几个月以后,生活已经完全可以自理了。晓兰的心又开始不安分了,她开始挂念她种下的那些树,那些眼看就成材的树,那些她刚刚种下等着精心呵护的树;挂念着那面数万亩等待治理的荒山荒坡;挂念南崔家窑那个家,家里的亲人和孩子。

就在这时候,晓兰收到一封来自山西右玉的挂号信。

这不是一封普通的挂号信,是来自右玉县政府的挂号信。信是右玉的新县长赵向东写来的,随信寄来的,还有1500元的汇款。

赵向东县长在信中说,余晓兰是全国绿化模范,是全省植树造林的先进典型,是右玉人的骄傲,是右玉人的自豪。听说余晓兰因为植树受伤回了云南,赵县长特此表示一点微薄的心意。其中1000元钱,是县政府给予晓兰的慰问金,500元是赵向东县长从个人工资里拿出来的,表示县长个人对余晓兰的慰问。赵县长还在信中说,希望余晓兰早日康复,早点回到右玉来,继续她的事业。

余晓兰的眼睛湿润了。她忽然间泣不成声。

她很为自己打退堂鼓感到羞愧,为自己放弃人生的追求、放弃自己的事业而羞愧。赵县长的信极大地鼓舞了晓兰,也让晓兰感受到了来自山西的那份温暖。她当即决定立刻回到山西去。

晓兰要回山西，父亲、姐姐、亲戚、朋友、同学、老师，谁都没有能拦住她，谁也没能说服她。就像晓兰回老家时一样，她毅然决然地踏上了北上的火车。

晓兰又回来了，重新回到了她生活了十多年，已经很熟悉的那片土地上，回到了那座她还没有完成心愿的山坡上。回家的第二天，晓兰就扛起铁锹，挑起水桶上了山。她要重新开始，她要一棵一棵地植树，直到把这面山坡全都植上绿色。

做梦也没想到晓兰会重新回来的小善，这次不敢再有任何怠慢，他立刻跟在妻子后面，扛起铁锹和水桶也上了山。从此，这山顶上不再是晓兰一个人孤单的身影，而是两个人共同奋斗的身影。

赵向东县长听说晓兰回来了，赶到南崔家窑的山上来看望她。他看着将军沟那一片长成形的森林，看着村前那片荒滩上长起来的几千亩果树，看着晓兰新承包的这一片荒山，一边对晓兰几年来的努力表示肯定和赞赏，一边帮着晓兰出主意，帮她谋划着荒山治理的科学方案。赵向东县长还对小善说："你要好好爱护晓兰，她不仅是你的妻子，还是咱右玉人的骄傲。"在赵县长的协调下，县、乡、村各级党委和政府开始关注余晓兰的荒山治理，给予了她更多的关怀和支持。政府还帮晓兰协调银行和信用社的关系，帮她贷到了一笔植树的专款。有了钱，晓兰改变了孤军作战的方式，她开始雇佣当地村民帮她挖坑植树，还用上了机械设备。植树的进度大幅加快，成活率也提高了很多。三年多时间，大片大片的树林就把荒山覆盖了一大半。

五

说起余晓兰和山西的缘分，除了小善，还有一个人，那就是山西大寨村的女支书郭凤莲。模样清秀，身材娇小的余晓兰，从小就崇拜女强人，郭凤莲的故事让她很是心仪。小时候她就想，我长大了也要做一个和郭凤莲一样的女强人,要干一番事业,为社会作贡献。对山西,除了小善以外,郭凤莲是她唯一的"认识"。她是在报纸和电视里认识郭凤莲的。没有想到的是,20年后,余晓兰和她心仪已久的郭凤莲果真结识了。那是在全国妇联和林业部共同举办的绿化劳模大会上,报到以后,余晓兰走进自己的房间,看到一个熟悉而又陌生的身影,胸牌上的名字一下子就吸引了余晓兰的眼睛,"郭凤莲"。

余晓兰惊呆了:"您……您就是郭……郭凤莲大姐?"

郭凤莲微笑着说:"我就是,你就是余晓兰吧?"

余晓兰惊喜地说:"郭大姐,您知道我的名字?"

郭凤莲说:"我在报纸上看过你的事迹,你的事迹很感动人,从云南跑到塞北,吃了那么多苦,种了那么多树。刚才在报到处,看到住房名单上你和我是同室,我就等着你来。"

余晓兰没有想到自己从小就崇拜的郭凤莲就在自己眼前,而且还和自己同住一室,并且,她还知道自己的名字,知道自己的事情。余晓兰激动得不知道该说什么好了。

夜里,晓兰和郭大姐一起聊了很久,她把自己从小对郭大姐的崇拜,把自己这十几年来创业的艰难,把自己遇到的困惑痛苦,一股脑儿地倾诉给郭凤莲。郭凤莲以一个过来人的身份,给予了晓兰很多鼓励和教诲。郭凤莲告诉她,做人要有信念,做事要有毅力,创业就要有艰苦奋斗、不屈不挠的精神,认准的事就要做到底,任何时候都不要半途而废,不要轻言放弃。

此后,在党的十六大、十七大上,余晓兰都是和郭凤莲同住一室。这位曾经的风云人物,现在依然坚强的女强人,每一次都会给余晓兰很多的启发。余晓兰从郭凤莲身上学到了很多东西,她觉得自己越来越向着郭凤莲靠近,越来越朝着郭凤莲这样的人物走去。

自从参加了全国的劳模会和几次全国性会议,和郭凤莲这样的人物接触以后，余晓兰的思想发生了很大的变化。她有了更为远大的目标和更加大胆的想法。她想把自己的林场搞成山地庄园，想要和整个右玉的生态旅游对接起来，在移民村的原址上盖几幢小别墅，建个鱼塘，让来旅游的人体验一下农家乐的生活，让从不养鱼的右玉人也体验一下钓鱼的乐趣。那些被右玉绿色生态吸引的人们可以在她的山庄里住下来，休闲娱乐，休息养生。她还想搞一个绿色生态畜牧基地，养那些无公害的牛啊、羊啊、鸡啊。她还在高墙框乡办了个75亩的苗圃，培育了油松、樟子松等上百万株优种树苗，不仅供自己植树用，还可以给当地村民提供树苗。她还想再筹建一个全县最大的生态园区，把来右玉的客人都吸引到这里来。已经当了县委书记的赵向东，亲自请人帮助余晓兰设计了右玉县南崔家窑生态畜牧示范基地的总体规划。余晓兰正在着手实施这些规划。每次回到南崔家窑村，她就不想出来，心里充满了对未来庄园的想象。

如今又是几年过去了，余晓兰从1992年开始，一直到今天，经过了这么多年的艰苦努力，南崔家窑的荒山变绿了，树长成了，村前的乱石滩上是5000多棵各类果树，荒山上种下了3万多株松树、杏树、高杆杨，还种植了300亩沙棘、300亩柠条。她饲养了3000多只绵羊和山羊，还有鸡、猪等家禽。如今，公路已修到她家门前，一进南崔家窑村的山门，就能看到一座彩门，门前的横幅上写着"南崔家窑村晓兰生态园区"。凡是来到右玉的人，都听过晓兰的故事，都会到"晓兰生态园区"来参观游览。

最苦的日子已经过去，最难的时刻也已度过，晓兰的日子慢慢好了起来。晓兰没有忘记自己是共产党员，是十六大的代表，是三八红旗手，是全国的劳模，她在自己发展的同时，力所能及地帮助着周围的乡亲们。她把自己学到的技术教给村民们，帮他们嫁接果树，为他们提供优质的树苗。春节的时候，她把县里的慰问金拿出来，再添上自己的钱，给村里的贫困户买油买面。村里小学的顶棚坏了要维修，晓兰没有吭声，拿出自己积攒的钱送去。村里新建了文化站，晓兰一次性捐了5台电脑……

十几年过去了，晓兰种的树至今还没有见到更大的经济效益，她的收入主要靠生态畜牧，靠那几千只羊。她的生活依然不富裕。晓兰说："我不像那些大老板、企业家，有亿万身价，我现在甚至还很穷。可是，我像他们一样，也实现了自身价值。我为社会，为家庭，为儿女，都作出了自己的贡献。"

是的，晓兰说得对，每个人的价值观不同，无论你对这个社会作出了什么样的贡献，只要你实现了自身的价值，你就是一个平凡而又伟大的人。我们的社会，就是由无数个余晓兰这样为实现自身的价值努力奋斗的小人物组成的。有了千千万万个余晓兰，我们的社会才能丰富多彩，生活才会更加美好。

余晓兰，这个来自彩云之南的新娘，就像一粒右玉漫山遍野的沙棘种子，飞落在南崔家窑村，扎根、发芽、开花、结果，以她极强的生命力，引出了漫山遍野的绿色，为丰富多彩的世界增添了自己的色彩。而今，它仍努力地将自己的根须伸向更广阔的地域，为这个世界增添更多的色彩。

第十章

威远堡之魂

　　毛永宽是30年前威远堡的村支书。那时候不叫村，叫大队。

　　威远堡的人们之所以今天仍对他念念不忘，是因为30年后，威远堡仍处处留着毛永宽的印迹。提起威远堡盆地之间的一道道农田林网，人们会说，那是毛永宽领着人栽下的。说起西门外、北门外、二里半、西河湾那一道道防风林，人们会说，那是毛永宽留下的。说起威远堡那一条环村而行，四通八达的向阳路，人们会说，那是毛永宽在的时候修下的。威远堡的大礼堂，威远堡的卫生所，威远堡至今仍被用来浇地、浇树的五眼大口井等等，只要提起这些，人们都会说这是毛永宽当村支书时修建的。"毛永宽"这个名字，在威远堡是一块无字的碑石，什么都不用写，人们只

风从塞上来
FENGCONGSAISHANGLAI

需抚摸那块碑石,就能感受到碑石上所镌刻的无数文字。那些文字刻画出一个活生生的毛永宽;一个充满激情,永远不知道疲倦,英气勃勃的毛永宽;一个因劳累过度而英年早逝的毛永宽;一个为威远堡付出青春和生命的年轻的村支书。如今30年过去了,毛永宽这个名字在威远堡仍然很响亮。

毛永宽病故于1979年,时年仅29岁。

一

一阵滴滴答答的喜乐声中,戴桂花被娶进了威远堡的毛永宽家,成了老毛家的新媳妇。

结婚之前，戴桂花和毛永宽并不是太熟悉。相亲的时候，媒人告诉戴桂花，毛永宽这小伙子在威远堡可是个人物。虽说只有初中毕业，可他爱学习，爱钻研，聪明伶俐，脑瓜子特好使，还爱好文艺，是个有文化的人哩。19岁就当上了大队干部，又是民兵连长，又是大队会计，虽说年轻，在村里那威信可高着哩！戴桂花头一眼看到毛永宽就相中了他。小伙子人长得很精干，看她的时候，那眼神大大方方，不像村里那些年轻人，总是偷着看她。两人谈话，毛永宽总能说出许多新名词，让戴桂花都听不懂，怪不得媒人说他"有文化"呢。戴桂花也是初中毕业，可她觉着和毛永宽差了一大截子。和她父亲谈话，毛永宽落落大方，天上地下的，什么话题他都知道。不像有的年轻人，相亲的时候，见到对方父母紧张得话都说不出来。头一次见完面，戴桂花就决定这辈子就嫁他了。虽说他比她还小一岁，可戴桂花没有感觉出来毛永宽的"小"，他觉得这个男人高大可靠，很有安全感，也感觉这个小伙子前途无量。

果然，还不到一年，当毛永宽来娶她的时候，这个20岁出头的小伙子就已经当上大队支书了。威远堡可是个大村子，在全县都是数一数二的大村子，一个大队有五个生产队，几千口子人呢。20岁的毛永宽就成了威远堡的头号人物，这让戴桂花一家都对这个新女婿刮目相看。

结婚第二天，戴桂花就到厨房去干活。毕竟是新媳妇，总是紧张，一不小心，把胡麻油壶碰倒了，壶里的油洒了一地。那时候，胡麻油可是很金贵的东西，全家人一年烧饭炒菜就指着生产队分下的那一壶子胡麻油。戴桂花吓慌了，急得都要哭出来了。毛永宽走了进来，看到媳妇这个样子，急忙上前一边帮着收拾地上的油，一边安慰着媳妇说："没事没事。"正在这时，婆婆走了进来，看到地上的油壶，大惊失色，脸色立刻变了。毛永宽一见母亲生气了，立刻笑着对母亲说："妈，是我不小心把油壶子打翻了。"

母亲生气地说："咱一家人就指着这一壶子胡麻油呢，你把油壶打翻了,全家人这一年吃啥呢?"

戴桂花看着变脸的婆婆,想说什么。毛永宽把媳妇拦住,赔着笑脸说:"妈,你别生气,我把地上洒的油再收起来,保证不少你的油!"

母亲根本不信,说:"这油都洒到地上了,还能收起来?看把你能的,都成精了!"

母亲愤愤地走了出去。戴桂花吓哭了,说:"我闯下大祸了,这可怎么办?"

毛永宽却笑着说:"没事,看我的!"

他用铲子把洒在地上的油轻轻铲起来,连泥巴放进锅里去,再添上一些水,烧开了水"熬"。泥土沉到水底去了,油花漂到水面上来了。毛永宽把漂起来的油花一点一点捞出来,一边熬一边捞,那空着的油壶子重新满了起来。戴桂花惊奇地看着毛永宽,心里那个亮堂啊!这个男人真好!这个男人敢担当,这个男人会担当,这个男人懂得爱护妻子,这个男人很聪明,做事很有办法。从那一刻起,戴桂花就认定跟着这样的男人一辈子错不了!

毛永宽的确是个好男人。这个二十出头的小伙子,不仅是妻子眼中的好男人,而且在全威远堡人的心中,也是个顶呱呱的好男人、好领头人。

威远堡是一座古堡,修于明正统三年(1438),当时"设卫筑城,屯兵护边"。现如今,城堡的城门仍留有遗迹。过去由于风沙大,威远堡西门城墙整个被流沙掩埋,西门外流沙和城墙齐平。到了夜里,野狼经常沿着城墙跑进来,叼走村民的猪、羊。有一年,一家孟姓老人的孙女儿晚上在院子里玩耍,就被跑进堡子里的野狼叼走了。威远堡是一块盆地,土质好,粮食产量本应很高,但是由于风沙的侵袭,收成总是很差。毛永宽当了村支书后,决心要修建防风林带,把风沙拦住。他设想在西门外设立三道防风林,西城壕为第一道,城西的二里半为第二道,西河湾为第三道。有了这三道防风林,就可以有效阻止风沙的侵袭。当时许多人反对在西门外种树，因为西门外一带全是沙丘，除了一些沙蓬外，几乎是寸草不生，种树难以成活。毛永宽不服气，决心要在沙丘上种植防风林。

毛永宽回家先对戴桂花说："媳妇，你要帮我个忙。"

戴桂花说："要我帮你啥忙，还给我这么客客气气的？"

毛永宽说："我要在西门外植树，很多人不支持我，说是根本种不活。我不信这个邪，咱一家人先做个试验，要是种活了，那就全大队的人都能种活；要是种不活，算我失算，以后不再提在西门种树的事。"

戴桂花说："西门外那个地方全是沙子，只长沙蓬，我也觉得怕是真难种活。"

毛永宽说："只有试验过了才能知道。毛主席都说了，实践出真知，要想知道梨子的滋味，就要亲自尝一尝。咱们一家人先种，大不了把树坑挖深一点，多浇几次水。沙蓬能长起来，这树就能成活。"

戴桂花看着这个有些执拗的自己十分喜欢的男人，说："行，我听你的。你要我干啥我干啥！"

毛永宽说："等一会儿我要开家庭会，咱们全家人都要上阵，一齐到西门外去植树。你和咱妈关系处得好，还有咱嫂子和弟媳，你们妯娌先通通气，一会儿咱妈要是反对，你帮我说说话。"

戴桂花说："行！"

毛永宽夜里就召开了家庭会议，父母兄弟，还有在家的或出嫁的姐妹也全召了回来。毛永宽说了在西门外植树的事，除了老父亲和妻子，家里几乎没有人支持。大家都认为那地方种不活树。父亲是个老党员，供销社的退休干部。他深知风沙的危害，对儿子在西门外种植防风林的事表示坚决支持。父亲说："种不活也得种，不种起防风林，这堡子里的田就别想种好！"毛永宽的母亲坚决反对，要儿子好好地带着大家伙种地，别去干那些吃力不讨好的事。戴桂花站在毛永宽一边，劝说着婆婆，说防风治沙是大事，是长远的事，永宽是支书，他考虑的是长远的大事，成不成，咱一家人先试试，就当支持永宽这个支书了，大不了费点力气和功夫。在父亲和妻子的支持下，兄弟姐妹们也都同意了。毛永宽的家庭会议最后取得圆满成功，大家都接受了毛永宽要全家人带头植树的事。

第二天，毛永宽带着全家来到西城壕。他用白线画出植树的行距和株距，点好树坑的位置，给每个家庭成员都分了任务。毛永宽要求全家人树坑要挖深一点，一定要挖到泥土上。坑挖好了，树也栽好了，毛永宽强调一定要浇好水。沙地上种树，没有水是成活不了的。然后全家人用车拉肩挑，一趟一趟给树浇水。以后的日子里，每天晚上放工后，毛永宽都要和妻子拉着水桶车，来到西城壕给树浇水。有的树连续浇了十几次水。一个月以后，毛永宽全家人种下的100多株树全部成活，一棵都没有枯死。毛永宽在召开的社员大会上说，实践证明，西门外那地方能种活树，你们都亲眼看见了，谁还有话说？结果没有一个人再有话说。于是毛永宽开始给全体社员分配植树任务，按每家每户、每个劳动力分配到人。全村人一起上阵，来到西门外植树。

在给社员们分配任务的头一天，毛永宽自己先来到工地。他干了一整天，挖好了20个标准的树坑。第二天分配任务时，毛永宽指着自己头天挖好的20个树坑，说："我试过了，一个男劳力每天挖20个树坑，不紧不松就能完成，而且能保证达到我这个标准。就按每个劳力每天20个树坑分任务。大家有没有意见？"

没有一个人反对。谁都知道毛永宽有个惯例，每次分配任务之前，都是自己先亲自干。他每天能挖20个树坑，别人还有什么话说？人们觉得，这个年轻的支书，让人从心底里敬佩，跟着这样的支书，干起活儿来就是再累心里也舒畅。

几年以后，威远堡西门外从西北方向过来的风口上，从西河湾到西城壕，树起了三道防风林，每隔四五里地，就有一道防护林带，这是毛永宽带领全体社员苦战三年种起来的。与此同时，毛永宽领

着社员们,在威远盆地的几千亩田地上,修建了网格化的农、田、林、路、渠,把几千亩农田划分成不同的方块,全部实行林网化,在农田的周围除了配套的路和渠以外,最显著的就是栽起了一排排方格状的防风林带,有效保障了农田不受风沙的侵袭。

　　30年后的2010年8月,我到威远堡采访毛永宽的事迹。我看到威远盆地里,一排排防风林带高大茂密,纵横交错,把威远盆地的田地划成一块块方格,显得整整齐齐。陪同我采访的右玉县委宣传部副部长郭虎告诉我说,这些农田林网都是毛永宽在的时候种下的,现在已经长成十几米高的大树。郭虎又带我去看了威远堡的西门、南门和北门,告诉我说,沿着城墙所走的绕城而行的那条宽阔的马路,叫向阳路,是毛永宽当支书时候修下的,到现在也一直不落后,仍然显得很宽阔。沿着堡子残存的城墙走去,城墙外,是一道道茂密高大的防风林,再往外走,远远地便可以看到另一片林子。郭虎告诉我,这就是人们所说的西门外的三道防风林,紧挨着城墙的,是第一道,前面远远可以看到的那是位于二里半的第二道,还有一道要走到西河湾才可以看到。由于路况不好,车子过不去,我们没有看到第三道防风林。但是人们描述的当时的情景,已经活灵活现地浮现在我的脑海中。那个毛永宽,对我来说已经不是陌生人。我似乎随着我所听到的一切,看到了长得很清秀,又很聪明能干的毛永宽;看到了那个善良多情,会疼妻子的毛永宽;那个极度认真负责,一丝不苟的毛永宽;那个时时处处以身作则,总是走在前面的毛永宽;还有那个每天一大早站在城墙上监督各个生产队出工的毛永宽。

郭虎是威远堡人。生于威远堡,长于威远堡,对威远堡的情况比较熟悉。毛永宽当支书时,他才十几岁。他记得很清楚,每天早上起床上学的时候,就能听到村里的大喇叭响了起来。这是毛永宽的习惯。他每天早上五点起床,先放开村里的大喇叭。他不喊不叫,只播放那个时代的流行音乐:"东方红,太阳升",或者"大海航行靠舵手,万物生长靠太阳"。人们一听到那熟悉的音乐声,便开始起床,下地干活。毛永宽呢,他在放开大喇叭以后,就骑着一辆旧自行车,车后头带着一把铁锹(虽然那把铁锹已经磨得秃了,并且原先最尖的地方已经磨得凹了进去,变成了半月形,但它仍然是毛永宽常年不离手的工具),在社员们起床之前,骑车子沿着堡子走上一遍。一路上查看林网的树,查看田头的水渠。哪里漏水了,他会随即取下车子上的铁锹,铲土堵上。哪里的树歪了,他会用铁锹添土扶正。绕堡子走完一周,最后他会来到西城,站在城墙的最高处,看着各个生产队的社员出工。哪个队出工最早,哪个队出工慢了,哪个生产队的队长自己迟到了,他都看得清清楚楚。晚上,他会在广播上公开点名表扬或者批评某个出工最快或者最慢的生产队,点名表扬或者批评最好或最差的生产队长。生产队的干部们都怕这个支书，怕他在大喇叭上公开点名，因为全大队的人都能听到毛永宽对他们的公开批评。他们工作上的一点失误都逃不过毛永宽的眼睛。

在威远堡，我采访了毛永宽的妻子戴桂花，采访了他当支书时的大队会计王计，采访了他的下属王斌，采访了当时的妇女队长王月兰，还有老生产队长戴存善等等。从他们的叙述当中，一个活生生的毛永宽一点一点出现在我的面前。

一

毛永宽从县里回来，笑嘻嘻地告诉戴桂花一个好消息。

"媳妇，我考上教师了！"

原来，前些日子县里公开招聘一批教师，毛永宽也去报名参加了考试。那个年代，农民毕竟是最苦的一个阶层，很多人的理想是离开农村，能有一份固定的工作，挣一份固定的工资，老了还有旱涝保收的退休金。离开农村，改变当农民的身份，是那个时代农村年轻人的最高理想。毛永宽也不例外。听到县里要招考教师，毛永宽也去报了名，并且参加了考试。今天在县上，他看到县委会门前贴出的考试榜上，他的名字赫然排在第二名。

媳妇也为他高兴。那时候他们已经有了大女儿毛丽娜。戴桂花想到以后毛永宽有了正式工作，每个月都会有固定工资，不但脸面上好看，而且还可以有钱给孩子买奶粉、买新衣服了，老了还有退休金，他们两口子再不会发愁老了怎么活了。

戴桂花兴奋地说："太好了！我早说过我的男人最聪明，干啥啥行！这下子我也成了吃皇粮的家属了！"

毛永宽说："媳妇，等我领了第一个月的工资，我就给你买一身新衣服。看你嫁给我这几年，一件像样的衣服都没添过，就图了个好听，嫁了个大队支书。可我这个大队支书也是个穷支书，没钱给媳妇买衣服！"

戴桂花说:"没有新衣服没啥,别人还眼红我嫁你这个支书呢。你就一辈子当个农民,我都没啥委屈,别说你还是大队干部了。我这辈子知足着呢。"

戴桂花立刻跑去把好消息告诉了公公和婆婆,告诉了妯娌和姐妹,一家人全都高兴得不得了。就连一向严厉的老父亲也是眉开眼笑,毕竟儿子也要成为一个"公家人"了,老父亲很为儿子的出息高兴。中午,戴桂花和婆婆一起做油炸糕,把全家人都请过来,在一起吃糕庆贺。

不料,第二天毛永宽从公社回来,却告诉戴桂花,这老师他不去当了。

戴桂花吃了一惊,忙问为什么。

毛永宽不说,只说是他不想去了。戴桂花再三追问,毛永宽才说出实情。公社书记刘建瑛今天找毛永宽谈话,不让毛永宽去当老师。刘书记的理由是,全县不缺毛永宽这一个老师,可是威远堡却不能没有他这个支书。毛永宽是个好支书,威远堡的几千口子离不了他。

戴桂花火了，说："我找刘书记去，凭什么工作干得好反而要耽误前程？要是你工作干得不好就可以走了是不是？什么道理？"

毛永宽拦着妻子，笑着说："算了，我已经答应刘书记我不去了。我就一辈子干个大队支书吧。"

戴桂花说："不行，他这是误你一辈子的前程，我得找他去说说理儿！"

毛永宽说："我还是个党员呢，是党员就得服从组织，组织上既然不让我去当教师，我就好好干我的支书。这事你别管了。"

戴桂花不听，硬闯着往外走去。毛永宽突然发了脾气，大声吼起来："你给我站住！"

戴桂花愣住了，他们结婚几年了，毛永宽头一次这么大声地吼她。戴桂花委屈的泪水淌了出来。毛永宽一见媳妇哭了，忙搂住媳妇，温和地说："你不是说过我干啥啥行吗？我就算一辈子当个大队支书，一定也是最优秀的支书。"

毛永宽最终没有去当老师，仍然当他的大队支书。

毛永宽考上了教师却没有能去成，这让全家人都不高兴，大家都对公社的领导有意见。只有毛永宽一点事儿也没有，每天照常五点起床，放开大队部的大喇叭，骑着他的旧自行车，带着他的铁锹，沿着农田林网转上一圈，然后站在高高的城墙上，看着所有的生产队出工；仍旧是不管什么活，分任务以前他都先去试着干，完了再给社员们分配。

公社的一位领导来威远堡下乡，在毛永宽家里吃饭。永宽的母亲很为儿子不平，就在饭桌上当着公社领导的面唠叨永宽没有当上教师的事。永宽的父亲是个老党员，对毛永宽没有录取成教师，他心里有遗憾，却没有因此埋怨公社的领导。他认为领导不让永宽走，是对永宽工作的肯定和信任。永宽是党员，就得听上级领导的话，听从组织上的安排。一听到永宽母亲在领导面前唠叨永宽的事，他就出来制止。永宽母亲不服气，两人吵起来，结果永宽的父亲发了脾气,当场掀翻了饭桌,闹得大家很尴尬。永宽从地里下工回来,听说了此事,便去劝解母亲,骗母亲说是自己主动提出不想去当老师,想留在村里,可以好好照顾父母,照顾自己的家,公社领导是为了照顾自己,才同意他留在村里的。母亲转而骂毛永宽傻,毛永宽笑嘻嘻地去逗母亲开心,终于让母亲消了气。

　　毛永宽安心继续当他的大队支书,他全身心都投入在威远堡的工作上。他每天都在谋划着威远堡的发展,谋划着威远堡群众的生活。他想到大队社员们需要娱乐生活,就决定盖一座正儿八经的大礼堂,像县城的大礼堂一样,让劳累一天的社员们可以不怕刮风下雨,坐在室内看电影、看戏剧、看表演。他想到社员们看病不方便,就决定建一个大队卫生所,聘请有医师资格的正式医生坐诊,让社员可以不出村就有地方看病。他想到农田要浇水,种树要浇水,社员也要饮用水,可威远堡人多少年都是在西河湾拉水吃,就决定给每个生产队打一眼大口深井,让五个生产队的社员可以不出村就吃上干净水,还能有水浇地、有水浇树。他还想到了修路。威远堡是公社所在地,是个镇子,要把路修得宽阔平坦,像个镇子的样子。于是,他开始筹划着修一条宽宽的环城马路,让这条马路四通八达,让进到威远堡的人感觉到行车方便。连路的名字他都想好了,就叫向阳路。向阳,向着阳光,面朝着太阳,多么亮堂,多么光明啊!还有,他想办一个铁木加工厂,派上两个人到大同去学习电焊技术,可以加工铁木器具,还可以对大队和周围村里的拖拉机、农机具进行维修,这样可以增加村里的收入。

　　听说阳高县那块儿的师傅修电机修得好,他想派两个人去学习修理电机。大队的许多地方都要用到电机,粮食加工、水利灌溉……电机一坏就要拉到县上去修,费钱不说,还很不方便,既误时间,又误工作。如果大队有技术人员,就省时省工还省钱了。派谁去学呢?申海生那小伙子不错,聪明好学,平时就爱鼓捣个机械的东西。还有胡润英,高中毕业,虽说是个女娃儿,可是有股子干劲和韧劲,做事一点不输男人。毛主席都说了，时代不同了，男女都一样，该让女娃儿走上前台，提高一下女同志的地位了。对，就派他们俩去学习吧。

还有，常禄书记号召全县大办苗圃，毛永宽感觉常书记这主意很好，威远堡第一个响应。毛永宽抽调了十几个妇女劳力，成立了全县第一个"三八苗圃"。苗圃一开始培育的全是杨树，现在要想法培育一些油松、落叶松、樟子松等针叶树种。右玉过去没有人种过松树，现在首要的是想法子把松树苗培育成功……

毛永宽日夜都在想着、谋划着……

在媳妇眼里，毛永宽是一个日夜都睡不着觉的人，他时刻都在想事，想着威远堡的工作，想着威远堡的发展。每天晚上很晚还在写写画画，每天早上很早就起床。他永远是全村第一个起床的人，但又是全村睡得最晚的一个人。每天他什么时间睡的，戴桂花都不知道，甚至连他什么时间起来的，她也不知道，直到大队的大喇叭响了，她才发现毛永宽早就不见了。

三

一大早，毛永宽放开大队部的大喇叭，骑着他的旧自行车，沿着威远堡转了一圈，最后来到了位于村南的"三八苗圃"。苗圃的负责人是妇女主任王月兰，可是毛永宽却拿着苗圃的钥匙，因为他每天一早都会来到苗圃察看，还要经常帮着给树苗浇水。

毛永宽掏出钥匙打开苗圃的篱笆门，走到电闸跟前，将抽水的电闸合上去。一股井水顺着皮管子像泉水一般喷涌而出，流进渠里，顺着水渠流向秧苗田里。毛永宽拿着铁锹堵了堵田垄，把水引进苗垄里去，然后蹲在一旁点了一根烟，边看着流水顺着树苗间流淌，边听着大喇叭里响着的音乐，心想着社员们应该起来了，下地的也该都走了。他掐灭抽了一半的烟，起身用铁锹去引堵苗圃里的水，让

它流到最需要水的地方去。

　　威远堡的"三八苗圃"是常禄书记号召大办苗圃以后，全县建起的第一个大队级苗圃。由十几名妇女劳动力组成的林业专业队全年负责苗圃的种植和育苗。妇女主任王月兰负责苗圃的全面工作。

毛永宽虽然不是苗圃的人，但他最牵挂的还是苗圃的事，于是向王月兰要了一把钥匙，以便他随时可以进到苗圃察看。他经常在早上下地以前来到苗圃给树苗浇水，或者间苗。三年了，这个最初只有30余亩的苗圃，已发展到150余亩。苗圃不但培育了高杆杨、加拿大杨、北京杨等阔叶树种，还培育了落叶松、油松、樟子松等针叶树种，除了供应威远大队种树用苗，还供应公社其他大队种树的树苗。威远的"三八苗圃"是县里的"红旗苗圃"，是常书记重点关注和蹲点的苗圃，也是毛永宽的得意之作。常书记经常下到苗圃来察看，因此毛永宽对苗圃的工作就更为重视，他几乎每天都要到苗圃察看一番。

王月兰急匆匆地跑来了。这个26岁的女人，家里有两个幼小的孩子，每天早上她紧赶慢赶，还是要落在毛永宽的后面。看到支书早已经在放水浇树苗了，王月兰的脸红了，说："永宽，我又来迟了。"

毛永宽说："没事，你不算迟到。水我已经放进垄里了，你接着浇吧，我到南门外的南坪上去一趟。这几天天热，水要浇勤一点，保证苗子有足够的水分，别旱了。"

王月兰说声"好"，就急急地拎着铁锹往苗圃里去了。

毛永宽走到苗圃门口，又返了回来。

"昨天晚上听广播，好像说今天有暴雨，你们要注意。"

王月兰一愣："哦？有暴雨？"

毛永宽说："别让洪水把苗淹了，那些松树苗都还太小，不经淹。"

王月兰说："我知道了，中午我们都不回家了，在苗圃里守着。"

毛永宽走了，骑上车子直奔南门外而去。今天全大队都要到南坪去挖树坑。今年一定要把南坪子那块准备植树的地块全预整好了，明年开春就可以全部种树了。

中午，一阵雷鸣电闪，瓢泼大雨果真下了起来。

王月兰带着几名妇女冒着大雨在苗圃里忙着。雨把她们浇得浑身透湿。雨来得太猛，洪水从四下里朝苗圃里聚集。王月兰等几个女人们顾不得电闪雷鸣，顾不得害怕，拿着铁锹堵着苗圃的田头，不让洪水流进苗圃里来。可是雨太大，洪水来得太猛，几个女人手忙脚乱，顾此失彼，王月兰急得都要哭出来了。

就在此时，毛永宽手里提着铁锹，一头冲了进来。

到底是男人，又是个聪明智慧的男人，有力气，手脚快，毛永宽一来，首先堵住了上游进水的口子，把水引向了旁边的马路，苗圃里的洪水一下子就下去了许多。

王月兰说："永宽，幸亏你来了，不然我们几个就应付不了啦！"

毛永宽说："光靠堵不行，得边堵边引，把洪水引出去，苗圃里的水自然就小了。"

王月兰说："当时我们就慌了，只知道乱堵，哪里还能想到引水！"

毛永宽说："行了，你们快回去吧，这里我看着。"

王月兰说："你一个人哪里能忙过来？我们不能走！"

毛永宽说："你快回去，这里有我呢，你家里还有两个孩子呢！"

王月兰一听，急了，可不是，家里还有两个孩子，不知道现在在哪儿呢。

王月兰放下铁锹就往家里跑去。几个女人都想起了自己的孩子，急慌慌往家里跑去。

王月兰回到家，看到家门紧锁，两个孩子不知道哪儿去了，正疑惑间，忽然听到院子里的兔子窝里有哭声，跑过去一看，两个孩子钻在兔子窝里，弄得一身一脸的污秽，正在呜呜地哭。王月兰心疼地抱住两个孩子，眼泪刷刷地流下来。

两个孩子一个上小学，一个上幼儿园，回到家里没有钥匙，进不了屋门，被大雨淋得没地方躲，只好躲进了兔子窝里。王月兰心里对毛永宽十分感激，幸亏他提醒，也幸亏他赶去帮她们解了围，不然，这两个孩子今天可就遭罪了。

等王月兰把孩子安排好，再次跑到苗圃里去的时候，看见毛永宽浑身泥水，头发脸上都是泥巴。到底他一个人顾不过来，忙得四处跌跤，弄了一身一头的泥巴。王月兰急忙跑去帮着毛永宽，两人才把洪水给堵住分流出去。

多少年后，提起这件事，王月兰还是很感叹，说毛永宽那个人，真是个好人，啥时候他都走在前面，啥事他都做在前面，还心细，懂得心疼人。

当年，威远堡的"三八苗圃"存秧苗17.5万株，苗木品种增加至13种，成为全县重要的育苗基地。

原大队会计王计说，毛永宽当支书那一时期，北梁的荫城，城南的南坪，还有大衣梁、界滩、陈家坡、台子壕、小梁子、沙家地、大滩这些地方种下了成片成片的林子，威远堡周围环城几公里，种植了几千亩树，都是由威远"三八苗圃"提供的树苗，都是毛永宽带领全大队五个生产队全体社员种下的。为了保证成活率，毛永宽要求每一棵树都要浇水。他每天晚上下工后，就挑着水桶去浇树，把自己种下的每一棵树都要浇上几遍水，保证每一棵都成活。毛永宽种下的树成活了，其他社员种下的树就没有理由不成活，所有的社员都学他的样子，每天下工后再加班去给自己种下的树浇水。西城壕的树，是在秋收最为紧张的时候种下的。每天白天，毛永宽领着群众搞秋收，晚上下工以后，他又带着社员到西城壕去种树。每个人都定好定额，每种一棵树领一个工票，最后按工票记工分。就这样，一棵树一棵树，威远堡周围全成了树，形成了好几道防风林带。在全县，威远的农田防护林是最好的，整齐有形，四通八达。

风从塞上来
FENGCONGSAISHANGLAI

四

1978年七月初七这天,吃过晚饭后,毛永宽放下饭碗,带上铁锹,骑上自行车就往门外走。

妻子追出来,说:"永宽,你去哪里?"

毛永宽说:"县里通知说今夜有寒霜,我要去通知人晚上去地里防霜。"

戴桂花说:"你这几天头疼,就别去了,让王计领着人去吧。"

王计是大队会计,平时经常协助毛永宽领人干活。

毛永宽说:"没事,现在感觉好多了。"

说着话人就不见了踪影。戴桂花有些担心地望着毛永宽消失的方向。

毛永宽前些日子才从雁北地委党校学习回来，回来的时候给妻子和父母带回来一兜子红彤彤的大苹果。右玉的气候凉，不产苹果。所以苹果对右玉人来说，算是稀罕物。戴桂花舍不得吃，看着苹果，就想着丈夫对自己这一番情意，觉得自己这辈子真是没有嫁错人，心里那种幸福的感觉就溢在了脸上。仔细端视丈夫，发现丈夫满脸的疲惫，好像有什么不对。问起来，毛永宽就说，最近感觉身体有些不舒服，头老是闷闷地痛。戴桂花以为是丈夫在外面学习，用脑子过度了，就想让他休息休息，去县医院瞧瞧病去。谁知一回到家，毛永宽就没日没夜地忙上了。大队新修建的大礼堂还没有最后完工，还需要一些水泥和钢筋。毛永宽跑到县里找到物资局，求人托关系，搞到了一车钢筋和一车水泥。他每天蹲在工地上督促施工。大队的合作医疗站一直缺少医务人员，毛永宽想培养自己大队的医生，方便社员看病，就想挑选合适的人员去县里学习，挑来挑去，觉得还是大队会计王计合适。王计有文化，年轻好学，如果培养好了，是个不错的赤脚医生。趁夜里找王计谈过两次了，还没有最终决定下来。还有苗圃的事，王月兰汇报说，今年的新树苗品种少了一些，想要培育的落叶松和油松没有买到松子，要赶紧想法购买松子。毛永宽就安排人四处寻购。秋季植树又要开始了，小梁子要重点安排，集中全大队劳动力进行大会战，要好好做个规划。南坪台那地方去年植下的树有一部分枯死了，需要重新补植，这几天要去实地察看安排一下……这一头头的事都擩到了一块儿，毛永宽白天下地干活，晚上就开会研究这一头头的事，没有休息过一天。戴桂花催了几次让他上医院，毛永宽一直没有去。好几次晚上开会回来，毛永宽让戴桂花用手掐他的头，说是疼得难受。戴桂花有几次看到毛永宽自己在使劲儿掐头，把额头都掐青了。今天晚上下地一回到家，毛永宽就靠在了椅子上，让戴桂花给他掐。戴桂花掐得手指都酸了，毛永宽还说是痛得难受，要她再掐重点。这刚好了一点，一撂下饭碗，毛永宽就又不见了人影儿，戴桂花真的有点担心丈夫的身体了。

毛永宽骑着自行车，直奔第一生产队而去。县里通报今天夜里有寒流，要求防霜冻。他要挨个把生产队跑一遍，检查一下各生产队防霜冻的情况。

　　这天夜里，毛永宽跑遍了五个生产队，检查每个生产队的防霜情况。他看到每个生产队都出了工，指派了男女劳力在莜麦田里放烟。一块块麦田里烟雾缭绕，形成了一层保暖层，毛永宽放心了。最后他来到第一生产队，和社员们一起守在田里，边燃放着浓浓的烟雾，边和社员们聊天，谈论着威远堡未来的发展。一直到后半夜，天快亮时，毛永宽才回到家里。刚进家门，他就一头倒在炕上打起滚来，剧烈的头痛让毛永宽忍不住"啊呀啊呀"地喊了起来。

　　戴桂花吓坏了，急忙去给他烧姜汤，让他喝了暖暖身子。一碗姜汤喝下去，还是头痛欲裂，毛永宽就叫戴桂花给他掐头，还让她使劲儿掐。戴桂花看到丈夫的额头都被她掐得出现了青紫。慢慢地，头疼似乎缓解了一些。他让妻子去睡，说他要记一下日记。毛永宽有记日记的习惯，每天做了什么工作，还有哪些工作需要第二天去做，当前急需解决的问题，他都要理得清清楚楚，记得清清楚楚。

　　第二天早上，戴桂花起来的时候，毛永宽又不见了，只听到大队的大喇叭在响着。戴桂花叹了一口气，这个昨天晚上就没怎么睡觉的人，一大早又像往常一样，五点多就起床走了。

　　后来戴桂花回忆说，就是8月7日那天夜里开始，毛永宽的病情突然间加重了，几乎每天回家都要痛，痛得躺在炕上直喊叫。但过一阵子便会减轻一些。毛永宽照样坚持着，每天领着社员们下地去干活。正值莜麦籽收割的季节，毛永宽每天都轮流到各生产队检查督促生产进度，然后亲自参与秋收劳动。

　　老队长戴存善记得很清楚，那天毛永宽到一队的地里帮助收割莜麦籽，割着割着，毛永宽的病又犯了，头痛得他脸色都变白了。已经是冷意很浓的深秋了，毛永宽脸上的汗水却直往下淌。戴存善劝他回家去休息，毛永宽不肯，说歇一会儿就没事了。实在疼得不行的时候，毛永宽就在堆好的莜麦垛子上躺一会儿。等缓过劲儿来，他便拿起镰刀继续割莜麦。跟在他后面割麦子的王月兰，看着毛永宽的样子心疼不已，上前夺下毛永宽的镰刀，一定要他回家去休息。戴存善也过来一起劝他。毛永宽火了，说现在正是秋收季节，这么忙的天，我这个支书怎么能在家躺得住？两人都拿他没有办法，只好由着他。

这一天，毛永宽终究没有回去，一直坚持到天黑。

莜麦籽刚割完，毛永宽又领着社员们到南台坪挖树坑。秋季植树开展得早，毛永宽忍着剧烈的头痛，一大早就领着大家上了南台坪。到了地里不久，毛永宽又开始头痛，疼得他站立不住，直接躺在了地上。大家要送他回家，他不肯，硬撑着站了起来，亲手挖好一个树坑，让王计量好深浅和宽窄的尺寸，给大家做标准，要大家都按这个标准挖树坑。直到把所有人的任务都分好了，毛永宽开始完成自己的任务。这一天，尽管头痛得在地上躺了好几次，毛永宽还是按时保质完成了自己20个树坑的任务。

戴桂花看到毛永宽实在是头痛难忍了，就拉着他到村卫生所输液。就是挂液体他也不闲着，总有人找他谈事。大队的干部、各队的队长，还有社员，找他说事的、解决问题的，人流不断。毛永宽一边挂着液体，一边就在卫生所处理着队里的事。挂的液体不起任何作用，毛永宽的头痛越来越厉害，发病也越来越频繁。戴桂花一看不行，就找到大队干部们商量，一定要让他到城里的大医院去看病。后来在大队干部们和家人的一致逼迫下，毛永宽才同意到呼和浩特市的内蒙古区医院去看病。选择到呼和浩特去看病，除了呼市离威远堡路程近以外，还有就是毛永宽的一个姐姐在呼市，他到呼市以后吃住可以省不少钱。那时候已经实行了合作医疗，毛永宽看病可以享受大队医疗报销，但毛永宽知道大队经济不富裕，他不想浪费大队的钱，他只想到医院检查一下，开点药就回家。

毛永宽到呼和浩特去的时候，戴桂花想要陪丈夫一起去，可毛永宽不让,说家里有孩子,还有父母,他让妻子在家侍候父母、照顾孩子。因此戴桂花最终没有去陪伴丈夫。

戴桂花没有想到的是,毛永宽这一去就再也没有回来。等到她再见到丈夫时,已经是天河遥望、生死相隔了。

陪伴毛永宽到呼市去看病的王计告诉我说,毛永宽到了呼市就住在姐姐家里,只在内蒙古区医院做了个检查。还在等检查结果的时候,毛永宽的病情就明显加重了。他躺倒在床上起不来了。

躺在床上的毛永宽仍在挂念着大队的事。大队的加工厂、大队的苗圃都是他所挂念的。他把王计叫到跟前,拿出一封信交给王计,要他赶紧回威远堡去,把信带给党支部。他在信里谈了对大队铁木加工厂和米面加工厂的建议,还有他对苗圃建设方面的意见,对大队合作医疗站方面的意见。他还劝王计到县医院去学习进修,回来当赤脚医生,为威远堡的群众服务。

毛永宽说:"你快回去吧,把这封信交给支部。然后你抓紧到县里去学习。"

王计不愿意走，他说："毛书记，我是大队派来照顾你的，你现在病成这样，我怎么能离开？"

毛永宽说："大队的事忙，你是会计，长时间离开不行。还有很多事，你要替我去办理一下。我在信里都写明白了，你回去和主任商量一下，就按我的意见办。"

王计说："不管怎么样，我都不能回去，我是代表大队在照顾你。"

毛永宽生气了，说："我现在还是支书，还没有撤职，你应该听从我的安排。我说要你回去，是工作，不是私事，你没有权力不听我的！"

王计看到毛永宽真生气了，只好说："那行，我回去把工作安排一下，再来吧。我走了你怎么办？"

毛永宽说："有我姐姐照顾我，你就放心走吧。你今天就走，信里说的几件事，一定要抓紧落实。回去告诉大家，我很好，不要担心我。"

王计要走了，刚到门口，毛永宽又叫住他，说："回去后告诉我父母和桂花，我很好，让他们都别挂念我。"

王计回到威远堡的第五天，就得到毛永宽病逝的消息。

毛永宽病逝的消息在威远堡迅速传开来。人们都不敢相信这么好的人，这么好的支书，这么年轻的毛支书，怎么就会真的离去了呢？

妇女主任王月兰和"三八苗圃"的姐妹们听到这个噩耗，抱在一起哇哇大哭。

王计、戴存善及大队、小队的干部们，听到这个消息，都泪流满面，泣不成声。

戴桂花听到这个消息，当场就晕倒在地上。这么好的丈夫，这么好的人，为什么会突然离她而去了呢？他怎么就能舍得下两个只有七八岁的孩子呢？怎么就能舍得下年过花甲的老父亲和老母亲呢？永宽啊，你不能这么狠心！你不能就这么走了啊！永宽啊，你爹和你娘还在等着你回来呢，威远堡的乡亲们都需要你呢，你不能就这么走了啊！永宽啊，你才29岁，你怎么能这么早就走了啊！

威远堡的乡亲们不下地了，不植树了，人们聚集在威远堡的村头，聚集在毛永宽的家里。

威远堡充满了哀痛，充满了悲切。

毛永宽的灵柩要回来了，听到消息的人们从四处赶来，聚集在村头，迎接着他们的支书归来。灵车刚一进村，就被人们前后围了个水泄不通，哭喊声一片。还是王计等人硬把围在灵车前头的群众拉开，灵车才得以继续前行。

毛永宽的葬礼，是威远堡历史上最隆重的一次葬礼，也是规格最高的一次葬礼。县委书记常禄亲自来到威远堡参加毛永宽的葬礼，公社书记刘建瑛和威远公社的干部们全体参加葬礼。公社主任王德功亲自为毛永宽撰写了悼词：

古堡之灵，威远之魂，英年早逝，痛煞民心。永宽之德，名传右邻。抗风治沙，修路造林，身先士卒；干群一心，鞠躬尽瘁，誓死为民。其德之广，天地共认；其德之远，铭刻众心……

追悼会上，王德功念得泣不成声，打动了无数群众，引起台下一片欷歔之声。

下葬那天，天上下起了毛毛细雨，威远堡大队的36名青年汉子，抬着棺灵，绕威远堡缓缓地转着圈。他们要让他们的好支书最后再看一眼他们的威远堡，看一眼他每天都要骑着自行车看一遍的农田林网，看一眼他亲手修建起来的大礼堂、卫生所，看一眼他亲自领着社员们修成的向阳路，看一眼那一道道防风林……这是一种最隆重的仪式，三十六抬棺，是当地葬礼中最高的礼遇，只有寿终正寝、德高望重的长寿老人才有资格享有这尊贵的礼遇，而年仅29岁的毛永宽却享有了。这是威远堡人对他表达的最高敬意。如果毛永宽泉下有灵，他一定会感觉到那种只有他才配有的尊严、尊贵和至高无上。无数的群众不顾下雨天淋湿衣服，扶着灵柩，为他送行。送行的队伍拉了好几里长。

毛永宽被葬在了东门外，向阳路的东口，威远堡的村头。在这里，他每天都可以看到他生前每天都要骑着车子转一圈的威远堡，看到威远堡的田、林、路、渠，看到成条成带的农田林网。这些，都是他生前带着威远堡群众修造的。

戴桂花尽管哭死哭活，但她还是没有忘记把毛永宽生前最珍爱的东西陪送给丈夫。她亲手用白纸糊了一把"铁锹"，陪进毛永宽的棺木里。她知道丈夫生前最喜欢的就是那把铁锹，他离不开它。但那把铁锹太旧、太破了，已经磨得太秃了，秃得都凹进去了，她要送给丈夫一把崭新的"铁锹"，作为最后的纪念。

2010年9月，我到威远堡采访时，亲眼看到了立在东门外的毛永宽墓。这是一座普通的没有任何异样的坟墓，高高的坟头，周边荒草萋萋，没有墓碑，没有任何标志。如果不是同行的郭虎告诉我，没有人知道这就是当年在威远堡深入人心的毛永宽的墓。

我在墓前沉思良久，采访中人们所提到的一幕幕，电影一般闪过脑海。毛永宽的坟头没有墓碑，更没有任何记载的碑文。我想，也许毛永宽不需要墓碑，不需要碑文。他的碑文就在老百姓的心中，在老百姓的口中，在代代相传、口口相传的民间文学之中。虽然，他已故去30多年了，但人们仍然在传颂着他、回忆着他、怀念着他。难道这不是碑文吗？也许，有些墓碑是不需要石头，也不需要文字的。

我随手捡起一块石头立在了毛永宽的坟墓前。

这是一块不成形也不规则的石头，当然算不上墓碑。这只是我对这位在威远百姓口中相传的"英雄"的一种敬意。

郭虎有些为毛永宽不平，他说："这里应该立一块墓碑，毛永宽毕竟为威远堡作出了很大的贡献,应该让人们知道这是毛永宽的墓。"

我说:"我已经看到了那块墓碑,那是一块很高大的墓碑,墓碑上刻有五个大字。"

郭虎诧异地看着我。

我说:"威远堡之魂。"

第十一章

张一的故事

一

雨是从中午下起来的。

李新爱没想到雨会下这么大,而且这么久。一个多小时了,还没有一点要停的迹象。还不到5月,平常年这季节很少下这么大的雨,今年不知道是怎么了,突然就雷鸣电闪,下起了暴雨。她家的院子偏低,排水不利,院子里的水已经积得满当当的,眼看着就要灌进屋里了。李新爱有些害怕。她抓起电话,拨通了丈夫张一的手机。

张一是杨千河乡的党委副书记。杨千河乡离她的家丁家窑乡有二十几里路。儿子在学校,家里还有80多岁的老父亲和老母亲,能做事的只有李新爱一个人。这时候,她真希望丈夫能赶快回来帮帮她。

电话响了很久没有人接,李新爱着急了,再拨,还没有人接,再拨……连续拨了好几遍,电话终于通了,那头传来张一大声的呼喊:"喂,新爱,怎么了?"

李新爱还没有张口,眼泪就顺着脸颊淌下来了。

李新爱说:"张一,你快回来,咱家要被水淹了,我害怕!"

张一在电话里说:"我走不开,我在老乡家里抢险呢!"

电话里立刻传来嘟嘟的忙音。张一那边电话已经撂了。李新爱愣了一下,眼泪更汹涌了。张一是个不顾家的人,李新爱明明知道,却还要给他打电话。结婚十几年了,从威坪堡乡到西捻头乡,再到杨千河乡,不管工作调到哪里,张一从来就没顾过家。除了过年过

节能在家呆呆，其余时间都在乡里，把80多岁的父母和年幼的儿子全甩给了她一个人。平时再苦再难，李新爱都没有埋怨过丈夫，她知道丈夫工作忙，也很难。虽说他担任着乡党委副书记，但他毕竟是聘用干部，和正式的国家干部还是有区别的，所以他工作就得比别人更努力才行。李新爱懂得这个道理，所以，平时不管有多难，李新爱都没有拖累过丈夫。而今天，头一次遇到这么大的雨，眼看屋子就要被水淹了，她真的很希望丈夫能在跟前，能在家里帮帮她，可谁知道她连话都没有说完，张一连问一问清楚都没有，就挂了电话。

李新爱正暗自伤心落泪，忽然就看见院子里的水哗哗地朝屋子里涌进来。她顾不得害怕也顾不得埋怨丈夫了，急忙找出一把铁锹跑去堵水。

雨越下越大，院子里的水排不出去，哗哗地朝屋里涌进来。李新爱左堵右堵，屋子里还是成了一片汪洋，地上的鞋子都漂了起来。张一80多岁的老父亲和老母亲一起跑出来帮儿媳，结果越帮越忙，本来就病着的老母亲摔倒在洪水里。李新爱顾不得堵水了，把铁锹一扔，急忙上前去搀扶老母亲。

二

李新爱打电话的时候，张一正在坡房村73岁的孤寡老人杨禄业家忙着抢险排水。

杨禄业老人孤单一人，张一是坡房村的包队干部，每次到坡房村下乡，他就住在杨老汉家，帮杨老汉挑水、烧火、做饭，夜里就陪着杨老汉一起拉家常。下大雨这天，张一正好来到坡房村下乡。本来他是在村委会和村干部商量事情，刚开完会，大雨就下起来了。人们一时出不去了，村干部们都躲在村委会里避雨，而张一却一头冲进了雨中。

村干部们急忙喊他："张书记，这么大的雨，你这是……"

张一没有回答，很快就不见了身影。

张一是忽然想起了杨禄业老汉。杨老汉家里的房子有点破旧，这么大的雨很容易漏水。再说杨老汉的院子是土院子，没有排水道，这么大的雨，很容易把水灌进屋里去。一个70多岁的老人，万一有个好歹就糟了。所以张一顾不得多想，就朝外跑去。

张一跑到杨老汉家，看到杨老汉家院子里果然积满了水。他冲进屋子里，屋子里也在漏雨。杨老汉一个人站在屋门口，瞅着大雨发愣。老人已经不知道该怎么办了。张一冲进来，从门背后找出一把铁锹，就往院子里跑去。他冒着大雨把院子外头高的地方往下铲，把院子里的洪水往外引。就在这时，手机响了，就是李新爱打来的。这时候他哪里顾得上接呢，没说两句就挂断了。

张一直到把杨老汉院子里的水排出去，又帮杨老汉把屋子里漏雨的地方用塑料布遮好了，把水清理干净，还帮杨老汉做了饭，才想起妻子打电话说自家屋子被水淹的事。张一有些着急，急忙打电话回去问家里的情况。李新爱在电话里再次哭了，告诉他说，家里被水淹得一塌糊涂，母亲本来有病，结果又摔了一跤，现在还在喊头晕。

张一听完，安慰了妻子几句，劝她不要着急，立刻骑上摩托车往家里赶去。在天黑之前，他赶回了丁家窑的家。

家里地板上水淹过的痕迹还在，泥巴都被妻子铲出去了，但水的印迹一时弄不干净。母亲摔跤倒没有多大的问题，只是原本就有糖尿病、高血压，这一受惊吓，更加重了病情。张一有点愧疚，觉得很对不起母亲，如果自己在家里，家里就不会这么忙乱。这么大的雨，妻子一个人肯定应付不过来。面对一脸疲惫的妻子，他感觉很愧疚，但是他什么都没有说。因为他知道说什么也不抵用，他不能为妻子分担她生活的难处。

李新爱倒没有说他什么，反而劝慰他，家里已经这样了，只好等上几天，等洪水的印迹干了以后再收拾。眼前要紧的，是得给母亲瞧瞧病去。这些天,母亲的糖尿病好像更严重了一点,手脚都有点浮肿。血压好像也不稳定,降压药吃了也下不去。张一是个很孝顺的人,一听母亲病情加重了,立刻决定第二天一早就带母亲到大同去瞧病,因为第二天正好是个星期天,张一可以不用上班。

张一打电话托朋友找了一辆小车,约好一早来接他和母亲。

晚上临睡前,乡党委书记老魏打来了电话,说刚下完雨,地下水分充足,是植树的好时机。乡里现在缺树苗,要赶紧到代县去拉些树苗回来。

所谓拉树苗,就是买树苗。乡里要趁着雨后组织各村开始植树。魏书记要张一第二天带车到代县去拉苗,并特意吩咐张一,乡里暂时没现钱,要张一从自己家先拿上几千元钱垫付,等他回来乡里再给他补上。

张一想也没想,就说:"好,那我明天就去。"

一旁李新爱忙提醒:"明天要带咱妈去大同看病,你忘了?"

张一说:"明天你陪咱妈去吧,乡里有事,我得到代县去拉树苗去。"

李新爱赌气说:"我一个人不去!那是你妈,你都不关心,我关心什么!"

张一赶紧说好话,说:"媳妇,你看,咱家平时大事小事都是你管着,陪妈看病你比我还在行,我去了也没多大用。我是党员干部,领导分派下来任务,我不去能行吗?"

李新爱说:"领导怎么了?领导也有父母,他父母有病他就能不管?我来给魏书记说,让他再换一个人去!"

李新爱说着就要拨魏书记的电话,张一忙拦着,赔着笑脸说:"媳妇,你平时挺明白一个人,很支持我工作的,今天你是怎么了?我是乡党委副书记,是党员干部,服从组织安排没有二话可说。你一个家属给魏书记打电话算啥?你这不是无理取闹吗?"

李新爱说:"我让魏书记换一个人去不成吗?"

风从塞上来
FENGCONGSAISHANGLAI

张一说："咱说咱有事，别人还说别人有事，都要这样，那公家的事还干不干了？这不是给魏书记出难题吗？我知道你挺能干的，一定能陪咱妈把病看好。公家的事啥时候都比咱自己家的事要紧，咱啥时候都不能忘了咱是党员干部，只能替组织上分忧，不能拖组织的后腿。你是个好女人、好媳妇，我说的话你会明白。"

张一说着亲了妻子一口，李新爱的心一下子软了。

张一连夜骑着摩托车跑了出去，他要赶紧找几辆带挂的大车，明天一早出发去拉树苗。临走，他向妻子要了3000元钱。那是第二天给母亲看病用的钱，张一顾不上了，他让妻子第二天早上再想法筹上一点钱去给母亲看病。

张一这一走，再也没有回来。李新爱回忆说，那是2005年的农历三月初二，本来说好初三去给母亲看病的，可是却临时发生了变化，张一去了代县拉树苗。李新爱做梦也想不到，这一走，竟然会是永别。

三

我在采访李新爱的时候,问她:"张一在你心里是一个什么样的人?"她说:"好人!好丈夫,好儿子,好父亲。从不打牌耍钱,从不在外面胡来,一年到头都在乡里头,就知道工作。虽然回家很少,可是一回来,对家里头的人,对父母妻儿都很好。从不和我吵架。两人结婚十几年,从没因为啥事红过脸。"我说:"张一在你眼里,有没有缺点?"李新爱一愣:"缺点?"随后说:"他这人就是有点死板,不机敏,只知道认真工作,在乡里工作20多年,从农业技术员到副书记,前后换了好几个乡镇,一直都是个聘用制干部,也不懂去找县里领导谈谈,想法把自己解决成一个国家正式干部。"朋友们有时候劝他活动活动,李新爱也催他,他却说:"聘用制也是干部,都是干工作的,什么样身份也不影响我工作。"所以一直到他去世,还是个聘用制干部。

杨千河乡党委书记魏斌说:"张一在乡里是个没有节假日的干部,虽然没有轰轰烈烈的事迹,但他默默无闻,任劳任怨地用自己的党性和人格在尽心尽力地工作。"

张一是在县机构改革中被选聘为乡党委副书记的。在一般人看来,一名招聘制干部,干到副科级也就到头了。安安逸逸拿份工资,顺顺当当走完仕途就行了,没必要拼死拼活猛干了。这话张一耳朵里听得多了,从不当回事。这话魏斌也不只一次地听到过,他觉得应该安慰、鼓励一下张一。可张一却对他说:"做人要讲良心,当干部更要讲党性,我做事不为做官,但总得对得起自己挣的那份工资吧。"这朴素的话语让魏斌感触很深,张一说话做事表里如一,一直这样朴实无华。

张一去世后,在他的遗物中,几个笔记本里记的全是乡里安排的工作和村里要办的事情。哪个村子有几户孤寡老人，有几户贫困户，他都有详细的记录。哪个村庄的超生户是谁，超生了几胎，住在什么地方，又搬到了哪里，他都记得清清楚楚。全乡羊的存栏数、出栏数、土地、荒地、退耕地、发放过的救济款、粮食直补款等等各项指标、各种数据，更是记得井井有条。

魏斌感叹地说："没有过硬的工作作风，没有认真的工作态度，这么多工作肯定会搞不好！"

张一走了之后，魏斌好些天缓不过劲来，经常在安排乡里的工作时，情不自禁地叫到"张一"的名字。张一在的时候，是他的一个好助手，无论任何时候、任何工作，只要他交代下去，张一总能不折不扣地完成，没听他提过一句条件或者讲过一点困难。

乡里的经管员王一民说："2000年冬天，乡里收农业税款，张一负责的那块全部收齐后，在交账时，发现了一张一百元假币，张一二话没说，掏出自己的工资换回了其中的一张假币，避免了乡里的农业税账目不齐。"

张一做事就是这样认真。他不太爱说话，总是说得少做得多。

金牛庄的移民们记得，为了解决好他们这些搬迁户的生活出路问题，张一跑前跑后，调整土地，种植牧草，为移民们解决的实际问题数也数不清，大家都被感动了，发自内心地凑了钱要请张一吃饭，可到了最后，还是没请到。这成了金牛庄的移民们最大的遗憾。

右玉老百姓有这样几句顺口溜：吃吃喝喝拿上烟，实际工作不沾边，"吃喝干部"最讨厌。……干部下乡亲眼见，同吃同住农家院，山药丝丝蒸莜面，走时留下五元钱。

这话说的是两种不同的干部形象。在群众眼中，张一就是属于后一种。右玉人很热情，有杀羊招待贵客的习俗。干部下乡到村里，村干部们经常杀羊招待。张一头一次包队下乡，就坚决阻止了村干部们杀羊的提议。张旺村的支部书记曾志义回忆说，张一到村里来下乡，他们觉得乡里干部来了，而且张副书记是头一次到村里，按礼节应该杀一只羊招待一下,就和村干部们张罗着杀羊。张一听说了赶紧制止,说,老百姓养一只羊不容易,一只羊能卖上好几百元,咱们当干部的可不能给群众造成负担,说什么也不许他们杀羊,结果就在曾支书家里吃了一点莜面窝窝。在村里包队时间长了,大家了解到张一家人就靠他一个人的工资生活,回去的时候就从村里给他带点胡麻油、莜面、山药蛋。张一说死也不肯要,说他家里也是农村的,啥都有,啥都不需要。结果反而弄得村干部们不好意思,在村里忙了那么久,做了许多工作,结果让张一空着两只手走了。曾志义说,张一这个人,就是实在,一点不像个干部,和村里头的老百姓没有两样。

小浦州营村的村民李进因患脑血栓病多年,失去劳动能力,家里还有两个上学的孩子,全靠妻子一个人种地维持生活,家庭十分困难。2003年,张一到小浦州营村下乡,负责农业税的征收工作。李进家应交税款80元,李进的妻子东跑西借,最后才借到30元钱。张一看到李家的情况,啥话也没有说,从自己工资里拿出50元,替李进家垫付了税款。回到乡里,张一又找领导,找有关部门,通过各种渠道为李进一家争取扶贫救济款和各种补助。他还跑到两个孩子的学校,同学校的领导联系协调,减免了两个孩子的学杂费,使李进一家渡过了难关。

年过七旬的村民杨茂业老汉,患白内障多年,由于村里医疗条件差,杨老汉家经济条件也不好,一直得不到有效治疗,双目几乎失明,生活都不能自理。儿女们一是花不起钱,二是也不知道该怎么治,就一直拖着。杨老汉心里估摸着这辈子就这样了,别想再看见光明了。张一下乡时了解到这一情况,就四处帮杨老汉打听联系医疗扶贫救助,又亲自跑到残联等单位为杨老汉寻求帮助。后来打听到省"光明医疗救助"手术队来到了相邻的怀仁县,张一又积极与医疗队联系,协助杨老汉办好救助手续,并亲自领着杨老汉到怀仁去做手术。困惑杨老汉多年的白内障,仅仅花了750元费用,就

风从塞上来

完全治好了。杨老汉没有想到这辈子还能重见光明,激动地拉住张一的手,直喊"共产党好,领导好"。原来生活都不能自理的杨老汉,如今又可以每天去喂羊养牛,给家里挣钱了。春天和秋天,他还和村里人一道到山上去挖坑栽树,浑身都是劲儿。

杨茂业老汉提起张一,连连说:"那可是个好领导!是个好人啊!"

这就是张一,在妻子眼里是有点死板的好人;在领导和同事眼中是朴实无华、工作踏实认真的好干部;在老百姓眼里是廉洁清正,没有一点干部架子,帮助群众办了无数好事的好领导。

四

李新爱带着婆婆从大同回到家里已经是晚上了。回来的路上天又开始下雨,等她领着婆婆回到家里,发现家里全是水,洪水又灌进屋里了。80多岁的老父亲一个人坐在屋里,眼看着水漫了一地,却无能为力。看到这种情况,李新爱忽然觉得很难过,她又哭了起来,边哭边给张一打电话,问他那边怎么样了,什么时候才能回来。她忍了几忍,没有告诉他家里又进水的消息,只告诉他母亲的病没有大碍,医生开了药带着回家来服。张一在电话里告诉李新爱,代县那边也在下雨,他们正冒着雨在苗圃里起苗子,顾不上和她多说。李新爱便挂了电话,安置好公公和婆婆,就去了自家开的小饭馆。一直到晚上12点左右,李新爱把饭馆的一切都收拾完了,回到家里以后,她又给张一打电话。张一告诉她,他们已经起好了苗子,正在装车,等全部装好了就要连夜往回赶了。乡里急等着树苗用呢,他们一分一秒都不能耽误,必须连夜赶回来。

李新爱嘱咐丈夫路上小心一点,就去睡觉了。

第二天中午一点多钟,乡政府来电话,告诉李新爱一个不幸的消息:张一在拉树苗的过程中出了车祸,现在在代县医院,要她去一趟。李新爱一下子就蒙了。她第一个反应就是拨打丈夫的手机。耳机里传来熟悉的女声:您拨打的电话已关机。李新爱愣了愣,慌忙找朋友代为照管公公和婆婆,她慌慌张张地跑到银行,把家里的所有存款都带上,把饭店里面的钱也收拾一空,然后叫了一辆出租车就往代县赶去。那时候,李新爱只有一个想法,不管张一伤得有多重,一定要把他治好。赶到代县后第一要做的,就是转院。县级医院条件差,要赶紧往省城的大医院转,不管花多少钱她都认,只要丈夫能好起来。

就在李新爱驱车赶往代县的时候,张一已经静静地躺在了太平间里。

头天夜里,张一一直忙到半夜三点多钟,才把所有树苗起好并装车完毕。驶上公路以后没有走几步,张一发现煞树苗的绳子有点松,他怕到路上苗子给丢了,就叫司机把车停在公路旁边,他下去勒绳子。这次他一共带了三辆带拖挂的大卡车,他一辆一辆地检查,又一辆辆地把绳子煞紧,把树苗整好。就在一切都快要结束的时候,突然一辆大卡车从一旁呼啸而过,把正在车旁煞绳子的张一挂倒在地上，轮胎从身上碾压了过去。

同行的同事和司机急忙把张一送往代县医院。杨千河乡的领导听到消息，连夜赶往代县。医院全力抢救，可是张一最终还是因抢救无效身亡。一直到第二天中午，他们才把车祸的消息告诉李新爱。

李新爱走进代县人民医院，迎头看到迎接她的杨千河乡的李乡长蓬头垢面，一脸的憔悴，看见李新爱的一瞬间，李乡长的眼泪没有忍住就掉了下来。李新爱什么都明白了，她脑子里嗡的一声，身子一软，就昏倒在地上。忙乱的李乡长又赶紧招呼人救治李新爱。

等李新爱醒来第一眼看到张一时，她的心都要碎了。

张一静静地躺在医院的太平间里，头上、脸上、衣服上全是泥土，裤子也破了，拉下长长一条。他的脸色显得很平静，好像睡着了一般。李新爱没有哭，她有一种奇怪的感觉，张一并没有死，他只是睡着了，他太累了，他需要好好睡一觉。等到他睡醒了，会像往常一样，笑着坐起来，亲一亲她，然后和她一起回家。李新爱已经记不起来丈夫有多久没有在家好好休息过了，记不起来多久他们一家人没有好好在一起团聚了。她只记得张一每天都是忙，每天都有干不完的工作，每次都在电话里说，我这儿忙着呢，等会儿我给你电话。可李新爱就永远也没有等到过张一主动打来的电话。不是家里有事找他，他好像就没有这个家。今天，他终于可以安安静静地休息了，终于可以什么都不再想，静静地躺着了，就让他好好地睡吧，让他睡个够。

李新爱拿出自己的手帕，轻轻地为张一擦着脸上的污垢和泥巴，擦着他头发上沾着的泥土，把他破了的裤子重新收拾好，把上面的泥土擦掉。等把一切都收拾好了，李新爱就静静地坐在丈夫跟前，静静地守着他，连咳一声都不敢，生怕惊醒了他。

李乡长走进来，告诉李新爱该回家了，今天要把张一的遗体拉回老家去安葬。李新爱似乎没有听见一般，仍然坐在那里一动不动。李乡长让人把李新爱搀扶出去，李新爱不肯，她要守在张一的跟前，谁都把她拉不出去。李乡长最后无法，只好让人强行把她拉出去。就在临出门的一瞬间，李新爱突然号啕大哭起来。这是自她见到丈夫的遗体以后第一次痛哭。她哭得撕心裂肺，哭得肝肠寸断，哭得死去活来，她一头便撞在了太平间的屋门上。

张一不幸遇难的消息传到了杨千河乡，杨千河乡的干部和群众都自发赶到张一老家丁家窑乡白家窑村，为张一送别。杨茂业老汉哭着说："这娃咋就能这样走了呢？我的眼睛治好了，我还没好好看看他呢，好人咋就命不长呢？"杨禄业老汉老泪纵横，泣不成声。他说："张书记最体贴我们老百姓，俺家有啥难事都是张书记帮着解决的，你说这样的好人咋就说没就没了？"曾志义说："张一到死也在为咱右玉人造福呢，他是为咱右玉植树牺牲的，咱右玉人都不能忘了他！"魏斌心里那个难受更别提了，他痛心地说："要知道会出这样的事，说啥也不会派他去了。他要是告诉我说他母亲要去看病，我就不会让他去了，也就不会出这样的事了。"赶来送行的群众全都是泣不成声。张一的灵柩出殡，绕着村子走，走到哪儿，哪儿一片哀痛之声。

张一走了，他撇下80多岁的父母双亲，撇下妻子和刚读中学的儿子，永远离开了他热爱的家乡，离开了他工作了几年的杨千河乡，离开了他帮助和扶持过的乡亲们。他是右玉县植树60年来，为生态建设献出生命的第一人。右玉县委和县政府为他召开了隆重的追悼会，县委书记赵向东亲自为他送了花圈和挽联。

张一，就是一位已经死去却仍活着的人，他活在杨千河乡群众心中，活在右玉百姓的心中。2010年8月26日，"首届中国·右玉西口风情生态旅游文化节"开幕式上，已经去世五年的张一的名字，再次出现在这台卫星直播的电视晚会上。人们用诗歌、用舞蹈、用各种不同的形式纪念着他，并把他的妻子和儿子请上舞台，让现场的数万名观众及电视机前的无数观众都看到了右玉人民对他的怀念、对他的感念、对他的纪念。据说，陈小洪书记已经表态，张一同志的儿子大学毕业以后,县委将会考虑让他接替父亲的岗位,做一名人民的公务员。九泉之下的张一,应该能感受到右玉人民给予他的这份温暖、这份幸福。

第十二章

石炉沟的人与树

一

王占峰坐在炕头上,看着炕头另一边满脸羞红的新媳妇。

新媳妇脸蛋红扑扑的,是一种看上去很健康的红润,是一种羞极了的绯红。这都是让闹洞房的人给害的。

王占峰今天大婚,平时他在村里人缘好,人缘好人气就旺,闹洞房的人就多。在当地,闹洞房的人越多,这家人的脸上就越有光彩。王家的新房里挤满闹洞房的村人,王占峰的老父亲高兴得合不拢嘴,这可是给他老王家挣足了人气啊!对王占峰来说,闹洞房倒不算什么,因为他是二婚。

王占峰可不是一般的人。在老墙框村的村民们看来,王占峰是个大能人,会赚钱。据说他在外面做生意赚回两万多元,在老墙框村是首富。那可是1982年的冬天,那时候村里全家人一年的收入也就百来元。在右玉,人们只听说遥远的广东或江浙一带出现了"万元户",可还没有人见过真正的"万元户"是什么样子。而王占峰可是"双万元户"。两万元,这在老墙框村的人看来,那可是个天文数字。王占峰是个二婚头,还有两个孩子,能娶上一个大姑娘,村里人都说,人家是看上了王占峰是万元户,看上了王占峰的钱!

王占峰不知道他的新媳妇是不是真的看上了他有钱,可是他却知道他是真的有钱。

王占峰是个头脑灵活,又有文化,却极不安分的年轻人。高中毕业后,他没有安心在农村耕地种粮,他选择了走出去,寻找一种新的生活方式。那时候的年轻人,大多还不懂得出去打工、赚钱,而

是像父辈一样，窝在村里头，种点莜麦籽、山药蛋，娶个媳妇，生两个孩子，安安稳稳过一辈子，不管是苦是难，只要平安就成。王占峰却不同，他要跑，要走出去。父亲不同意他走，骂他，甚至要动手打他，但王占峰不听他的。他没有征得父亲同意，就走了。他先是在大同火车站当装卸工，后又在建筑工地当小工，还跟着捡破烂的老头子捡过破烂。他什么都干，不怕丢脸掉面子，只要能赚到钱，只要能让他生活下去。两年后，父亲通知他回来相亲，王占峰一下子给父亲带回来300多元钱。从相亲到结婚，王占峰都是用自己赚来的钱，他没有让老父亲为难，没有让老人出去借钱。父亲这才不得不对自己这个儿子刮目相看。结婚后的王占峰依然没有留在村里，办完喜事他就跑出去了，仍然在大同找工作干。1979年，一个偶然的机会，王占峰承包了大同火车站附近的一家旅社，靠着他的精明和能干，生意很火。两年下来，除去交承包费，王占峰成了万元户。又干了两年，王占峰就成了"双万元户"。而这一年，王占峰才刚刚28岁。不幸的是，王占峰的前妻病故，留下两个孩子。于是有人给"有钱"（那时候还没有流行"大款"这个词）的王占峰介绍了个还未结过婚的大姑娘。王占峰的父亲挑了个好日子，给他们举办了一个在当时还算是风光的婚礼。

都说洞房花烛夜是人间的良辰美景，新婚之夜是人生之大喜，按说这个夜晚应该是最美好的，可是，王占峰的这个新婚之夜，却闹了个不快。

当夜深人静，两人都平静下来之后，王占峰告诉新婚的妻子一个决定，他要回村里来，不仅是回村子里来，而且要上山。他要承包村西不远处的石炮沟。

新媳妇很吃惊，说："你承包那石炮沟干啥？"

王占峰说："种树！"

王占峰要治理石炮沟，他说要把这座光秃秃的石炮沟变得绿树成荫，变成花果山，变成百花园。

新媳妇惊诧地看着王占峰。新媳妇不是老墙框村的人，可是娘家却离老墙框村不远。她知道那个石炮沟，就在老墙框村西北，离村子有几里路。那座沟里啥也没有，只有不断头的风沙。那是个起风口，老墙框村人经过那里时，都要将脑袋缩进衣领里去，因为那里的风实在太大了，风裹着沙子打得人脸上生疼，会让你的脑袋立时变成一片沙漠。都说王占峰聪明、能干、会赚钱，新媳妇娘家人之所以同意将女儿嫁给王占峰这个二婚头，就是看上了他会赚钱，可是谁知道他却要回村里来，而且要上山沟里去种树。这王占峰脑袋是不是出了毛病？

新媳妇说："那石炮沟除了狼狐之类，就是风沙，连狗尾巴草都不长，人都不敢进去，你承包那座山沟能干啥？"

王占峰解释说："那一片荒沟现在看起来可怕，可要是全都种上树，有30年过来，你算算，那是个什么效益？要算经济账，一棵树一年涨10元钱，种上一万棵树，30年以后会是什么概念？那就是300万元！那时候咱们家就不是村里的首富，而是成了全县的首富。"

300万？新媳妇吃惊地张大了嘴巴合不拢。她从没有听说过300万元这个数，她不知道天下还有300万元这个概念。她只知道"万元户"就是有钱人了，她丈夫王占峰现在就是有钱人。有这两万元，她就可以安安稳稳地过一辈子了。她不去想那300万元，她觉得那只是在做梦，没听说过种树还能挣下钱的。

新媳妇说："我不要上山种什么树，我就跟你到大同去，咱还开旅社。我可等不到30年，我现在就想安安稳稳过日子，不愁吃不愁穿就行了，别把你赚的那点钱再扔到荒山沟里去！"

王占峰说："种树不但能赚钱，种树还能拦沙，能挡风，咱右玉人要生存就得种树。咱做事要先讲社会效益，后讲经济效益。再说，咱承包石炮沟种树，是社会效益和经济效益全都有了。两全其美的大好事，咱为啥不干呢？都说我王占峰聪明，这就是我的聪明之处，别人想不到、不敢想的事，我敢想敢干。"

新媳妇说："你要想上山沟种树，我就回娘家。你种你的树，我走我的路！"

王占峰看新媳妇真恼了，便想哄哄媳妇。他把手朝媳妇伸过去，新媳妇一把就打开了他。

这一夜，不管王占峰说什么，新媳妇就是一声不吭，只把自己的被子包裹得紧紧的，不理睬王占峰。

第二天一早起来，新媳妇就夹着个包袱回了娘家。王占峰赶忙追去，说死说活，新媳妇就是不回来。王占峰一咬牙，不回家算了，我王占峰没有女人照样活。把新媳妇甩下，他独自回了家。

承包石炮沟，不是王占峰的一时冲动，是他当年一直在考虑的一件大事。王占峰念过高中，在他从小学到高中念书的这十几年里，给他印象最深的就是右玉不断头的风沙。特别是春季，一起风沙就昏天黑地，要大白天点灯上课，这让王占峰从小对可恶的风沙就怀有一种强烈的仇恨。一个干旱，一个黄风，右玉人常年受这两种灾害的折磨。从爷爷到父亲，一辈辈人就这样过来了。有时候想一想，王占峰觉得右玉人活得真可怜。王占峰就想，到了他们这一代，再不能这样活下去了！这许多年来，右玉人一直在坚持植树造林，右玉的大地在一点点变绿，王占峰很想自己也能为右玉做点事、出点力。再者，王占峰一直想有机会在本地创业。在外面承包别人的旅社，那毕竟不是长久之计。承包费年年加重，何况别人说收回就要收回，根本就没有保障。正好这一年，王占峰得知县政府有新政策了，说个人可以承包治理小流域，王占峰觉得机会来了。他来回跑了很多趟，相中了村后的那道石炮沟，他决定要承包石炮沟种树。

石炮沟是一道已经荒了几百年的荒山沟，也是老墙框村的起风口，村里每每起大风，就是从石炮沟刮过来的。这地方常年风沙，就像新媳妇说的，连狗尾巴草都不长。可是王占峰看中的，是这沟里有一道山泉水，有水的地方就好种树，可以搞水土保持。这里是风眼，但只要在这里种上树，挡住风，老墙框村的风就会小很多，村

里的地就容易种，庄稼就容易活。这一道沟有几千亩，王占峰想，别说几千亩，只要种上几百亩树，几十年后，就是一笔可观的经济效益。无论从社会效益还是经济效益，石炮沟都是值得开发的。村里人不会算这个账，可是王占峰会算，他觉得值。于是，王占峰找到了当时的公社书记李生华，把自己的想法告诉了李书记。李生华一听，非常支持。开展小流域承包治理，是县里最近布置的一项工作，可全公社还没有一个人提出来要承包治理荒山，李生华很钦佩这个在外闯荡过、有文化有作为的年轻人。他立刻和王占峰一起，徒步十几里来到石炮沟，进行实地察看。

　　王占峰一边看，一边给李生华描绘着将来石炮沟治理后的前景。李生华一边听着，一边给他提着自己的建议和想法。两人越谈越兴奋，王占峰对未来充满了憧憬。最后，李生华说："小王，你就放手干吧，有什么事我给你办。该办的手续，该交的承包费，这些我来替你做工作。你只要好好干，给咱牛心堡公社带个好头，以后让更多的人向你学习，来治理荒山荒沟。"

　　李生华后来很感叹，像王占峰这样有头脑又能干的年轻人，牛心堡公社要是再多上几个就好了。

　　王占峰要承包石炮沟种树，娶来的新媳妇又跑了的消息在老墙框村传开来。人人都无法理解这个头脑精明、会做生意会赚钱、令人羡慕的"双万元户"王占峰，是中了哪门子邪，放着好好的旅社经理不当，好好的赚钱路子不走，却要上山去种树。那石炮沟多少年了都没人进去过，他这到底是想要干啥？

老父亲也不理解王占峰。他认为这个儿子真是脑袋里哪根筋搭错了，有了几个钱烧包的，想把钱往荒山沟里扔。老父亲要对王占峰负责，虽说现在儿子已近而立之年，早已娶妻生子，可在父亲眼里，王占峰还是个不成熟的孩子。王占峰提了铁镐和铁锹要出门，父亲把他堵在院子里，不顾村巷里人看笑话，朝他就是一顿臭骂，喝令他去把新媳妇请回来，不准他去承包什么石炮沟；说他如果不想去做生意了，就在家和媳妇好好过日子，种地打粮，过安稳日子。

王占峰给父亲解释，说了一大堆承包荒山、植树造林的好处。老父亲不听，告诉他，不把媳妇叫回来，就别想出这个门。

王占峰说："媳妇不是我撵跑的，是她自个儿跑的，回不回来随她的便。不管谁拦，这树我是非种不可，这沟我是非承包不可！"

老父亲火了，扑上去朝王占峰挥手就打。王占峰顺势从父亲的腋下钻过去，冲出门去。老父亲眼见得儿子不见了人影，气得坐在地上呜呜哭起来。

王占峰扛着铁镐和铁锹，独自走进了石炮沟。这一进去，就是二十多年。

1983年，王占峰承包了石炮沟1500亩荒山，成为山西省个体承包小流域治理第一人。

二

石炮沟的夜，静寂凄冷。一阵秋风嗖嗖地刮过山坳，搭在半山腰上的窝棚在秋风中簌簌发抖。右玉农历八月的夜晚已经很冷了。

王占峰坐在窝棚里的地板上，默默地抽着香烟。暗夜中，一明一灭的烟火照着他郁闷的脸膛。刨了一天的树坑，身体感觉很累，但是头脑里却很乱，使他无法入睡。

王占峰不顾新婚妻子的出走，不顾父亲的阻拦，独自跑到石炮沟里来种树，已经大半年了。这大半年来，他一个人住在这荒山沟里，每天陪伴他的只有沟底那条哗哗流淌的溪水，还有山坡上经常跑来跑去的野兔、狐狸和獾子。夜里，会有野狼在远处嗷嗷长嗥，在静寂的夜晚显得有些恐怖。王占峰没有感到害怕，他甚至有些感谢这些动物，是它们在这渺无人烟的荒山里陪伴着他。

王占峰签订了30年的承包合同。李生华书记早已帮他办好了承包手续，他每年只需要交一定数量的承包费。因为他是全县"小流域治理第一人"，县政府出于鼓励政策，对他予以特殊照顾，承包费用定得较低。王占峰对县里和公社的领导很是感激。他对未来的石炮沟充满了信心。但是，窝心的事仍然会堵住他的心头，使他经常在劳累一天后的夜里不能安然入睡。

他上山以后，父亲来找过他一次，说是把媳妇给他叫回来了，要他回去一趟。王占峰回去了。他也是人，他也是男人，不管他在山上过得再苦再难，他都能承受，但他需要心灵的慰藉，需要一个女人对他的体贴和理解，需要媳妇的安慰，需要有一个安稳的家来支撑他的事业。但是，这天半夜，王占峰又从家里跑出来了，他独自跑回了山上的小窝棚。

媳妇仍然不理解他的行为，她不能容忍他抛下妻子跑到山上去，结果两人吵得很厉害，王占峰一气之下，跑回了山上。后来父亲又来叫了他两次，他都没有回去。父亲很生气，大骂他一顿，声明以后不会再来管他。果真，后来王占峰回家去，父亲再不理睬他。此后的两年里，父亲再没有同王占峰说过一句话。王占峰感到很伤心，为什么这个世界上和他最亲的两个人，都不理解他呢？

夜已很深了，王占峰一直无法入睡。地上的烟头已经扔了一堆，他不能再靠吸烟来麻醉自己，他索性披上衣服，提上窝棚门后那把铁镐，走了出去。

暗夜中，王占峰抡着镐头，挖着荒地。他要把这一片坡全开成一道道的梯田状，然后再挖下树坑，到明年春天，全部栽上杨树。

深夜，瑟瑟的秋风刮着他的脸，空旷的荒野里只能听到砰砰的镐头与土地、石块碰撞的声音，还有那山风掠过山头时尖利的呼啸声。王占峰什么都不去想，他只是狠狠地抡着铁镐，一下，一下地挖着土地。

……

一阵冷风把王占峰吹醒过来，他不由打了个冷战。王占峰睁开眼睛，才发现自己坐在地头上抽烟时，不知不觉睡着了。四周已经亮起来，天就要亮了。

忽然，他感觉到脚底下有点异样，低头去看，发现一只狍子卧在他的脚下，紧紧地依偎着他的腿，正在簌簌发抖。王占峰忽然感到一阵亲切，原来这山上还有和他一样需要温暖、需要安慰的生灵。他轻轻地抱起这只狍子，仔细观察，发现原来这是一只受了伤的狍子。是猎人的子弹还是其他猛兽的袭击使它受伤，王占峰猜不出来，只是看到它身体多处血痕，腿上的伤口仍在淌血。王占峰不由一阵心疼，他抱起它走向窝棚，用清水把它身上的血迹擦干，然后给它盖上自己的被子。狍子渐渐安静下来，它轻轻地闭上了眼睛。王占峰迅速跑出窝棚，朝山下跑去。

几个小时后，王占峰带了纱布和药水回到窝棚里。他轻轻地给狍子包扎着伤口，又把一种消炎药灌进它的嘴巴里去。王占峰希望它能尽快好起来。如果它不愿意走，他可以每天照顾它。

王占峰干活的时候，那只狍子忽然慢慢地走了出来，卧在了他的脚下。王占峰的心里感觉到了一阵温暖。动物和人是一样的，它也有情义。王占峰蹲下去，抚摸着它的毛发，拍拍它的头，然后又去干活。夜里，那只狍子就躺在他的窝铺旁，王占峰怕他冷，把自己的被子给它盖上一半。

三天以后，那只狍子还是死了。王占峰伤心至极，这是他住在石炮沟这个荒沟以后，唯一陪伴过他的生灵。它带给了他短暂的温暖和快乐，现在它却离他而去了。他把它埋在了山坡上他栽下的一棵小树下,让它陪伴着那棵小树成长。

此后,在长达18年的时间里,王占峰都是一个人住在石炮沟南坡上那座小小的窝棚里,每天吃着莜麦籽炒面,喝着沟底的溪水,默默地种着他的树。

雨水曾浇透过他的窝棚,狂风也曾刮翻过他的窝棚,但是,王占峰始终没有退缩,他坚守了下来,一直坚守了18年。

20多年后,当我在石炮沟采访到王占峰时,王占峰提起当初那段凄凉而孤独的生活,提起那只受伤的狍子,仍然禁不住一阵伤感。

三

经过一秋一冬的苦战,过去荒草萋萋的石炮沟已经初步变了模

样。原先荒芜的南坡上,已经整好了一条条梯田状的育林带。沟底围绕溪流的地方,也已经开垦出来,整成一片果园地。王占峰有文化,也有经济头脑,他不想沿袭当地一直种植小老杨的传统,他要开辟新的树种。他对自己的石炮沟做了长远的整体规划。他要利用石炮沟的那条小溪,在沟底有水的地方,种植经济林,种上杏树、梨树、苹果树、葡萄树,在山坡上种上油松、獐子松、高杆杨、柳树、柏树和云杉等成材树。将来整个石炮沟,就是一道花果山、一片森林。这些树不仅可以产生经济效益,更重要的,还可以挡风拦沙、保持水土、美化环境,让他生活的村庄不再饱受风沙的侵袭。这年春天,王占峰用自己积攒下来的两万元钱,购买回来各种树苗,运回石炮沟。

石炮沟荒无人迹,根本就没有路。王占峰购买来的树苗运不进

沟里去。车进不去，只能靠人扛。王占峰扛着树苗，用双脚劈开荆棘，踏倒荒草，一趟一趟地往返。终于，王占峰靠着自己的双脚在石炮沟走出一条进沟的路。山坡上没有水，王占峰每栽下一棵树，都要从沟底挑水上山去浇树。陡峭的沟坡上，王占峰用脚踏出一条条挑水的小路。肩膀磨破了，王占峰不吭不哈，把衣襟撕下来，裹在肩膀上，继续挑水。渴了，王占峰顾不得烧一碗热水，大冷天趴在溪流边喝上几口溪水。饿了，口袋里掏出炒莜麦面，往嘴巴里塞上几口，就着溪水咽下去。夜里就躺在山坡上四面漏风的窝棚里，和衣睡上一觉。整整一冬一春，王占峰几乎没有脱过衣服睡觉，也没有条件洗澡，衣服缝里爬满了虱子，甚至头发里爬的都是。王占峰不管不顾，他只有一个信念，一定要把石炮沟治理好。

　　几年过去，王占峰做生意赚回来的两万元早已花光了。他没有钱买树苗了，就自己育苗。他在沟底有水的地方，开垦出一片苗圃，自己培育松树、柏树、杨树、柳树以及各种果树苗，供自己种树所需。

　　一转眼，王占峰独自一人在石炮沟的窝棚里已经生活了18年了。18年里，他在沟底种下70余亩果树；在山坡上，种下3000多亩的各种林木。昔日荒草萋萋的石炮沟，如今已是林木葱茏、花果飘香，到处是郁郁葱葱的树林。王占峰对石炮沟的治理初见成效，当年极力反对他的父亲终于再次走进石炮沟。看着儿子苍老黝黑的脸庞，拉着儿子结满厚厚老茧的双手，老父亲不由得声泪俱下。他说："儿子，以后爹来帮你。"

　　2000年，王占峰在沟口平整出一块地坪，在坪上盖了几间房子，他总算是从半山腰的窝棚里搬了出来。有了房子，夜里不再怕寒风刮进被子里来，下雨天也不再怕雨水淋湿了被窝。和王占峰一直僵持着的妻子，总算在王占峰面前服软了。她嫁给这么一个倔强的男人，改变的只能是她自己。这年7月，同王占峰僵持了18年的妻子，随着王占峰住进了沟里，住进了他新盖的房子里，帮他烧水做饭，帮他挖坑植树。王占峰种树回来，终于可以有口热饭吃、有口热水喝了。他那颗孤独凄冷了许久的心，终于得到了慰藉，终于感觉到了踏实。

入住石炮沟27年，王占峰从29岁到56岁，他的黄金年华，他的全部心血，都投入到这道荒山沟里去了。如今的石炮沟，满山都是翠绿。站在沟口的坪上看去，沟里沟外茂密的森林，让你想象不出石炮沟当年的荒凉样子。石炮沟的山绿了、风小了、沙没了。老墙框村的人都理解了王占峰当初的选择，并且也看到了王占峰未来的前景。他那一沟的树，去年有人出600万元的高价要买，王占峰不肯卖。他有自己的小九九：这一棵树，每年涨10元钱，我这几十万株树，再过10年、30年、50年，能涨多少钱？何况，还有社会效益、生态效益？王占峰是个聪明的人、精明的人，老墙框村的人不得不佩服。20多年来，王占峰唯一没有变的，是他的信念、他的自信、他的执著，他对石炮沟的热爱、对植树的热爱。

王占峰的坚守是艰难的，也是幸运的。因为从他承包后的第一任县委书记袁浩基到现任的书记陈小洪，期间每一任县委领导都曾给予过他支持和帮助。

2005年，新上任不久的赵向东书记来到石炮沟，考察了王占峰的树。他被王占峰的精神所打动，他为王占峰的事迹所感动，他为右玉能有这样执著的人感到骄傲。那一天王占峰不在沟里，赵向东书记来的时候他没有见到。他见到的是赵书记走后来到他沟里的宁宝书记。宁宝是石炮沟所属牛心乡的书记。宁宝告诉他，赵向东书记对他很敬佩，也很关心，指示乡里帮助他解决困难。另外，赵向东书记还提出一条思路，县里要开发旅游，石炮沟这么好的景色、这么好的风光，不应该浪费，应该想办法开发利用起来，作为游客参观游览和休闲旅游的景点。随后，宁宝书记和乡领导为王占峰拉来了砖瓦、木料，帮王占峰盖起了宽敞明亮的一排大房子，可以做客房，供旅游的人们住宿；还有厨房，可以给旅游的人们提供餐饮服务；沟口还修建了停车场。

  2010年8月，我来到了石炮沟，想感受一下石炮沟的树，还有石炮沟的那个人。站在我面前的，是一个高挑黑瘦的中年男人，他脸上布满的风吹日晒的痕迹，让人感受到20多年来他所经历的艰苦岁月。与他的实际年龄相比，王占峰显得有些老相，一道道横七竖八的褶儿深深刻在他的额头和脸颊上。我企图从他的脸上，寻找到当年那个年轻而一身英气的小伙子，那个精明能干、会赚钱、有想法的年轻的王占峰的影子。可是我什么都没有找到，我看到的是一张饱经沧桑的脸，上面除了刀刻一般的道道皱纹，还有着一种与之不相称的坚毅的神情。

  我问他："这些年走过来，有没有感觉到苦啊？"

王占峰说："说不苦那是骗人的。前后20年的时间，每天夜里我一个人住在这荒山沟里，听着狼嗥，听着风吼，心里那种孤寂难活，现在想起来都不是滋味。秋冬天挖树坑，手上满是血口子，一洗手就疼得钻心，疼得我连手都不敢洗。吃饭的时候，就两只手拍一拍，也不管手上有没有土，端上就吃。说起来不怕你笑话，有一回我半个月都没有洗手，手上那黑垢有一铜钱那么厚。一个人在山上，除了干活也没有个说话的人，见着山上跑过去一只狐狸、一只兔子，我也要喊上它几句，稀罕得不行！苦是苦，可我这个人不怕苦。就算再苦，也没有当年八路军打仗的时候苦。"

我笑了，不知道他为什么会拿种树和当年八路军打仗做比较，或许他把自己治理石炮沟，真的当作一场战役了吧！

石炮沟满山满沟的树，成了老墙框村的天然屏障，把风沙都拦住了，老墙框村的起风口如今再也不起风了，再也不刮沙了。老墙框村人路过石炮沟，不再是缩着脑袋匆匆逃过，而是流连忘返。村里人经常一家一家结伴来到石炮沟，在这里休闲游玩、照相留念。过去荒芜可怕的起风口，如今成了村里的森林公园。

可是，王占峰植树的步伐并没有停下来，2009年，王占峰再次承包了石炮沟旁边的那道山。这道山坡有3000多亩，王占峰已经开始挖坑整地。有了治理石炮沟的经验，我相信，用不了几年，那座山就会成为第二个石炮沟了。老墙框村就又会多一个天然屏障，多一个森林公园。

如果从纯经济学的角度看，王占峰似乎不像人们传说的那么精明。为了一个二三十年都还没有看到什么经济效益的石炮沟，他放弃了很多赚钱的机遇，在山沟里耗费了20多年人生的黄金时光。可是，王占峰又的确是个很有经济头脑的人，在别人都还在村里守着土地守着贫苦的时候，他早就成了第一个吃螃蟹的人，进入城市闯荡，成为一个成功的"万元户"。当政府鼓励个人承包治理小流域时，他又是第一个敢于吃螃蟹的人，在全县，甚至全省成为承包治理小流域第一人。如今这些他引以为骄傲的树，还没有带给他多少经济效益。可是他的思想永远是新鲜的、鲜活的，他总能想到别人想不到的东西，总敢去尝试别人不敢尝试的事。英雄勿以赚钱论成败，王占峰永远是独特的、独一无二的。这是我对王占峰的认识。

在我采访时，王占峰说，他很小的时候很怕黄风，每到春天，学校里经常要大白天点灯上课。

在右玉，就是要先搞防风治沙，后搞经济发展。右玉人要想生存，就要植树。在右玉，植树比赚钱更为重要。这不是王占峰独有的认识，这是右玉人共同的认识，从县委领导到一般百姓的共有认识。正因为这样，才有了后来60年坚持不懈的艰苦奋斗，才有了后来被称为"右玉精神"的一种精神。石炮沟只是一个小小的山沟，这道山沟里有一个人种了许多树，这些树，这个人，这道山沟，凝聚着一种被称作"右玉精神"的东西。王占峰和他的石炮沟，或许就是右玉精神的一个缩影或者体现。

第十三章

小老树之魂

"小老树"是右玉人对小叶杨树的称呼,也有人叫它"小老杨"。

小老杨个子不高,长到一定高度就停止生长,却极为耐旱、耐寒,抗风效果很好,是一种具有地域性格特征的小叶杨树。2009年9月,朔州市举行建市20周年庆祝大会,小老树被评为"市树"。朔州市委书记田喜荣评价小叶杨说:"这种小老杨,既不伟岸,也不够挺拔,几乎每一棵都佝偻着身子,那是它们长年经月与风沙抗争的结果。"与风沙不屈地抗争,不正是右玉人的品格吗?

右玉人很喜欢、也很尊重这种小老树。因为在60年抗风治沙过程中,小老树为右玉立下了汗马功劳。右玉在黄沙洼人工种植的第一片树林,就是小老树。

风从塞上来

右玉在20世纪70年代以前所种植的树种,几乎全部是小老树

我在右玉采访期间,几乎每走到一个地方,都能看到大片大片的小老树。它们大都佝偻着身子,很少见到它们挺拔的身姿,但是它们连接成整片整片的森林,抵挡着来自毛乌素沙漠的烈风和狂沙,改善着周边的生态环境。正像田喜荣书记说的那样,它们佝偻的身体,是长年经月和风沙抗争的结果。它们的身上体现着右玉人可贵的品格,表现出右玉人倔强和坚韧的性格。

在右玉,我还见到了这样一群人,他们一辈子和树结缘,一辈子就像小老树一样,扎根在右玉的土地上,为右玉的绿化事业,为右玉的生态建设,默默无闻地作着自己的贡献。他们是右玉的"小老树之魂"。

一　九旬老人和他的树

西捻头乡曹村，南沟。

半坡上一眼破旧的窑洞，门口上方有一棵小老树，树上挂着一块很大的匾牌，上面刻着几个大字：造林功臣。题头是"授予曹国权同志"，落款是"中共右玉县委、右玉县人民政府"。时间是1983年。门前有一条沟，沟里树连着树，一直连到半山腰的窑洞门前，顺着窑洞往上，还是树，一坡的树，一眼望不到头。

窑洞门口的树下，坐着一个老态龙钟的老人，身旁放着一把铁锹。看见我们，他站起来，脸上笑哈哈的，尽管腰已经弯了，可他起身的时候，手里仍拿着那把铁锹。

这把铁锹他用了一辈子，用它种下了无数棵树。现在，他已经91岁了，仍然舍不得放弃这把铁锹，他还在用这把铁锹种树。

这就是曹国权老人。

那眼破旧的窑洞很窄，很狭小，里面空空的，什么都没有，只有一盘大大的土炕。老人拿出一只包袱，从里面抖出一大堆的奖章、奖状、荣誉证书，满满当当的一土炕。这就是老人一生最宝贵的财富了。

我翻阅着那些奖状、奖章、荣誉证书，有县里的、地区的、市里的、省里的，从上世纪50年代到2000年，曹老汉得到过政府很多的表彰。曹国权老人是右玉县种树最早的一位农民，早在解放初的1949年，曹国权就开始在村后的东沟里种树了。

1949年，曹国权30岁了还没有结婚。

娶不上媳妇，是因为家里穷。曹国权穷得只剩了一身力气，就没人家愿意把姑娘嫁给他。土改时候政府分给他几十亩土地，可常年不断头的黄风，裹挟着沙子，把土地都掩埋了。年年春夏季节黄风乱刮，庄稼都无法下种。头天把种子下到地里去，夜里一场风，第

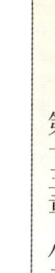

风从塞上来

二天到地里一看,种子不是被风沙刮跑了,就是埋了。解放了,政府分了土地,可就因为风沙太大,地里打不下粮食,曹村家家都穷。曹国权无父无母,光棍一条,家就更穷。曹国权看起来有些木讷,不太会说话,可他是牛皮纸的灯笼,心里亮堂。一天,他做了一件让村里人看笑话的事。他用12亩的平川好地和人家换了村后这一条荒沟。村里人都说曹国权傻了,可曹国权有他自己的小九九:沟里的风沙小,还耐旱,要是在沟里种上树,把风沙拦住,再在沟里开上荒地,种上些山药蛋、莜麦籽,一准能长好。山药蛋多了可以卖钱,种下的树长大以后还可以卖钱。这是多划算的事?于是,他毫不犹豫地就拿自家的12亩好地,换了人家这道荒草萋萋的山沟。

有了这一道沟,曹国权感觉自己一身的力气有了用武之地。他每天一大早起床,带上莜面窝窝或者炒莜面就进了沟。不管是春天,还是秋天,曹国权一进沟里就把上衣脱了,光着个膀子。曹国权是个不惜力气的人,干活喜欢下苦劲,穿着衣服他感觉误事,不如光着膀子干活痛快。天再凉,他只要干上几分钟的活,汗就顺着脊梁淌下来了。他先是把沟里两面坡上的荒草挖掉,一片一片开垦出来;然后再挖上元宝坑,把自己从小老树上砍下的树枝一根一根压在坑里;再去沟里挑来水,浇树。就这样日复一日、年复一年,曹国权呆在这个山沟里好几年时间,每天都种树不止。

曹国权在沟里种小老树,种杏树,种榆树,种柳树,反正逮着什么树苗就种什么树。不久,这一沟里都成了树,坡上也全种上了树。树挡住了风,拦住了沙,他又在沟里开垦荒地,种下一沟山药蛋，还有莜麦籽。曹国权的山药蛋比村里谁家的都要长得好。莜麦籽也长得好，产量比其他村民高出一倍。慢慢地，家里就积攒下一些粮食，窑里那几只破瓮开始满满当当了。就在这一年，33岁的曹国权娶到了媳妇，新媳妇看中的就是他家那几瓮子山药蛋和莜麦籽。

曹国权种树尝到了甜头，结果这一种就种了60年，一直到他90岁，每天仍种树不止。从一个年轻力壮的小伙子，到一个背驼腰弯的耄耋老人，他坚持在这个叫做曹村的村子里，在曹村的后山上和南沟里，种了一辈子的树。种树成了他的爱好，成了他的职业，成了他生命的一部分。刚开始他是自己种树，到后来，种树成了政府行为，成了全右玉人的选择。政府年年号召植树造林，曹老汉更有了劲头，除了参加生产队的种树，他还要自己种。他自己门前的沟里，窑后的山上，一棵一棵的树，都是他利用工余时间种下的。人民公社成立以后，一直到"文化大革命"，一切都归公了，曹国权种下的树也归了公。可是，在"农业学大寨"的空隙，他仍在种树，看到哪里有一片荒地，他就在生产队下工的时候，抽空去开荒种树。他把曹村的荒山荒沟都开垦遍了。曹老汉没有儿子，只有两个女儿。大女儿曹梅花说，小时候，她和妹妹放学回家，人还没走到家呢，父亲就喊上了，要她和妹妹两个人抬水上山去浇树。下雨天，生产队不能干活儿了，别人都在家里休息，曹国权却领着两个女儿上山去种树。曹国权说，下雨天种树更容易成活。后来老伴去世了，女儿出嫁了，剩下他一个人了，他每天还是在山上种树。村里有人逗他，说："曹老汉，你连个儿子都没有，种那么多树要干啥呢？"曹国权说："我没有儿子，可咱曹村人有儿子哩！咱曹村人有后代，就离不了种树！"村里的人就没话说了。60岁的时候，曹老汉娶了个后老伴。后老伴到家后，每天跟着曹老汉上山种树。后老伴不太理解曹老汉为啥就那么爱种树，也不理解他为什么每天就知道种树，不明白他种那么多树要干什么，就每天和他吵。早上上山的时候和他吵，到了山上，边种树边和他吵，晚上下工回家的时候仍然在和他吵。就这样，后老伴和他吵了30年，也跟着他种了30年的树。吵归吵，后老伴虽然不懂曹老汉，可她知道既然跟了曹老汉，就得夫唱妇随，不然，就不是两口子了。如今后老伴也已经90岁了，后老伴一提起曹老汉种树的事，还在愤愤不平，说曹老汉一辈子就和树亲，心里头就没她这个老伴。

县里的领导都知道了曹老汉种树的事，许多领导都来看望过他，从第一任县委书记张荣怀，到后来的常禄、袁浩基、姚焕斗。曹老汉也被树成种树的典型、植树劳模，经常参加县里、市里甚至省里的劳模会。1983年，常禄书记亲自把一块由右玉县委和县政府颁发的"造林功臣"的匾牌挂在曹老汉的窑门上。

我见到这位91岁高龄的种树老人时，他的背已经驼得很厉害了，看人的时候要用力抬起脑袋。可人们说，他前些日子还在曹村的山上种树呢。因为曹村现在大部分人家都已经搬迁走了，山里也因为缺水，两个女儿怕他无法生活，就把他从山上接到县城里住。曹老汉说，等过些日子，他还要回到曹村的山上去种树。这些日子看不见他的树，他心里很是想得慌。

"我就喜欢个种树！"91岁的曹老汉笑呵呵地说。他说他这一辈子啥都没有留下，就留下一山一沟的树，还有就是一大堆和种树有关的奖章、奖状、荣誉证书。

曹老汉说，政府号召种树没有错，右玉现在满山都是树，风沙就小了，庄稼长得好了，老百姓好活了。曹老汉还说现在国家政策好，把农民的税都免了，农村老百姓就更好活了。他说他还能拿得动铁锹呢，过些日子他还要去种树。

我们走出曹家的时候，曹老汉和老伴出来送我们。他佝偻着身体，用力抬起头笑呵呵的，眼珠子有些混浊，满脸的褶儿紧凑在一起。我想起那些满山的小老树，曹老汉就像那些小老树一样佝偻着身体，脸上的褶儿就像饱经沧桑的小老树的厚皮，但正是这样的小老树在用自己的身躯抵挡着来自毛乌素沙漠的黄风和沙尘，与风沙做着顽强的抗争。要说那些漫山遍野的小老树有灵魂，右玉无数个曹老汉，就是那些小老树的魂。

二　种树的伊小秃

伊小秃今年 88 岁，他是北辛窑村的老支部书记。他从 1960 年开始当大队支书，一直到 1989 年，因为年龄实在太大了，他主动退出，让年轻人接替他当了支部书记。

伊小秃记得很清楚，刚解放那会儿，右玉沿长城内外的风沙很大，常年不断地拉骆驼风，地里种下的莜麦籽、山药籽全被刮跑了。那时候，好人家的土地，一亩地能打二斗粮食；不好的土地，一亩只能打二三十斤粮食。如今北辛窑村的土地，一亩地打五六百斤是很平常的。看起来，这些年种树的确是起了作用了。如今，北辛窑村四周山山梁梁、沟沟汊汊全都是树。

伊小秃当支书以前就开始植树，从张荣怀开始，到马禄元、庞汉杰，每一任书记号召植树，伊小秃都积极参加。他那时候是村里的生产委员，每年都要组织社员上山植树。他参加过著名的黄沙洼植树战役，还参加了黑柳堡植树大会战。除了县里大会战，伊小秃又领着社员们在村子的后山、南岭、河湾植树。他每天带着干粮上山，中午不回家，一个人一天要挖 60 多个树坑。那时候时兴比、学、赶、帮，社里的许多年轻人都想超过伊小秃，但是每天干下来，伊小秃都是第一。社里的小红旗总是插在伊小秃的脚底下。担任着生产委员的伊小秃红光满面，那一年他被评为县里的植树模范。

秋冬天挖好树坑，第二年春天开始植树。当年北辛窑村没有一棵树，伊小秃就跑到很远的地方去砍树枝。他们跑到苍头河，跑到马营河，那些地方有零星的小老树。他们从小老树树干上砍下枝条，截成一节一节的，然后把一节一节的枝条压在树坑里，再挑水浇树，之后就盼着那些压在坑里的枝条生根发芽。再盼着它们一棵一棵地

风从塞上来

长成树。有许多枝条干枯了,也有不少枝条生根发芽了。几年下来,北辛窑村的周围就活下来不少树。这些树慢慢地成长起来,北辛窑村第一次有了绿色。

1960年,伊小秃当了大队支书。1960年到1962年,是中国历史上最困难的时期,中国人经受了三年自然灾害,生活极度困难,人人饿着肚子。在那最困难的日子里,伊小秃依然没有忘记种树。他每天勒紧裤带,带上几只烧山药蛋,领着社员们埋头植树。后来山药蛋也没的吃了,肚子饿得实在不行了,他就勒一勒裤带;饿极了,再勒一勒。社员们就跟着他们的支书学,不停地勒裤带,不停地种树。就这样,三年困难时期,全社植树的劲头一点儿没有减,村前村后的小老树,一棵一棵长了起来。

1964年,伊小秃作为右玉县的代表,到大寨去参观学习,回来时他带回来一块大寨的石头和一包大寨的土。在社员大会上,伊小秃说:"大寨的山比咱们的山还高,大寨的石头比咱这里的石头还硬,大寨的地还不如我们的好,大寨能干成的事,我们为啥就干不成?"

北辛窑村前面有一道河湾,河道南边是一道大梁,河湾里平时水很小,几乎就是干河滩。村里人说:"天不下雨渴死牛,下雨洪水遍地流。"每到下大雨的季节山洪便暴发,那河水又成了灾害,把村前河湾里的土地都冲垮了。一年一年,这里就变成一道乱石滩了。从大寨学习回来的伊小秃决心要学习大寨,治理这条河湾。

伊小秃带着全村的70多名男女劳力,开始了河湾的治理。三个冬春,三年奋战,伊小秃让河水改了道。他们先在北辛窑村上游的二分关修建了一道宽2米、长200米的大石坝,把水拦起来;然后又开梁挖渠。说是渠，其实就是开一条新的河道，让河水改道而行。新开的河道有3米多宽、6米多高、几公里长。挖了多少砂石方，运了多少土方，伊小秃没有计算过，他们只认两个字：苦干！三年下来，大坝修成了，河道开通了，乱石滩填上了土，变成了380亩良田。伊小秃看着这些造好的地，心里没有兴奋感。他心里沉沉的，有点痛。因为这是带血的田地。社员王文华的媳妇，大冬天运土的时候，被崖梁上塌下来的冻土块给砸了。那是个很舍得下力气的女人。当时，她正躬着身子，抱着一块百来斤的土块往平车上装。这时候，被凿开的梁子上一块冻土块砸下来，正好砸在背上，把她砸趴在了地上。两条腿撕裂开来，淌了一大摊的血。伊小秃赶紧喊人把她抬往医院，结果就没救过来。这是让伊小秃最为心痛的。多少土地也抵不上这一条命啊！人家那小媳妇儿才刚刚30岁，留下了三儿一女四个未成年的娃娃，还撇下了正当壮年的男人。伊小秃一看到那男人领着四个娃娃在村里走，那心就揪得疼。伊小秃就想，这地要种不好，就对不起那个死了的小媳妇。

付出了血的代价，但河道改成功了，田地也垫成功了，伊小秃决心要保护好这些来之不易的田地。首先，他要把这河湾周边全种上树，挡住风沙，来保护这些新修的田地不受风沙侵害，让躺在地下的王文华的媳妇儿心里安稳。

于是，伊小秃开始领着社员们，在河滩边上的东南西北四面种树。

春、夏、秋三季，除了春种、秋收，伊小秃都领着社员们种树。不适合种树的季节，就整地，把来年要种树的地全给整好了，因地因坡因梁，挖好各种各样的坑，有元宝坑、鱼鳞坑、梯田坑。一年又一年，不仅河湾里种上了树，北辛窑村周围几公里的山山沟沟全都种上了树。如今到北辛窑村去看，周边的前阳坡沟、大榆庙沟、大四墩沟、小四墩沟、柳道堡、洪沙沟、城路沟一路走去，全都是郁郁葱葱的树。成片林加上路旁的零星树，伊小秃领着社员们植了

4000多亩的树。

2000年,高厚书记在全县搞退耕还林,国家每亩补贴70元钱。北辛窑村的村民们没有领到一分钱的补贴,因为北辛窑村已经没有山坡地可退耕了,能种树的地方早就全都植上了树。村民们都笑着埋怨伊小秃,当年种树种得太狠了,如今连国家的补贴都领不上了。

我到北辛窑村采访伊小秃,正遇到他背着一捆干树枝从村外走回来。背已经驼了,脸色却依然红润,88岁的高龄,说话时声若洪钟。要不说年龄,你怎么也不会想到他是快90岁的老人。我问他干什么去了,他说他前些年承包了一道山沟,种了一沟的树。他是看树去了,顺便捡了一点干树枝背回来当柴火烧。我看他背着的那捆柴,少说也有几十斤。他说他背了好几里路回来的,一点没有感觉

到累。

伊小秃不当支书以后，就承包了村南的一道沟。这道沟有300多亩，伊小秃领着儿子、媳妇、女儿、女婿，再加上老伴，一家人开进那道沟里去种树。秋天挖坑，冬天整地，春天和夏天种植。如今那一道沟里全是树，小老树、油松、落叶松、樟子松全都有。松树四季常青，北辛窑村不只是夏天，冬天也变得美丽了。逢上下大雪，那白雪映着绿树，美极了。

伊小秃，一个种树的老人，腰弯了，背驼了，可他精神矍铄、容光焕发。如果说他也是一棵小老树，那他就是一棵鲜活的小老树，一棵佝偻着身子却仍富有生气的小老树。虽然他已经88岁了，可他仍然是一棵不老之树。如果说小老树真有灵魂，那伊小秃和曹国权一

样，都是小老树之魂。

三 韩祥与水磨沟

水磨沟位于杀虎口旅游区的马营河境内。顺着通往呼和浩特的虎山线公路往西北方向去，在距杀虎口不到五公里的地方，就可以看到一块牌子：水磨沟生态风景区。往北拐进一条旅游专线路，不到一公里就是水磨沟。

水磨沟是因为沟里有水，还有一盘据说清代的大水磨而得名。清代的水磨早已不复存在。韩祥开发水磨沟以后，仿造了一座小型水磨，供人们参观。所以水磨沟说起来，还算是名副其实。

韩祥是水磨沟的主人。他也是右玉县机关干部购买治理"四荒"的第一人。

1997年12月，全国在山西吕梁召开了"四荒拍卖"现场会，打响了林业改革的第一枪。1998年，右玉县委、县政府响应全国"四荒拍卖"现场会的号召，做出关于大规模进行"四荒拍卖"的决定，动员和号召全县的干部职工购买治理"四荒"。韩祥得知这一消息后，第一个跑去报名。

他要承包治理的是老家马营河的水磨沟。

韩祥出生于1941年，老家就是水磨沟所在的马营河村。解放初，韩祥才十几岁。在韩祥的记忆中，当年右玉这地方就没有树，老百姓烧柴就是靠"搂"。每到秋季，老百姓就跑到山坡上用搂耙子搂。由于土地到处沙化，搂耙子拉过去，便扬起一阵沙尘。只要沙尘冒起老高，远远地就可以知道是有人在搂柴。一起风，便是天昏地暗，黄沙遮天蔽日。韩祥有一个叔叔出门办事，路上遇到起黄风，飞沙走石，刮得眼睛没法儿睁开，就算眼睛睁开也看不见路。结果就迷失了方向，本是到右卫城结果走到了应州河。红旗口那地方是个风口，村里人从不种大秋作物，因为春天风大，种子种下去就给刮跑了。只好等，等到夏至以后天下了雨，起不了风了，种点黍子，一亩地到秋天产上三四十斤，算是很好的收成了。那时候人们生活苦啊！韩祥感叹地说。年年春荒缺吃的，一家人都到地里去挖苦菜，等不到回家，就把生苦菜塞进嘴巴里充饥。黄风、沙尘，是韩祥自小最深的记忆。后来县里开始组织种树，小小年纪的韩祥也开始参与到种树的行列里来。后来，韩祥一生从事的工作，大多与种树有关，他对树产生了很深厚的感情。

1956年，韩祥在县委当公务员，每天跟着马书记上山下乡，常年的工作就是种树种草。马书记种树，韩祥也跟着种树。马书记种草，韩祥也跟着种草。那时候他虽然还小，但种树对右玉的重大意义，韩祥心里很明白。种树可以挡风拦沙，这是右玉人的共识。就像冬天崖头外面的土地冻得铁硬而崖头下的土地不会冻，因为崖头挡住了风。这是老百姓都懂的道理。

后来，韩祥当了欧村公社主任，最重要的一项工作就是领着群众种树。再后来，他又当了县林业局副局长，种树当然更是分内的工作了。1984年，韩祥又当了右玉苗圃主任，主管全县的育苗工作。他更是全部精力扑在了种树上。好像这一生，他真的就与种树结下了缘分。在苗圃工作期间，右玉苗圃培育出了油松、落叶松、樟子松、云杉、杜松等15个品种，不仅供右玉本县植树用苗，还给内蒙古、陕西、东北地区提供苗木。苗圃人均纯收入达到两万余元，不仅受到雁北地区的表彰，还被林业部评为全国先进苗圃，韩祥自己也被评为省林业劳模。

1997年韩祥退居二线，正赶上县里拍卖"四荒"。韩祥觉得机遇终于来了，他有了实现自己梦寐以求的理想的机会了，于是，韩祥第一个跑去报了名。

其实，韩祥承包治理荒山的念头由来已久。1984年，韩祥就曾经提出停薪留职，回老家马营河承包水磨沟，治理荒山。只是那时候的政策还不开放，领导的观念也还保守，对于干部停薪留职承包

风从塞上来

荒山没有把握,就没有批准韩祥的要求,只是把他调到他更喜欢的苗圃去工作。而今天,终于有了机会可以实现自己的心愿了。

韩祥成了右玉干部承包购买"四荒"第一人。因为这是一个开了历史先河的事件,在右玉也是一个影响重大而深远的事件,右玉县委和县政府十分重视,为了鼓励更多的机关干部参与,县委、县政府搞了一个隆重的签字仪式。韩祥出资六万余元,购买了水磨沟1000亩荒山和荒沟(后扩展到1500亩)。

此后13年的时间里,韩祥和老伴儿两个人住在山沟里,陪伴他们的只有一条狗。当了几十年机关干部的韩祥,此时完全是一副老农民的样子,穿着破旧的衣服,腰里扎着草绳,每天在沟里挖坑、植树、挑水、浇树。老伴儿每天负责做饭、送饭。由于住的是简易平房,四处露风,夜里西北风怒吼,所以冷得头要钻进被窝里才能勉强睡着。早上起来,被子上落的全是沙子和土,一起身哗哗地往下落。右玉的春季是漫长而寒冷的,水磨沟更是如此,五月份溪水还结着冰。右玉老话说"春风吹破琉璃瓦",说的就是右玉春天的风很冷很硬,可以把房上的琉璃瓦刮破。就是在这样的天气里,韩祥开始顶着冰碴子种树。每天要先把树苗带泥挖起来,这叫做"起苗不伤根"，就是连着树苗根部的泥土一块挖起来，不能伤着树根，不然会影响成活。然后要把树根用草帘子或者塑料袋包裹起来，运往工地，这叫做"运苗不晒根"，树根晒干了也会影响成活率。然后要尽快把树苗子泡在沟底的溪水里，浸泡上几个小时，让树根充分吸收水分，然后捞出来，再用剪刀把每一棵树苗烂掉的根须剪掉，再分出阴阳面，按树原来的阴阳面开始种植。种植的时候，坑要挖得深、挖得宽，要让树根充分展开来，不能窝着屈着，这叫做"栽树不窝根"。韩祥搞了多年的苗圃，种了几十年的树，他所做的一切都很专业。他说这每一个细节都得认真，一点不能马虎。有一点马虎，就影响树的成活。比如树的阴阳面，起苗的时候就要把树苗朝阳的一面打上记号，栽树的时候仍然要按阴阳面种下，树才容易成活。这不是教科书上的东西，这都是韩祥在工作实践中摸索、总结出来的经验。植树的时节依然春寒料峭，河水刺骨冰冷，韩祥的手每天就在冰冷的溪水里泡着，浸树苗，捞树苗，修剪树根，很快就裂开了许多血口子。夜里老伴给他包扎，光双手虎口处就数了18个裂开的血口子。每天胶布缠满了手指，干起活来动一动就钻心的疼。

栽完了树，还要浇水。有的树要浇上好几次才能成活。从沟底到山坡上没有路，全是荆棘刺丛。韩祥挑着水桶，在接近60度的陡坡上，踏着荆棘一步一步地往上爬。汗水浇透了这位花甲老人的衣服，每走几步他都要停下来喘上几口气。就这样，他一上午要挑上26担水。歇下来时，脱下的衣服一拧就是一摊水。肩膀渗出了血，脚底板磨起了泡，到了夜里躺在床上，浑身像散了架一般，动也动不了。老伴听到他睡梦中都在哼哼呀呀地呻吟着。可是天一亮，他照常起床上山，栽树，挑水，日复一日，从不间断。

没有多久，韩祥便患上腰椎间盘突出症，腰疼得弯不下去、直不起来，可韩祥一天也没有停止种树。夜里躺在床上，老伴儿用热毛巾给他敷，埋怨他说："你这样子拼着老命干，图个啥？种这些树你还能吃上什么利啊？"韩祥说："我啥也不图。这几十年我就懂得右玉要种树,只有种树右玉人才能活。这些树我是吃不上利了,可咱有儿女呢,咱还有孙子们呢,只要他们能吃上利就成!"

就这样,两个老人一条狗,在这水磨沟里一住就是13年。树,一棵一棵栽下去,一点一点成长起来。原先荒芜的山沟,现在是绿色葱茏。沟里长满了各种各样的树,有杨树、松树、云杉、桧柏、枫树、紫穗槐、榆叶梅、侧柏等18种。此外,还有沙棘、柠条、玫瑰等灌木花丛。生态好了,环境美了,野生动物们也来了,老鹰、布谷鸟、啄木鸟、喜鹊、猫头鹰等等,各种飞鸟多达十几种;还有地上跑的狐狸、兔子、猪獾、狍子、野鸡等等,也有十几种。水磨沟成了一个动物乐园。

县里把水磨沟规划成一个生态园区,发展生态旅游。每年来观光游览的客人不断。夏天的时候,来沟里游玩的游人也很多,还有年轻人搭起帐篷就住在沟里,三五人一伙,在里面呆几天不出来。

韩祥说:"植树这条路右玉是走对了,看看现在的右玉,再想想60年前的右玉,那简直是两重天地。我这些年种树是投入多,经济回报少,可我没有啥后悔的。我只想为右玉的绿化尽点绵薄之力,为子孙后代做个榜样。人活着就得有一股子精神,没有这股子精神,右玉也就没有今天。有人出600万元要买我这水磨沟,我没有卖。我不是为了钱财种树的。我老两口每月有5000多元的工资,够我们俩自己用了。我不想给儿孙后代留下钱财,我要给他们留下一种精神。"

韩祥所说的精神,我理解,就是被称为"右玉精神"的那种精神。治理水磨沟,韩祥靠的就是这种精神。

韩祥的小女儿韩丽芳给我讲过这么一个故事,这故事当时让我有点心酸,也有点感动。

韩祥有严重的糖尿病,经常靠注射胰岛素维持血糖。一天下午,韩祥一个人去北草场坡地修苗圃的树枝,由于胰岛素的作用,导致低血糖突然发作,一下子就感觉浑身发软,心慌气急,头上直冒虚汗,人立马瘫软在地上。平时这种情况,他只要立即进食,或者补充糖分就可以缓解，可这天由于急着上山，忘了带糖块。山沟里手机没有信号，同外面一点也联系不上，身旁又没有任何可以充饥的食物，这可怎么办呀？韩祥老人硬是靠着一股子精神，爬呀爬，最后爬到一棵灌木丛前，摘下一些没有成熟的野果子塞进嘴巴里去。就是这些野果子救了韩祥老人的命。随后他慢慢地站起来，拄着树枝，挣扎着，硬是坚持把那些树苗修剪完了才往回走。韩丽芳说，那一天，父亲觉得回家的路特别长，他一步一步地走，却感觉总也走不到尽头。平时大半个小时的路程，那天父亲走了几个小时。

我想，这就是韩祥老人说的那股子精神吧？他是靠着这股子精神治理好了水磨沟，靠着这股子精神干成了一个花甲老人不可能干成的事。韩祥老人的精神也就是右玉人的精神。右玉人就是靠着这股子精神，从60年前走到60年后的今天，把不毛之地的右玉变成了绿树成荫的右玉。

四　马头山的树

马头山是李达窑乡的一个小山村。

李达窑本来就是个偏僻的山区乡镇，而马头山距离李达窑乡政府还有十几公里，坐落在与内蒙古凉城县交界的马头山下，是李达窑乡北面最偏远的山村。原先马头山有十几户人家，种着千数亩土地。2000年，右玉实行"百村万人大移民"政策，马头山的村民全都移到山下的"移民新村"去了。这方圆几公里的马头山上，只剩下一个人，那就是李云生。

严格地说，李云生不能算是马头山的村民。因为早在30多年前，不满20岁的李云生就离开了马头山，参加了人民解放军，成了一名光荣的铁道兵。十几年后，李云生从部队转业，分配到左云县一所技校当了驾驶教练，后来又担任了左云技校的校长，一干就是20年。李云生的父母仍然生活在马头山。每年春节，李云生都要回村里来

风从塞上来

过年，和父母团聚。2000年春节，李云生回到马头山探望父母。父亲告诉他，村里要移民了，县政府每家补贴2000元，让搬迁到山下的移民新村去住。马头山偏远，交通不便，村民生活一直很困难，搬到山下去，当然是好事，村民们都乐意，李云生也为父母感到高兴。可是父亲总有点恋恋不舍，说，这地方没人住了，大片大片的山坡地可惜了，要是在这儿养上一群羊，再种上些树，光景也蛮不错。父亲只是说说而已，可李云生听了却产生了想法。那年李云生刚刚从左云技校校长的位子上退下来，刚47岁的他，年富力强，正在思谋着赋闲以后的出路，父亲的话触动了他的心思。

李云生经常回右玉，对右玉的情况也了解，他知道县政府正在实施移民并村和退耕还林还草政策。右玉人几十年一直在植树，靠种树改变了生态环境。现在政府提倡购买和承包荒山荒沟来植树造林。马头山人少，可是地域却广，要是把这一片荒山和退出来的坡

地都种上树，那可是好几万亩呢！十年二十年后，那几万亩树是个什么概念？

2001年，马头山的村民们都移走了。李云生回到马头山，看到一片破败的村落，旧窑洞、破旧低矮的房子、荒芜的山坡土地。想起小时候光着屁股在村里山坡上玩耍的情景，李云生的心里感到莫名的难过。也许就是在这一刻，李云生做出了决定，他不能让这片土地就这么荒芜下去，他要让这一片荒芜的土地变成林子，把这一道道荒山荒沟都种上树，把马头山变成风光秀美的宝地。

李云生去了县里，找到了当时的县委书记高厚，谈了自己开发马头山的想法。高厚书记听说李云生要从左云回到右玉来开发马头山，立刻表示支持。

高厚书记说："老李，你的想法太好了，给移民村开了个好头。右玉移民村退下来的荒山有很多，要是大家都向你这样去开发种树，右玉就会增加很多绿化面积。我支持你！你说吧，你需要我帮什么忙？"

李云生说："高书记，我就需要你支持我。只要你支持我，我心里就踏实，我就敢干了！"

高厚说："老李，你放心干吧，只要是给咱们右玉种树的事，我都支持！我给有关部门打个招呼，让他们帮你尽快办理承包手续。"

李云生高兴地说："谢谢你，高书记！有你的支持，我一定能干成！"

李云生走的时候，高厚书记说："老李，以后有什么困难，你只管来找我。"

李云生心里踏实了。有了高书记的支持，他对承包马头山充满了信心。尽管后来他遇到了很多困难，但是他没有再去找过高厚书记。他知道，只要高书记在精神上支持他，在政策上支持他，就已经足够了。干什么事都会有困难，有困难自己克服，他不想给高书记添麻烦。

手续办得很快。2001年春天，李云生住进了马头山。当时村子里连电都不通，整个山村只有他一个人。白天他在山上挖树坑、种树，夜里没有电，没有电视，李云生就喝酒。酒也不是好酒，高粱白。老李就喜欢这口，一个人喝到晕晕乎乎时就睡着了。第二天一早起来，又精神抖擞地上山种树。

后来他感觉靠一个人的力量进度太慢了，于是，他雇用了一个老人，帮他看山、守山，又雇用了一部分村民，帮他挖坑、植树。

李云生在外工作几十年，积攒下来的20多万元，全部投资在荒山上。包括他每个月的工资，几乎一分不剩全花在种树上了。老伴儿身体一直不好，有糖尿病，有一段时间连老伴儿吃药的钱都没有了，老伴儿就把药停了。老李回到家里，看到老伴儿消瘦的面庞，心里觉得很对不起她。就在这时，在四川读大学的儿子给他打来电话，要生活费。李云生身上连100元钱都拿不出来了，没有办法给儿子打钱。连续一个星期，儿子每天就吃方便面。最后没有办法，李云生忍痛卖掉了一些已经长成的松树苗子，才帮儿子打上了生活费，给老伴儿重新买上了药。

为了能让自己的树继续种下去，李云生想来想去，觉得应该改变一下策略。没有钱买树苗，他就开始种牧草，种柠条，种紫花苜蓿，然后用来养羊。后来，他又在一片平坦的地带开垦出60多亩好一点的土地，开始育苗，育松树苗、杨树苗，一方面供自己种树用，一方面卖出去可以赚点钱。用卖苗的钱再来种树，形成良性循环。

就这样，一年一年，一棵一棵，10年的时间过去了，马头山村里村外的山沟里，全都种上了树。粗粗估算一下，李云生已经在马头山上种下了近两万亩的树木，除了松树和杨树，还有杏树。两道沟和一面坡上全是杏树，一共3000多亩，30多万株。3000亩的杏树挂果以后，会是个什么情景？30万株杏花盛开，又会是个什么情景？李云生想想这些，心里就乐滋滋的。

我到马头山去采访的时候，沟里和坡上的杏树已经长到了几尺高，看上去满山满坡满沟都是杏树，一眼望不到头。可惜不是春天，没有看到杏花盛开。老李告诉我，再有两年，杏树就可以挂果了。他正在寻思着杏果的出路。将来几千亩杏果，可不是个小数。他想寻求投资商合作，办一个果脯加工厂。如果加工厂办起来，马头山就可以成为一个果源基地。除了杏果，还有杏核，深加工后也是一笔可观的收入。

我看着面前的李云生，高大的个头，挺直的身板，脸上却布满了沧桑。从2001年到2010年，10年的时间过去了。李云生从47岁到57岁，从满面红光到满脸皱纹，从意气风发到满面沧桑，10年时光，李云生所经历的艰辛与磨难又有谁知？我想起在县里采访时，县委书记陈小洪对我说，李云生是右玉个体植树面积最大的一个。他起步较晚，这些年没有人宣传过他，他也没有被县里评过植树劳模之类的荣誉，他很少得到关注，但他植树的成果显著。到现在为止，他仍是一个人住在马头山上，常年都在默默地植树。

在马头山，我看到了大面积的松树和杨树林，马头山周围的山头和坡地里，近两万亩的人工森林已成长起来，把原先灰秃秃的马头山变成一片绿色的海洋。李云生种植的树里没有小老树，那些小老树已经完成了自己的历史使命。现在右玉大面积种植的都是松树和高杆杨树。李云生告诉我，他还要继续种下去，把马头山这一带所有的山头和岭坡都种上树。今年他喊来了兄弟姐妹和父母一同帮他植树，而且给几个兄弟和姐妹分配了任务，每家帮助他凑1.5万元买树苗和植树。他说这些山种不完，他不会下山。再苦再难，他也要把剩余的这一万多亩荒山种完。

我看着李云生，又想起了那些小老树。那些佝偻着身体，扭曲着身体，在风沙中不屈挺立的小老树。就是这些小老树抗住了风沙，抵挡了寒流，改善了生态，美化了环境。在右玉，像曹国权、伊小秃、韩祥、李云生这样一群坚持植树的普通百姓，就如小老树一样，默默地坚守在抗击风沙、绿化环境、建设生态文明的第一线，贡献着自己的所有力量。如果说小老树有一种精神,那就是右玉人的精神。所有为右玉的生态建设默默无闻地贡献着自己力量的右玉百姓,都似一棵棵小老树。如果说小老树真的有灵魂,他们,就是"小老树之魂"。

第十四章

崛起的右玉

一

陈小洪是第十八任右玉县委书记,也是右玉现任县委书记。

2008年10月,以右玉生态建设为原型的长篇电视连续剧《西口长歌》开机拍摄,刚升任县委书记不久的陈小洪到现场看望剧组演职人员。主演吴京安看到陈小洪就说陈小洪是全中国最帅的县委书记。当然这是开玩笑,但是陈小洪的确长得很帅气。一米八五的个头,白净的脸庞,身板挺直,短平头,一脸的英气,帅得有点不像是县委书记。可事实上,他不但是一位县委书记,而且是一个已经担任了四年县长,具有丰富基层工作经验的县委书记。陈小洪是一位很有思想，有许多独到、精辟见解的县委书记，跟他谈话，经常会听他说出一些很经典很让人回味的语言，让人怀疑他到底是县委书记，还是一个思想家。陈小洪对人生、对生活、对工作，都有他独立的思考和深刻的思想。

毕业于太原理工大学的陈小洪，曾留校担任过校团委书记。刚刚大学毕业时，同学们讨论什么是人生最大的幸福、什么是人生最大的痛苦。20余岁的陈小洪在毕业留言册上写下这么几句话：别人因为你的存在而感到幸福，这就是最大的幸福；而别人无视你的存在，你的存在对别人没有意义，就是最大的痛苦。这是年轻的陈小洪认真思索以后得出的幸福观与痛苦观。这是他人生观形成的初始阶段。随着年龄的增长，陈小洪在生活中逐渐形成了自己的人生观和世界观。担任校团委书记时，有一次陈小洪给学生们演讲，讲到共产主义，讲到革命者的人生观，陈小洪就充满激情地讲道：全心全意为人民服务的思想，积极向上的人生观，革命乐观主义精神，是一个革命者人生观最核心的东西，也是一个人必须坚守的东西。在

此后20多年的工作和生活中，无论是在什么样的工作岗位上，陈小洪都把积极向上的人生态度、革命乐观主义的精神、全心全意为人民服务的思想当做自己的座右铭，以一种热情和激情去拥抱生活，去开展工作，从不会因为任何艰难或者困苦而退缩畏难，任何时候都保持一种积极向上的人生态度和精神状态，富有创造性地开展工作。

2004年8月，陈小洪由朔州市委副秘书长调任右玉县长。此时正是右玉大跨步发展的重要时期。在此之前，陈小洪曾在山阴县担任过三年副县长，后来调回朔州市委担任副秘书长。三年的副县长经历对陈小洪来说，是一次很好的基层锻炼。他熟悉了基层的工作环境和县域经济的基本状况，为他后来担任右玉县长奠定了良好的基础。从山阴调回朔州市委担任副秘书长后，陈小洪还是经常到基层去调研，右玉是他经常去的地方。其实在去右玉当县长之前，陈小洪就已经被右玉吸引了。他不但被右玉美丽的风光吸引，更重要的是，他为右玉人的精神所感动。右玉人能把一个不毛之地，就靠几十年的艰苦奋斗，变成塞上绿洲，这是一种什么样的精神支撑的结果呀！2003年，他到右玉调研，当时正值右玉在全县实施"村村通"工程。右玉是全省首家"村村通油路工程"试点县，在上级没有下拨一分钱的情况下，时任县委书记高厚、县长赵向东领着全县人民，完全靠着一双手、一把镐，完成了300多公里的"村村通"工程，而且在308公里的村通公路两旁，全部挖坑植上了树，把村通公路变成了绿色通道。在这么一个国家级的贫困县，这样的工程实在让人难以想象。这些在其他地方几乎不可能完成的事，在右玉却一次次做到了。这让陈小洪对右玉有了一种很深刻的认识，那就是右玉人身上，有着一种不同寻常的精神，有着一种艰苦奋斗、顽强拼搏的精神，有着一种坚韧不拔、永不言败的精神。陈小洪当时被右玉人的这种精神深深感染。没有想到的是，此后不久，市委就委派他到右玉工作，而且和他搭档的，就是他以前的同事、好朋友赵向东。

在山阴县工作时,陈小洪是副县长,赵向东是县委副书记,两个人都是从市委下去的,都有点书生意气,对工作极其认真负责。工作上、生活上有什么困惑,两人经常交流,几乎是无话不谈。后来,赵向东调任右玉县长,陈小洪调回市委任副秘书长。陈小洪没有想到,几年以后,他们能再次合作共事。

陈小洪担任右玉县长后,时任县委书记赵向东提出一个让全体班子成员都认真思考的问题:右玉人民50多年把一个不毛之地变成现在这么好的环境,我们拿什么来回报右玉人民?如何才能让右玉人民享受到他们的奋斗成果?

陈小洪带着这个问题,走遍了全县各个乡村和山庄窝铺,走遍

了右玉所有山头和沟坡林地，察看了苍头河湿地，察看了大南山、贾家窑、四道岭、五道岭的万亩林地，翻遍了右玉县的老县志及《朔平府志》。这几个月的考察、调研，让他对右玉的现状和县情有了深入的了解。在工作思路上，他和赵向东书记不谋而合，那就是除了工业强县、畜牧富民之外，再利用右玉的生态资源和人文历史资源，把右玉的品牌打出去，把右玉的旅游产业做大做强，走一条可持续发展的旅游富民之路，让右玉几十年的奋斗成果，给老百姓带来实实在在的经济效益。

随后，在赵向东和陈小洪的力主下，2005年右玉县举办了首届以生态与健身为主题的全国性体育赛事旅游节，吸引了无数的游客，也使右玉这个名不见经传的塞外小县显露于世人面前。此后，每年一届生态旅游节，赵向东和陈小洪一起，把右玉逐步打造成了一个品牌县域，使右玉成为塞北的一张名片。与此同时，陈小洪站在县长这个角度，对右玉的县域经济发展做着进一步的深入思考。

2008年8月，赵向东调离右玉，陈小洪接任中共右玉县委书记。

这一年国际国内正处于一个特殊时期，全世界正在经历一次剧烈的经济大震荡，经济危机从美国蔓延至全世界，右玉的经济发展也受到了国际国内大形势不同程度的影响，民生问题凸现。与此同时，陈小洪还面临着另外一重压力，那就是随着"右玉精神"这一概念的提出，右玉逐渐成为山西省乃至全国关注和学习的焦点，作为新任的县委书记，应该如何面对这一新的机遇和挑战。

2006年9月，中共山西省委副书记、纪委书记金道铭到右玉调研，当时县长陈小洪向金道铭书记汇报了右玉人民将近60年来坚持不懈与风沙灾害抗争，靠着一把铁锹两只手，觉悟加义务，以艰苦奋斗的精神植树造林100余万亩，把一片风沙肆虐的不毛之地变成"塞上绿洲"的事迹后，金道铭书记感到很震撼。他立刻敏锐地意识到，右玉的植树造林不仅仅是一种经验，它包含了一种精神在里面，是值得所有领导干部深入思考和学习的，它为所有的领导干部树立了正确的政绩观，为改变干部作风树立了一个很好的典型。金道铭书记首先提出了"右玉精神"这一概念，并通过不断的调研和总结，丰富了"右玉精神"的内涵。三年间，金道铭书记九次深入右玉，对"右玉精神"进行调研，并把右玉定为全省干部廉政教育基地，在右玉召开了全省纪检监察系统"学习右玉精神，转变干部作风"现场会。

陈小洪上任之时，正是这么一种特殊的历史时期。在这种特殊的历史环境下，右玉面临着前所未有的新挑战与新机遇，而作为主要领导的陈小洪，同样面临着前所未有的压力。如何变压力为动力，如何紧紧抓住全省学习弘扬右玉精神这一历史性机遇，为右玉找到一条新的发展之路，成为陈小洪日夜思索的问题。最后思考的结果是：跨越，赶超。右玉必须跨越发展，右玉必须赶超周边的经济强县，右玉经济社会必须要全面发展，右玉人民生活的幸福指数必须要提高。

此前当了四年右玉县长的陈小洪，其实对右玉的县情和民情已经了如指掌。在长期的工作中，他对右玉的发展也有着自己的思考和独特的思路。陈小洪结合全县上下学习和实践科学发展观的机遇，在班子成员会上，提出了一系列让全体班子成员思考的问题：目前右玉不符合、不适应科学发展观的主要问题是什么？制约右玉经济社会发展的主要矛盾是什么？解决这些矛盾和问题的思路是什么？还有，全省都在学习右玉，右玉怎么办？陈小洪要求全体班子成员带着问题深入调研，为右玉下一步的科学发展找问题、找差距、找症结、找出路。陈小洪自己也深入各个领域去调研，不断地总结整理自己的思路。

此后不久，在县委常委会议上，陈小洪指出了右玉目前面临的三大主要问题：一是经济总量小，群众收入低；二是经济发展不协调，社会事业发展落后，城乡差别大；三是安全生产的保障水平不高，矿产及其他资源的利用度太低。针对这三大主要矛盾，陈小洪在会上提出了"三个发展"的思路，即跨越发展、协调发展和安全发展。陈小洪这一思路得到全体常委的认同。经过大家的充分讨论，一个新的发展思路最终确定下来。

2009年1月7日，在中国共产党右玉县第十二次代表大会第二次会议上，陈小洪作了题为"把握新机遇，应对新挑战，努力推动全县经济社会跨越发展、协调发展、安全发展"的大会报告。"三个发展"被正式确立为右玉之后三年经济发展的三大目标。为此，县委、县政府作了总体规划部署，确定重点在三个方面下工夫：一是要大力发展右玉特色产业，这里面包括工矿产业与生态产业，提高财税收入，提高就业机会。陈小洪认为，站在政府的角度去看一个核心的问题，就是要提高就业率，让每一个人都能按自己的能力去工作，并获得相应的劳动报酬，提高居民生活的幸福指数。二是要大力发展农业，增强农副产品深加工业，实现农业产业化、城乡一体化。三是以右玉特殊的人文生态与历史文化底蕴为先导，大力发展以生态与文化为内涵的旅游业，带动并促进以生态旅游为主的服务业。

工业产业按照"两区一带"的规划发展。一是重点开发建设以元堡子为主的传统煤炭产业升级改造、煤炭能源循环利用工业区。这一区域以煤炭企业的资源整合、兼并重组、循环利用为主，引进大集团企业，走高端技术开发的路子。二是重点开发建设以梁家油坊至威远堡区域的农副产品深加工区。这一区域主要引进了一批以农副产品深加工为主的企业，利用右玉的小杂粮、牛羊肉、胡麻油、沙棘等原材料，进行深加工，提高农民的就业率和收入。三是重点开发建设以绿色能源和再生能源为主的绿色能源产业带。这主要是利用右玉风大的优势发展风力发电产业，利用右玉高原阳光充足的优势，发展太阳能光伏发电产业，把右玉建设成全省最大的可再生绿色能源基地。

农业方面主要是加强产业一体化，由农业产业化带动现代农业的发展。根据省政府一县一业的规划部署，右玉作为山西省的养羊基地，要大力发展畜牧业的生产，延伸产业链。

风从塞上来

旅游产业是以生态、历史、人文为主要内涵，以每年不同内容和形式的旅游文化节会为载体，带动和促进服务业的快速发展，形成一个具有长期效应的产业，增加人民收入。

可以说，这三大产业的部署规划，为一个新右玉的崛起奠定了坚实的基础。

二

随后，在陈小洪的主持下，右玉县委、县政府实施了一系列强有力的措施，来保障"三个发展"的顺利实施。首先根据右玉县的资源优势和产业基础，着力培育了"四大产业"。

一是梁威工业园以农副产品加工为龙头的现代化农业产业。通过引导扶持汇源、中大、六味斋等农副产品加工企业扩容续建，进

一步增强辐射带动功能，真正形成公司加基地、基地带农户的产业化格局，切实把右玉县丰富的农副产品资源优势转化为发展优势，促进农业结构实现由传统农业向现代农业转变。

近年来，在右玉县委、县政府的精心培育下，一批大型农副产品加工企业入驻梁威工业园，成为右玉农副产品的支柱企业，生产出一批远销国内外的优质农副产品，带动了当地农民就业和致富。山西中大科技有限公司是一个综合性的集团化公司，注册资金3900万元。工厂位于山西省朔州市右玉县梁威工业园区，占地面积6.7万平方米。公司利用右玉百姓传统种植的胡麻为原料，生产、研发"α-亚麻酸"系列功能性食品，并在右玉县培育了8万亩亚麻籽种植基地，成为山西省最大的亚麻种植和深加工龙头企业。

山西著名食品企业"六味斋"在右玉建立了第六家子公司，按照农业产业化，"公司＋基地＋农户"的经营模式，该项目共分三期建设，总投资2.2亿元，占地100亩，可直接带动6万户农民增收，增加上千个就业岗位。达产达效后，年销售收入可达到5.8亿元，上缴税金4300万元，成为山西省规模最大、品种最多、投资最大的小杂粮生产企业。目前，该项目首期工程已正常投产。"六味斋"公司在杀虎口建立的十多万亩杂粮种植基地，带动农户3500户。

早年落户右玉的汇源果汁饮料食品集团有限公司，现在也成为梁威工业园的龙头企业，以右玉丰富的沙棘为原料，年产沙棘饮料8万多吨。每年仅运费一项，就有700多万元收入，沙棘果又有750余万元收入。

此外，右玉县委、县政府已经同雨润集团达成合作意向，在右玉建立一个牛羊肉深加工基地，总投资三亿多元；金科海生物科技公司已在右玉落户，投资2.5个亿，建立一个沙棘产品深加工基地，除沙棘饮品以外，进一步开发沙棘产品的保健和药用价值。

这几大著名农副产品企业落户梁威工业园，带动了当地农业产业化的发展，带动了农民就业，带动了百姓致富。右玉的牛肉、羊肉、土豆、小杂粮、胡麻油、沙棘产品，都打出了自己的品牌，实现了规模化、集约化生产。同时，右玉的林下产业也在蓬勃发展。其中，苗木产业是右玉近几年才兴起的一个产业，吸引了本地和外地的许多民间资金。目前，全县大大小小的民办苗圃已达239个。现在右玉农业产业每年的产值已达到十几个亿，成为右玉农民增收和财政收入的重要支柱。

二是元堡子区域以煤炭产业为基础的煤电工业。主要依托丰富的煤炭资源，大力开发煤电、煤化工等项目，提高煤炭产业附加值，延伸产业链条。与此同时，积极开发风能、太阳能资源，大力发展新型能源，使其成为右玉经济发展新的增长点。

陈小洪很明白，煤炭资源是右玉现阶段的一个重要产业，但传统落后的生产技术和手段，严重制约了右玉煤炭产业的发展。同时，右玉的生态环境不允许煤炭业的无序发展，必须要将无序变有序，必须要保护好右玉这来之不易的生态环境，保护好右玉的蓝天白云。因此，煤炭产业要想做大做强，必须走高端技术的路子，必须搞好资源的循环利用。陈小洪还在当县长的时候，右玉县对煤炭企业的资源整合、兼并重组，对传统煤炭采掘方式升级改造的工作就已经开始了。陈小洪任书记后，本着保护环境、保护资源、保护生态的原则，右玉县政府完成了对县内煤炭企业的兼并重组，将原先的11座煤矿兼并为7座，在此前引进同煤集团的基础上，又引进了阳煤集团等大型企业集团，对原有煤矿全部实行了升级改造，实现了高科技、现代化生产采掘，最大限度地节省资源，利用资源，开发资源。整合后的产能由原来的500万吨增长到1439万吨。在山西省煤炭资源整合过程中，右玉是第一家实现资源整合的县份，并获得省政府100万元的重奖。

与此同时，右玉县委、县政府加大对煤炭废弃物循环利用的力度。他们积极引进资金，投资建设了大型煤矸石发电厂，利用煤矸石电厂产生的废煤灰建设大型砖厂、大型水泥厂，把资源的利用率尽量放大，同时把对环境的破坏和污染降到最低。在引进项目上，陈小洪坚持一个原则，对右玉环境有污染、对右玉的蓝天白云有伤害的项目，不管收入多么可观，不管效益多么有诱惑力，都坚决不准进入右玉。曾有一个投资商想在右玉投资硅锰合金厂，年财税可以达到1亿元左右，就因为对环境有污染，被陈小洪坚决地拒绝了。而对一些绿色环保，可以利用当地优势资源的项目，陈小洪则积极争取，想方设法地招商引资。在规划中的绿色能源工业带，右玉县委和县政府引进了山西国际电力公司，利用右玉高原风大的优势，投资建设了大型风力发电厂。规划中的120万千瓦的风力发电厂，现已完成了30万千瓦，并在全省第一家并网发电。同时引进的国电山西新能源集团公司，利用右玉高原强烈的太阳能，建设了光伏发电厂。这是全省建设投产的第一家光伏发电厂。陈小洪说，右玉将会建设成全省最大的可再生绿色能源基地。这些煤电主导产业的发展，将会给右玉的财政带来巨额收入，同时给当地的农民和居民增加就业机会，增加城乡居民的收入。

三是以生态旅游为先导的新型服务业。右玉的蓝天白云、绿色生态、历史人文都成为塞北独特的旅游文化资源。陈小洪从任县长到书记，一直把旅游业作为富民工程的重要项目。陈小洪提出以特色生态旅游产业为先导，不仅要在"游"字上下工夫，还要在吃、住、行、购、娱上求发展。自2005年开始，右玉每年都要举行一次以生态健身和历史文化为主题的大型旅游文化节，至今已经举办了5届，不仅打出了右玉的名气，而且给当地的百姓带来了实实在在的收入。陈小洪记得很清楚，当年他刚到右玉工作时，街上冷冷清清，不见几个游人。一些小饭店里，摆着五六张桌子，经常是空着，无人落座。到了晚上，街上连路灯都没有。学生晚上下学自己都不敢回家。而如今的右玉，每年夏秋游人如织，全县上百个大大小小的饭店宾馆人满为患，几千张床位经常不能满足客人的需求。旅游旺季，销售各种右玉土特产的门市部里，经常是断货脱销。杀虎口景区一个

风从塞上来

卖凉粉的摊主告诉陈小洪,他的凉粉摊每天可以收入2000多元。这都是因为发展新型旅游业为主导的服务业,才使右玉火了起来。右玉县委、县政府全力推动发展旅游业,拉动了服务业的兴盛,带动了当地百姓致富,使新型旅游业成为一项富民产业。

四是以建材化工为主体的材料工业。右玉除了煤炭资源以外,还有丰富的石材及建材化工资源。近年来,右玉以全盛、神固水泥、聚鑫镁业、泉鑫等公司为依托,进一步引导建材化工企业注重综合利用,加强研发创新,提高产品档次,使以建材化工为主体的材料工业成为右玉县域经济发展的又一个重要增长点。

这"四大产业"的培育和推动,为右玉的经济发展打下了坚实的基础。

三年之中,右玉在培育"四大产业"的同时,全力推进了"六个新跨越"。

一是在扩张县域经济总量上实现了新跨越。通过抓招商、促企业、建园区和强产业,抓紧选定落实大项目,充分发挥园区的集聚效应，在三大园区形成规模企业集群。入园企业和大型企业占了右玉经济收入的半壁江山。

二是在新农村建设上实现了新跨越。近两年里，陈小洪和县长苏连根紧紧抓住增加农民收入这一核心，深入挖掘潜质资源，扩大产业规模，拓宽增收渠道，着力培育主导产业，在增加农民收入上实现新突破。按照"一乡一业，一村一品"的思路，打造了一批规模化、区域化、特色化鲜明的专业村。同时着力统筹农村各项社会事业，筹建了乡镇文化站、村文化室，大力发展了农村文化大院、文化专业户、农民夜校、农民书屋、农村电影放映队、民间剧团、社区戏班等一批农民文化娱乐设施，丰富了农民的文化生活。同时在养老、医疗、电话、网络等信息终端进村入户方面取得了很大的突破。在一些中心乡村，农民的文化娱乐生活和县城的差别越来越小，农民在自己家里上网看新闻、看电影，已不是新鲜事。

三是加大投入力度，提升建设品位，在改善城乡面貌上实现新跨越。县城北城区和西大街实现了集中供热，县城实行了全天候保洁工程，按照"一街一景"的原则，提高县城绿化美化标准和绿化建设品位，形成林、草、花立体绿化的园林景观效果。

四是加快旅游开发，完善服务功能，在服务业发展上实现新跨越。右玉县委按照"稳一产、强二产、抓三产"的结构调整总体思路，全力构建了"四大产业体系"：生态旅游产业体系、现代物流产业体系、现代房地产业体系、新兴服务产业体系。这四大产业是右玉在旅游开发、服务业发展上的一个新的突破，也是近年来右玉旅游产业大发展的一个重要成果。

五是在生态建设上实现新跨越。生态建设是右玉的"名片"和"品牌"。右玉生态建设取得今天的成果，靠的是右玉精神的强大支撑，生态建设和右玉精神，已经成为右玉的两张名片。右玉应该在生态建设的理念、目标和方式上实现新的飞跃。

六是高度关注民生，实施惠民工程，在和谐社会建设上实现新跨越。陈小洪提出最大限度地调动一切积极因素，认真解决人民群众最关心，与人民群众关系最直接、最根本、最现实的利益问题，加大财政对社会事业的投入，实现社会的良性运转和健康发展，努力建设和谐右玉、平安右玉。

从"三个发展"到"四大产业"再到"六个新跨越"，右玉在几年间，从经济到民生，从生态到城建，从城市到乡镇，从人文到精神，从内涵到外貌，都发生了质的改变。右玉已经开始步入科学的可持续发展的快车道。

三

2010年1月，陈小洪在全县党代会上，提出了"全力推进新跨越，实现三年翻两番，在新的起点上加快建设富而美的新右玉"的奋斗口号，即在2009年的基础上，奋斗三年，到2012年，实现地区生产总值和财政收入再翻两番，分别达到80亿元和11亿元。到那时，人均地区生产总值将超过一万美元，提前三年达到朔州市委四届六次全会上

提出的2015年全市人均生产总值的奋斗目标。而到"十二五"末期，右玉地区总产值要达到100亿元，县财政收入要达到16亿元。我们可以想象一下，一个只有10万人口的小县，财政收入达到16个亿，会是个什么概念？仅仅用一个"富"字来描述是远远不够的。

三年翻两番的奋斗目标，不是右玉县委、县政府随意提出来的，也并非陈小洪和县长苏连根头脑一热的产物，而是右玉县委根据右玉的实际情况作出的切实可行的远景规划。

为了消除世界经济危机的影响，给右玉的经济发展打下坚实的基础，增强经济发展的后劲，自2008年下半年以来，陈小洪和苏连根把项目建设和招商引资工作摆在唯此为大、唯此为先、唯此为重的战略位置。两人分头出发，四处招商引资，紧紧抓住项目建设不放松。短短的两年间，一批有关右玉经济建设长远发展的翻身项目，取得了历史性的突破。同煤铁路修成通车，结束了右玉不通铁路的历史。大同至杀虎口的高速公路在2010年建成通车，乌威高速公路已于2009年开工建设。这两条高速公路和一条运煤铁路专线的建设，彻底打破了制约右玉经济发展的交通瓶颈。北京能源公司煤矸石电厂项目于2009年开工建设，海子湾水库工程招标开工，教场坪、喜鹊沟两个洗煤厂建成并开始运营，小五台风电厂并网发电，业家村22万伏变电站开工兴建，太原诚达、玉龙集团风电项目等一批投资较大、效益较好的项目正在建设中。这一系列项目的实施，支撑起了右玉工业经济的产业体系，为全县未来的发展积蓄了潜能，夯实了基础。除此以外，在各类博览交易会上，右玉的签约项目不断增加，投资额不断提升。

陈小洪和苏连根这一系列动作，可谓不显山不露水，没有轰轰烈烈的场面，没有声势浩大的宣传，也没有刻意的策划运作，就是靠着求真务实的作风，真心诚意地用最好的服务去争取客商和投资者。

赵向东曾说过，右玉县对企业和投资者的服务是"保姆式"的服务，凡进入右玉的企业家和投资者，都会受到细致周到的服务。陈小洪也对我说过，他们的招商局和经贸局每天都是围着企业转，不是等企业有什么问题来找他们解决，而是他们每天追着企业去问有什么问题需要解决，主动帮企业解决问题。除了帮助解决问题，不允许以任何借口进入企业吃拿卡要。正是有这样的服务和环境，到右玉投资的企业才会越来越多，而他们的投资带来的财税收入一笔笔算来，都非常可观，会为右玉经济腾飞、实现跨越式发展奠定坚实的基础。因此，2012年财政收入翻两番，2015年财政收入达16亿的目标，是在这些切实可行的举措和看得见摸得着的数字基础之上制定的。

四

　　陈小洪说，自2006年以来，右玉植树造林的力度和速度，是几

十年来前所未有的。从百里通道绿化工程到成片林区景点的衔接工程，从零星植树到村镇绿化覆盖，这几年右玉每年都投入了大量的人力和财力，以10万亩以上的速度向前推进。仅2009年，就完成大片造林12.5万亩，通道绿化和补植103公里，城市绿化18万株，环城绿化2500亩，村庄绿化25个。

生态建设方面，陈小洪创造性地提出了"生态二次创业"和现代造林理念。强调生态建设的"三个提升"，即提升造林规模和档次，提升现代造林理念，提升林业科技理念。按照"通道扩带增量、景区提档升级、荒山覆盖增绿、村镇突出园林、城市打造特色"的总体思路，保持生态建设投入不减、规模不减和势头不减，着力打造点、线、圈、面立体绿化新格局。

所谓"点"就是景区景点绿化。通过实施机关义务植树、清风林和爱心林等绿化教育基地和南山公园提升工程，逐步使景区景点绿化实现"乔灌花草相映衬，亭坛阁湖呈特色"的景观。所谓"线"就是通道绿化。主要完成虎山线元堡段、梁威路等地段通道补植任务，逐步使通道绿化实现"绿随路走连成网，一路绿化不断档"。所谓"圈"就是县城和环城生态圈绿化。重点通过县城主街道绿化、环城绿化，以及机关、厂矿、学校等单位绿化，使城市和环城绿化达到"合理布局针阔花，彩色生态添景色"。所谓"面"就是荒山绿化。重点完成魏家山京津风沙源、农业综合开发等荒山造林工程，使荒山绿化实现"立体种植乔灌草，大片造林全覆盖"。

近年来，右玉先后被国家旅游局评为4A级旅游景区，成为目前山西省唯一以整个县命名的国家4A级旅游景区；在全国50家小城角逐中脱颖而出，获得中国首批"魅力小城"荣誉称号；通过科技部、国家发改委等17个部委评审，成为"国家可持续发展实验区"；在山西省林业工作会议上，右玉被授予"全省林业建设突出贡献奖"；荣获首届"山西环境保护奖"；等等。2010年5月，右玉又被授予"联合国最佳宜居生态县"称号，使右玉的知名度更上一层楼。

现在的右玉，林业和绿化已不仅仅是生态效益或者社会效益，它已经成为一种经济效益。右玉正在大力发展以种、养业为主的林下经济模式，如林药、林菌及林下养鸡、养鸭等，对林产品实行立体开发。在扩大生态林建设的基础上，大力选育速生林木良种和经济林树种，建成一批集中连片、丰产高效的杨树、松树等丰产林基地，以及杏果、枸杞等经济林基地。根据生态产业发展需要，走基地化发展之路，促进生态产业产销一体化发展。

随着生态建设的快速发展，把右玉的生态文明推出去，把右玉的生态名片打出去，让右玉更火，让右玉百姓更富，就成为摆在陈小洪和县长苏连根面前的一个重要课题。

2010年，陈小洪、苏连根与右玉县委宣传部部长张祥一起，策划了首届"中国·右玉西口风情生态旅游文化节"。

右玉是一块休闲旅游的胜地，动感起伏的丘陵地貌，林草丰茂的生态环境，冬季冰雪豪情，夏日田园牧歌，加上遍布全县的古堡、烽火台、千年长城和晋商通道的杀虎口，使右玉的特色生态旅游彰显出让人耳目一新的魅力。右玉也因此成为全国生态旅游黄金走廊上的新亮点、北方城市的"后花园"。右玉的"西口风情"，是在全国都很有名的文化主题。将这一文化知名度融入右玉优美的自然生态环境中，从而将生态与文化结合起来宣传右玉，成为策划"中国·右玉西口风情生态旅游文化节"的初衷。陈小洪认为，文化是旅游的灵魂，缺少文化的旅游，是走不长远的。而右玉有古长城文化、古堡文化、商贸通道文化、西口古道文化、蒙汉交融文化、边塞文化，他要让这么多文化资源连同右玉的生态风光与右玉精神一起，成为右玉走向世界的名片，成为吸引中外游客和世人目光的新亮点，把"西口右玉"和"人文右玉"推向世界，让右玉的旅游走得更远、更久、更坚实。

于是，经过周密的策划和紧锣密鼓的准备，2010年8月26日晚8点，声势浩大的首届"中国·右玉西口风情生态旅游文化节"隆重开幕。开幕式在右玉新建的体育文化中心广场上举行。4万多名观众和来自国家、省、市各有关部门的领导参加了开幕式，观看了盛大的文艺表演。晚会以西口风情为主题，具有鲜明的地域特色，分为序幕、古道、绿洲、神往、尾声五个章节，着重唱响西口文化，讴歌了右玉人民60年来把一片不毛之地变成"塞上绿洲"的可歌可泣的右玉精神。

为期6天的盛会，以"西口风情，塞上绿洲"为主题，一共进行了14项大型活动，主要有西口文化旅游产品及农副产品展、农家生活乡村体验活动、西口风情油画摄影展、中国婚俗剪纸大赛颁奖活动、西口物资交流贸易大会、自驾拉力赛体验、西口地方戏曲展演、西口风情篝火晚会、右玉户外运动装备大展、西口风情周边城市自驾游等等。虽然只有短短的6天时间，但由于节前节后的宣传到位，再加上开幕式大型晚会的辐射效应，还有旅游节正处在右玉旅游的黄金季节，因此前后长达一个月左右的时间里，右玉的大小宾馆和饭店人满为患，各地慕名而来的旅游者络绎不绝，商贸、投资、合作项目成效显著。据统计，每天的贸易成交额都在百万元以上。旅游节给老百姓带来的直接收入则无法统计。而右玉在全国的知名度再次迅速上升，它给右玉未来的发展再次提供了巨大的空间。

五

2010年9月7日，我在右玉采访到了右玉县委书记陈小洪。他刚刚结束了首届"中国·右玉西口风情生态旅游文化节"的所有工作。这位年轻帅气的县委书记略带疲惫的脸庞上，洋溢着一种坚毅、乐观、自信的神情。我明白，这种坚毅、乐观、自信来自于右玉坚实的经济发展，来自于右玉的迅速崛起。在我采访的时候，陈小洪对"建设富而美的新右玉"作出了一种全新的诠释。他说，我们要建设富而美的新右玉，就是建设一个经济繁荣、民富县强的新右玉，

风从塞上来
FENGCONGSAISHANGLAI

一个山川秀美、宜居宜业的新右玉,一个开放创新、充满活力的新右玉,一个文明和谐、平安幸福的新右玉。陈小洪说,这四个新右玉建成了,我们富而美的新右玉就实现了。这正是我们这一届班子正在干的事、正在做的事,我们正在努力朝着这个目标迈进……

第十五章

风从塞上来

始于2008年的"右玉之风"愈刮愈烈。

取经、学习、探求、研究，络绎不绝的参观团，让右玉天天人流如织。除了有组织的政府团队，还有如潮的游客蜂拥而至，徜徉在右玉优美的生态风光里，流连忘返。在欣赏右玉独特的塞上风光，在为右玉精神感叹感动的同时，人们更为关注的是，从一片半沙漠化地带，一片不毛之地，到今天的"塞上绿洲"，它的背后究竟发生了什么、代表了什么、证明了什么。"右玉之风"背后更深层次的是人们对人类生存环境的关注与深思，是对人与自然关系的关注与思考，是对人类面临的日益严重的生态荒漠化的高度关注。

每年的6月17日，是世界防治荒漠化和干旱日。1992年联合国环境与发展大会上，防治荒漠化被

风从塞上来

列为国际社会优先采取行动的领域。大会成立了"《联合国关于在发生严重干旱和荒漠化的国家特别是在非洲防治荒漠化的公约》(以下简称"《公约》")谈判委员会"。1994年6月17日,《公约》的正式文本完成,包括中国在内的100多个国家在《公约》上签字。1994年12月19日,联合国第49届大会又通过决议,宣布从1995年起,每年6月17日为世界防治荒漠化和干旱日。可见从上世纪90年代起,荒漠化已经引起世界各国的重视与关注。

联合国最近发布的一份公报要求限制对荒漠化造成直接影响的四种人类活动:对耕地无节制地进行掠夺式的使用,从而导致土壤贫瘠和退化;提早进行过度放牧导致保存水分的土地植被遭破坏;砍伐森林;错误的灌溉方式导致土地盐碱化和沙化。公报显示,全世界平均每年丧失约240亿吨的表层土壤。在世界上遭到干旱困扰的农田中,有70%的面积正在不同程度地受到荒漠化的侵害。

第十五章 风从塞上来
——中国右玉县六十年生态建设报告

自20世纪60年代起，从北非经过阿拉伯半岛、中亚到我国北方的广大地区进入新一轮的干旱时期，沙漠化问题成为困扰当今世界最重要的环境和社会经济问题。我国是世界上受沙漠化影响最严重的国家之一。全国沙漠、戈壁和沙漠化土地约为165.3万平方公里，其中人类活动导致的沙漠化土地约有37万平方公里。沙漠化土地主要分布在北方干旱、半干旱和部分半湿润地区，从东北经华北到西北形成一条不连续的弧形分布带，以贺兰山以东的半干旱区分布更为集中（右玉正好处于贺兰山以东）。土地沙漠化发展的速度不断加快，20世纪60年代至70年代为每年1560平方公里，80年代为每年2100平方公里，90年代达到每年2460平方公里。

随着土地沙漠化的加速发展，突发性风沙灾害——强沙尘暴的发生频率愈来愈高。据统计，我国北方20世纪50年代共发生大范围强沙尘暴灾害5次，60年代8次，70年代13次，80年代14次，90年代23次。特别是进入21世纪以后，2000年春季，北京地区遭受12次沙尘暴袭击，沙尘暴出现时间之早、发生频率之高、影响范围之广、强度之大实属罕见。沙漠化给生态环境和社会经济带来了极

风从塞上来
FENGCONGSAISHANGLAI

大的危害：一是破坏生态平衡，使环境恶化和土地生产力严重衰退，危及沙漠化区域人民的生存发展，加重了贫困程度，有的地方已经出现了成批的生态难民。二是导致大面积可利用土地资源的丧失，缩小了中华民族的生存空间。我国每年因沙漠化的扩展要损失一个中等县的土地面积。三是严重威胁村镇、交通、水利、工矿设施及国防基地的安全，影响工农业生产。我国每年因沙漠化造成的直接

经济损失高达540亿元,严重制约了西北地区社会经济的持续发展,也成为全国性的重大问题。

　　就是在这样的背景下,右玉犹如一颗耀眼的明珠,在塞外这块荒漠化严重的大地上跃升起来,引起了世人的关注。右玉改造荒漠化、改善生态环境的经验,吸引了世人的目光。右玉从与大自然抗争到与大自然和谐相处的故事,为改善荒漠化对人类社会生活影响日益严重的局面提供了有益的思路。

　　右玉地处贺兰山以东的半干旱山区。据有关资料显示,新中国成立前的右玉,76%的土地呈现沙漠化与半沙漠化状态,干旱、风沙、洪涝、水土严重流失等自然灾害频发,土地生产力严重下降。解放初,右玉粮食亩产只有30斤至40斤,人民群众普遍处于饥饿状态。上世纪50年代,一位德国专家来到右玉考察时,将右玉定为"不适宜人类生存"的地区,建议举县搬迁。当时的右玉,别说人的生存,就连动植物都不适宜生存。全县1967平方公里的国土面积,只有不到8000亩的树木,成片林几乎没有,灌木丛也很少。除了一些野鸡、野狼和狐狸之外，其他动物很少见。

60年后的今天，右玉全县绿化面积达到150万亩，森林覆盖率达到52%，县境内集中连片的万亩以上造林基地达21处，面积23万余亩，营造大型防风林带300多公里，零星植树1000余万株，治理沙化面积达200万亩，将近90%的沙化面积得到了有效治理。流域治理190余处，面积达到135万亩。风沙得到有效治理。整个右玉境内森林遍布、灌木丛生、气候适宜，环境得到极大的改善。从一个60年前曾经被定义为"不适宜人类生存的地区"，到今天被联合国评

定为"最佳宜居生态县",被国家环保总局评定为"国家级生态示范区",右玉的生态环境发生了天翻地覆的巨变。据有关人员考察,右玉境内近年重新发现了狍子、鹿和黄羊等珍稀动物。由于气候的改善,林地里,野蘑菇和黑木耳等野生食用菌类也生长起来。右玉人把假日里采摘蘑菇当作一种休闲活动,也当作一种副业收入。据说晾干的野生蘑菇,一斤能卖到好几百元。

右玉,不只是一个艰苦奋斗的精神典型,它还为我们人类协调人与大自然的关系提供了宝贵的经验,为人类解决所面临的日益严

重的荒漠化问题寻找到一条切实可行的道路。右玉不仅是中国的右玉，还是世界的右玉。右玉经验不仅是中国的经验，还是世界的经验，是人类的经验。右玉精神不仅是山西和中国人民宝贵的精神财富，而且是世界人民宝贵的精神财富。因此，这股越刮越烈的"右玉之风"，这股自塞上而来的生态建设的"热风"，必定会席卷全中国，席卷整个世界！

后 记

  从 2010 年 8 月 5 日到 9 月 17 日，在中共山西省委宣传部的支持下，在中共山西省委宣传部杜学文副部长的指导下，我先后在右玉、大同、朔州、太原等地进行了为期一个半月的采访，采访了本书中描述过的大部分当事人及其亲属，做了大量的笔记，查阅了大量的文字资料。从 10 月初开始写作到 12 月底全部完稿，经历了三个月的时间。在写作的过程中，对于右玉的历史，对于本书写到的人和事，我遵循一个原则：尊重史实，了解多少写多少，没有采访过的人和事一概不写。所以也就有了右玉十八任书记，我只写了十一任，还有一部分书记和县长，由于种种原因我没有采访到，也就没有写到。在此，我向那些没有写到的书记和县长致歉，并加以说明。

  在本书的采访过程中，右玉县的王德功、李生华、兰成国等 20 余位老干部曾为我提供口头资料，右玉县委陈小洪书记、县政府苏连根县长和县委宣传部张祥部长、冀全喜副部长及宣传部的同志们，为我提供了生活和采访中的许多便利条件，并安排专人陪同采访。县委宣传部副部长、县文联主席郭虎先生自始至终陪同我进行了采访。还有右玉县文联的王泽民、王虎两位先生也给予我生活上的照顾和工作上的协助。在本书成稿之际，我在此对他们表示衷心的感谢。没有他们的大力协助，此书不可能顺利完成。在朔州市采访期间，中共朔州市委的刘宇先生、解志远先生都曾给予我诸多帮助。特别是刘宇先生，期间几次为我提供有关资料，在此一并表示谢意。

右玉60年生态建设，是一个浩大的历史进程，也是一个纷繁复杂的工程。我在本书中企图全景式地反映这一历史过程。但由于历史久远、资料缺失、当事人去世、时间仓促等原因，再加上个人的能力和认识有限，终感力不从心。我只能通过对一个一个"人物"的描述，来反映那一段逝去的历史；把人物当做镜子，来映照那一段历史。或许读者能从他们的身上，感受到那段历史的一些皮毛。如能够窥其一斑，我心足矣。期望通过本书的描绘，人们能记住那些曾为右玉的生态建设及为中国荒漠化改造作出贡献和付出艰辛劳动的人们。

在右玉时，县委书记陈小洪曾对我讲过这么一个故事：有一个台湾来的国民党党员，到了右玉一定要拜访陈小洪。这个国民党党员是台湾电视媒体的知名人物，也是个爱国人士。他对陈小洪说：右玉这事放到世界上来看，也是一个奇迹。这个奇迹只有你们共产党人能够做到。因为你们共产党人做事是不计代价、不怕牺牲的，是讲无私奉献的。共产党没有自身的利益，共产党的利益就是人民的利益。这话出自一个国民党人之口，让我感觉到了一种震撼。他说得很对，右玉的每一位共产党人，都为创造"右玉奇迹"作出了无私的奉献，他们是真正的共产党人的代表。在这里，作为本书的作者，我对他们表达深深的敬意。

在我去采访之前，省委宣传部杜学文副部长曾约我谈话，就有关本书写作方面的一些基本要求和建议，谈了他的意见。本书成稿以后，杜学文副部长又在百忙之中审读了文稿，并站在一个文学评论家的高度对书稿提出了修改意见。在此，我对杜学文副部长表示深深的敬意和谢意!

　　本书成稿之际,感谢山西人民出版社的李广洁社长、石凌虚副总编,他们都为本书的写作和出版付出了很多的心血,我在此对他们表示深深的敬意和谢意。在写作过程中,我还参考了《右玉县绿化志》的部分资料,在此特予说明,并对《右玉县绿化志》的编著者表示谢意。

　　作为电视剧《西口长歌》的编剧和本书的著者,我与右玉有了长达三年之久的情缘,我已在很大程度上融入了右玉人的情感世界中,因此,我以半个右玉人自居。右玉近年来在生态建设、经济发展、旅游开发、公共事业等方面都取得了丰硕的成果。右玉县委、县政府把建设"富而美的新右玉"作为奋斗目标,我衷心地祝福这个新的目标早日实现!

作　者
2011 年 1 月 1 日

图书在版编目（CIP）数据

风从塞上来：中国右玉县六十年生态建设报告/谭文峰著. —太原：山西人民出版社，2011.11
ISBN 978-7-203-07461-8

Ⅰ.①风… Ⅱ.①谭… Ⅲ.①报告文学－中国－当代 Ⅳ.①I25

中国版本图书馆 CIP 数据核字（2011）第 206563 号

风从塞上来：中国右玉县六十年生态建设报告

著　　者：	谭文峰
责任编辑：	莫晓东　高　雷
装帧设计：	柏学玲
出 版 者：	山西出版传媒集团·山西人民出版社
地　　址：	太原市建设南路 21 号
邮　　编：	030012
发行营销：	0351-4922220　4955996　4956039
	0351-4922127（传真）　4956038（邮购）
E - mail：	sxskcb@163.com　发行部
	sxskcb@126.com　总编室
网　　址：	www.sxskcb.com
经 销 者：	山西出版传媒集团·山西人民出版社
承 印 者：	山西出版传媒集团·山西人民印刷有限责任公司
开　　本：	787mm×1092mm　1/16
印　　张：	19.5
字　　数：	300 千字
印　　数：	1—30000 册
版　　次：	2011 年 11 月第 1 版
印　　次：	2011 年 11 月第 1 次印刷
书　　号：	ISBN 978-7-203-07461-8
定　　价：	35.00 元

如有印装质量问题请与本社联系调换